KB000664

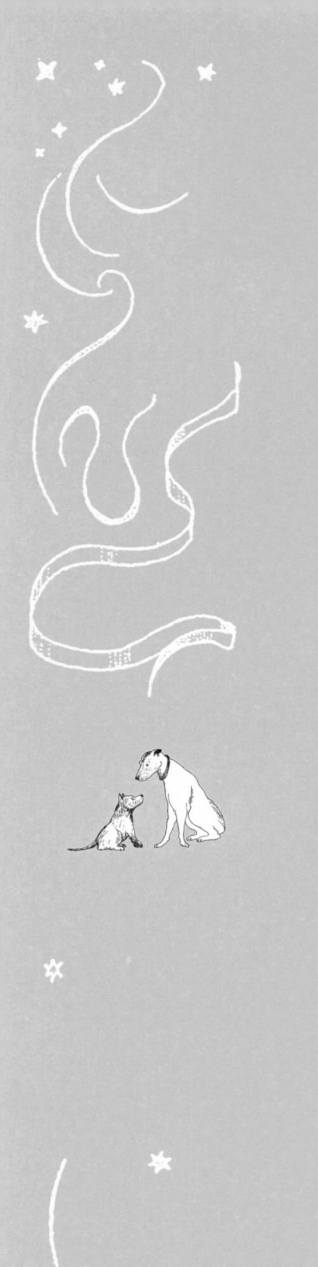

Doctor Dolittle's Garden

Doctor Dolittle's Garden

둘리틀 박사의 모험 7
둘리틀 박사의 정원

1판 1쇄 펴냄 2018년 4월 20일
1판 2쇄 펴냄 2020년 10월 20일

지은이 휴 로프팅
옮긴이 장석봉

주간 김현숙 | **편집** 변효현, 김주희
디자인 이현정, 전미혜
영업 백국현, 정강석 | **관리** 오유나

펴낸곳 궁리출판 | **펴낸이** 이갑수

등록 1999년 3월 29일 제300-2004-162호
주소 10881 경기도 파주시 회동길 325-12
전화 031-955-9818 | **팩스** 031-955-9848
홈페이지 www.kungree.com | **전자우편** kungree@kungree.com
페이스북 /kungreepress | **트위터** @kungreepress
인스타그램 /kungree_press

ISBN 978-89-5820-519-7 04840

둘리틀 박사의 정원

휴 로프팅 지음 | 장석봉 옮김

일러두기 |

이 책은 『Doctor Dolittle's Garden』(Frederick A. Stokes Company, 1927)을 우리말로 옮긴 것입니다.

1부

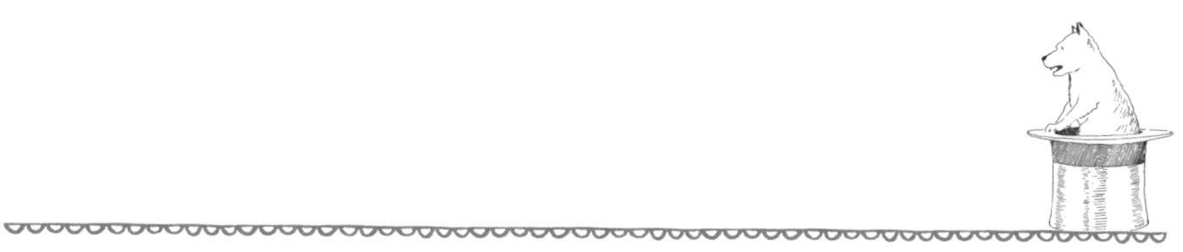

2부

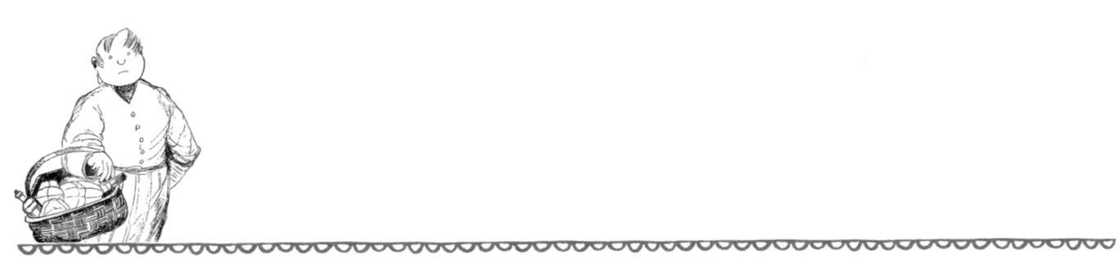

3부

4부

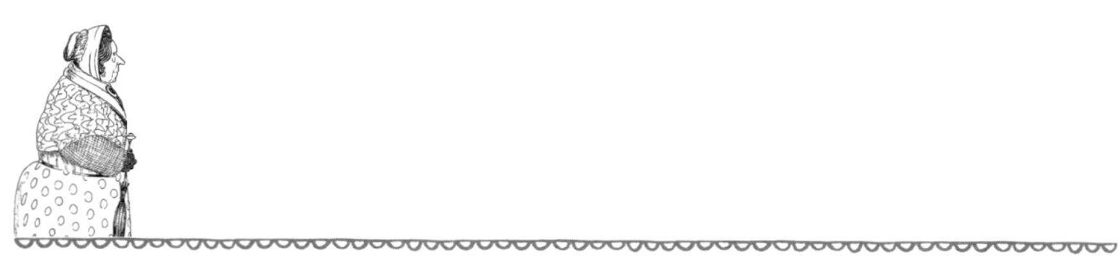

1부

→ 1장 ←

개 박물관

돌이켜 보면 나 토미 스터빈스는 동물원 부원장으로 일하며 둘리틀 박사님과 함께 보냈던 때보다 더 즐거웠던 시절은 없었던 것 같다.

둘리틀 박사의 정원 일부가 언제부터인가 '동물 마을'이라고 불리게 된 까닭은 앞서 어디선가 이야기했을 것이다. 내게 가장 힘들었던 일은 온갖 클럽과 단체의 회원 수를 제한하는 일이었다. 회원 수를 늘 일정 정도 이하로 유지해야 했기 때문이다. 아무튼 그중에서도 가장 어려운 일은 잡종개 아파트의 회원 수가 늘어나는 걸 막는 일이었다. 지프는 날이 어두워지기만 하면 몰래 떠돌이 개들을 데리고 들어오려고 시도했고, 그래서 잡종개 클럽의 회원 수가 너무 늘어나 무질서해지는 걸 막으려면 나는 마음을 독하게 먹고 모든 일을 엄격하게 처리해야 했다.

동물 회원이 정해진 수 이상으로 늘어나는 것을 막아야 한다는 데는 나도 박사님도 동의했지만, 또 다른 한편으로는 마을이 좀 더 재미있고 살기 좋은 곳이 되려면 더 발전하고 커져야 하고 그러기 위해서는 동물들 스스로 새로운 아이디어를 낼 수 있도록 장려해야 한다고도 생각했다. 그 아이디어들 중에는 아주 근사한 것도 많았다. 동물 박물관도 그중 하나였다.

박사님에게는 오래전부터 자신의 박물관이 있었다. 이 박물관은 서고 옆에 있는 커다란 방이었는데 그곳에는 뼈, 광물 표본, 자연학 연구 자료 등이 보관되어 있었다. 그리고 입구에는 "모방은 가장 진실한 형태의 아첨이다"라는 오래된 경구가 적혀 있었다. 뼈라면 사족을 못 쓰기 마련인 개들 역시 박사님의 박물관을 오랫동안 지켜보다 보니 자연스럽게 자신들의 박물관을 만들 생각을 하게 되었다.

이 계획이 힘을 얻게 된 데에는 대여섯 달 전쯤 클럽 회원이 된 특이한 개 한 마리의 역할이 컸다. 이 개에게는 타고난 수집벽이 있었다. 자두 씨, 우산 손잡이, 문 손잡이 등등 정말 별걸 다 모아댔다. 이 개는 자신의 자두 씨 수집품이 이 나라에서 가장 규모도 크고 훌륭하다고 자랑했다.

이 개의 이름은 퀫츠였다. 퀫츠는 토비와 친했는데 녀석을 클럽 회원으로 추천한 것도 토비였다. 녀석은 약한 개들의 권리를 지키는 일에 토비만큼이나 열심이었고, 그런 개들이 이유 없이 괴롭힘을 당하는 모습을 보면 그냥 넘어가지 못했다.

사실 블래키나 그랩 같은 큰 개들은 작은 개들이 토비와 퀫츠의 힘을 등에 업고 클럽을 좌지우지한다고 불평했다. 아무튼 개 클럽에 자신들의 박물관을 만들어야 한다는 아이디어를 처음 낸 개가 바로 퀫츠(웨스트하일랜드테리어와 애버딘 사이의 잡종개)였다. 수집에 대한 열정이 컸던 녀석은 박물관 관장으로 자기 자신을 염두에 두고 있었을 것이다. 그리고 실제로 그 자리를 차지했다.

클럽 위원들이 모여 이 안건에 대해 찬반 토론을 하고 방안을 진지하게 논의했다. 투표 결과 퀫츠의 제안은 압도적인 찬성으로 채택되었고, 체육관에 막을 설치해 일부를 첫 박물관 본부에 할당했다.

퀫츠, 그러니까 퀫츠 교수(클럽의 다른 개들은 녀석을 교수라고 불렀다.)는 명민한 과학자였을 뿐만 아니라 일을 추진하는 데도 흰쥐 못지않게 천재적이었다. 하지만 이런 퀫츠조차도 개 박물관에 대한 클럽 회원들의 열광적인 관심과 지원에는 토 달 것을 달리 찾지 못할 정도였다. 밖에 나갔다 돌아오면서 수집품을 하나도 가져오지 않는 개가 거의 없을 정도였다. 퀫츠 관장은 쏟아져 들어오는 온갖 수집품들을 받아 정리하느라 정신이 없었다. 박물관의 전시품은 자연사 관련 수집품으로만 제한되지 않았다. 고고학이나 역사에 관계된 것들도 있었다. 그중에서도 비중이 가장 큰 것은 뼈였다. 하지만 내 생각에 비교해부학을 공부하는 학생들에게 학문적으로 도움이 될 만한 것은 거의 없었을 것이다. 전시품 대부분이 소고기 뼈나 양고기 뼈 혹은 돼지 다리뼈 같은 것들이었기 때문이다.

물론 전부 다 그런 것은 아니었다. 생선 뼈도 있었다. 한번은 생선 뼈가 온전한 상태로 통째로 기증되자 퀫츠가 자랑스러워하며 나를 찾아와 설명서를 달아 달라고 부탁한 적도 있었다. "세계에서 가장 오래된 물고기"라고 말이다. 내가 보기에도 그럴듯했다. 오래전에 누군가가 정성스럽게 묻어 둔 것을 블래키가 찾아 파 온 것이었다. 그런데 냄새가 얼마가 심했는지 오소리 숙소(잡종개 마을에서 적어도 100미터는 떨어진 곳에 있었다.) 무리가 대책을 세워 달라는 요청을 해 왔다. 오소리들은 냄새가 너무 심해 적응이 되지 않아 잠을 못 이루겠다는 것이었다. 당황한 퀫츠 교수는 오소리들에게 당신들은 과학을 모르는 저속하고 오지랖 넓은 참견쟁이들이라는 답변을 보냈다. 하지만 둘리틀 박사님 집 맞은편에 사는 동물들에게서도 항의가 왔기 때문에 "세계에서 가장 오래된 물고기"는 결국 다시 쓰레기장으로 가는 운명을 맞이하고 말았다.

개 박물관의 고고학 관련 자료는 자연사 관련 자료보다 종류도 다양하고 양도 많았다. 퀫츠가 직접 모은 자두 씨, 우산 손잡이, 문손잡이 등의 귀중한 수집품들이 그곳에 있었다. 하지만 이건 빙산의 일각에 불과했다. 땅을 헤집는 건 쥐뿐만 아니라 개에게도 타고난 습성인지라 온갖 발굴품들이 모였다. 소스 냄비 뚜껑, 구부러진 숟가락. 기다란 모자, 편자, 양철 깡통, 철제 파이프 조각, 깨진 찻주전자 등등 철물류나 가정용품 중에 개들이 가져오지 않는

퀫츠 교수

대령에게 들키는 바람에 쫓기고 말았다.

것은 아무것도 없다고 해도 과언이 아니었다. 둘리틀 박사님이 신던 구멍 난 양말 한 짝은 그중에서도 가장 신성하고 중요한 전시품 중 하나였다.

처음 닷새 정도는 발굴 열기가 온 마을의 개들을 사로잡았다. 지프와 클링은 둘리틀 박사님에게 퍼들비 지역이 한때는 로마군이 막사를 쳤던 곳이라는 이야기를 들은 적이 있었다. 그래서 녀석들은 땅을 계속해서 열심히 파다 보면 로마 시대 보물이 나올지도 모른다고 믿었다. 다른 개들이 발굴을 시도한 곳 중에는 벨로 대령의 튤립밭도 있었다. 하지만 대령에게 들키는 바람에 고작 알뿌리 하나만 발견하고는 쫓기고 말았다. 그래도 알뿌리만큼은 무사히 집으로 가져올 수 있었다. 그리고 이 일을 계기로 개 박물관에 식물 부문이 생겨났다. 문제의 그 알뿌리에는 이런 설명서가 붙었다.

"이 훌륭한 알뿌리는 저명한 자연학자이자 탐험가인 지프가 기증한 것입니다. 이 용감무쌍한 수집가는 야만스러운 원주민에게 수 킬로미터 넘게 쫓기는 고난을 겪었습니다. 하지만 추격을 따돌리고 이 귀중한 표본을 우리 개 박물관으로 가져오는 데 성공했습니다."

2장

퀫츠

개 박물관은 내가 생각했던 것보다 훨씬 더 오래 지속되었다. 나는 개들이 단지 뭔가 새로운 것에 급격히 마음을 빼앗겨 벌어진 일이니 이내 식상해져 이 일을 그만두게 될 거라고 여겼다. 몇 주가 지나자, 수집품들은 체육관 전체를 채우고도 남을 정도로 많아졌다. 그러다 한번은 레슬링 대회 준결승 때 그레이트데인 종 개가 사냥개인 블래키를 막을 넘어 식물 전시실에 내다 꽂는 일이 벌어졌다. 박물관이 너무 꽉 찬 것이 분명해 보였다.

두 번째 위원회가 열렸다. 체육도 과학 못지않게 중요하므로 잡동사니 대부분을 버리라는 결정이 내려져, 진품이 확실하고 개의 생활이나 역사와 특별한 관계가 있는 것만 남겨 두게 되었다.

지프의 유명한 순금 목걸이(지프는 이걸 기념일이나 중요한 행사

레슬링 대회 준결승 경기

가 있을 때만 목에 걸었다.)는 박물관의 대표적인 전시품 가운데 하나였다. 그리고 퀫츠 교수가 역사상 위대한 개들이 씹던 거라고 주장한 뼈도 두세 개 있었다. 퀫츠가 세인트버나드 종 개들이 알프스 고갯길에서 길 잃은 나그네들을 도울 때 목에 걸고 다니던 것이라고 말한 맥주 통도 남았다. 퀫츠가 어떻게 이런 기념품들을 알게 됐는지는 아무도 몰랐다. 그럼에도 나폴레옹의 황후 조세핀이 애완용으로 기르던 푸들의 장난감이라는 설명이 붙은 송아지 뼈 앞에서 이러쿵저러쿵할 수 있는 이는 아무도 없었다.

어쨌든 처음 박물관에 장식되어 있던 산더미 같은 철물류와 쓰레기 더미 중에 유리 상자 두 개 분량은 귀중함이 인정되어 살아남았다. 이들 진열품은 오랫동안 계속 전시되었고 관람객 중에는 개뿐만 아니라 사람들도 있었다.

하지만 퀫츠 교수는 자신의 안내를 받지 않으면 아무도 박물관에 들어가지 못하게 했다. 사람이라면 혹시 진열 상자에 기대지 않도록, 그리고 개라면 역사적으로 중요한 뼈를 가져가지 못하도록 주의시켜야 했기 때문이다.

『잡종개 아파트 이야기』에 실린 세 번째 이야기는 지프가 위대한 화가 조지 몰랜드의 모델을 해 주고 절름발이 남자의 개가 자신의 주인에게 돈을 벌어 줄 수 있게 도와준 이야기였다. 네 번째 이야기는 퀫츠 교수가 부탁받은 이야기였다. 토비와 클링 모두 퀫츠가 꽤 파란만장한 삶을 살았다고 말하곤 했는데 녀석이 워낙 개성이 뚜렷한 개였던 탓에 나 역시 그 말을 대체로 믿었다. 하지만 퀫츠는 남의 말을 잘 안 듣는 개였다. 토비처럼 퀫츠 역시 작지만 자존심 강하고 대가 센 개였기 때문에 자기 자신에 관해 이야기하거나 자랑하는 걸 좋아하지 않았다. 자기가 살아온 이야기를 해 달라는 부탁을 받으면 퀫츠는 항상 박물관 일을 하느라 바빠 틈이 없다며 양해해 달라고 말했다.

하지만 이제 박물관도 규모가 꽤 줄어든 터라 일하는 데 걸리는 시간은 얼마 되지 않았다. 그러던 어느 날, 지프가 기쁨에 들떠 나를 찾아와 퀫츠가 내일 밤 자신이 살아온 이야기를 "성공을 찾아 나선 개 이야기"라는 제목으로 우리에게 들려주겠다고 약속했다는 소식을 전해 주었다.

퀫츠가 꽤 재미있는 이야기를 들려줄 거라고 느낀 나는 박사님께 한번 와서 들어 보시라고 권했다. 박사님은 개들의 저녁 식사 후 이야기 모임에 자주 참석했다. 하지만 최근에는 그럴 틈이 없었다. 박사님은 이번은 특별한 경우이니 시간을 내서 꼭 참석해 보겠다고 했다.

다음날 개들의 식당은 입추의 여지 없이 꽉 들어찼다. 이날은 마침 회원들이 자신들의 친구도 만찬에 데려올 수 있는 매달 두 번째 금요일인 '손님의 밤'이었던지라 퀫츠의 이야기를 학수고대하던 회원들뿐만 아니라 손님들도 입장해 있었기 때문이다.

"저는…" 퀫츠 교수가 이야기를 시작했다. "가난하지만 정직한 부모님 밑에서 태어났습니다. 제 아버지는 부지런한 애버딘 종 개였고 어머니는 족보 있는 웨스트하일랜드 종 개였습니다. 그리고

“그는 꽤 괜찮은 양치기 개였습니다.”

주인은 스코틀랜드에서 소규모로 농사를 짓는 농부였죠. 아버지는 양 돌보는 일도 했습니다. 몸집은 작았지만 아버지는 양 떼를 한데 모으거나 암양을 무리에서 골라내는 기술이 뛰어난 꽤 괜찮은 양치기 개였습니다. 어렸을 때 우리 형제는 꽤 잘 먹었습니다. 주인이 먹이를 잘 챙겨 주었기 때문에 어머니의 젖을 그리 많이 먹지 않아도 되었던 겁니다. 하지만 점점 자라면서 상황은 바뀌었습니다. 그 무렵 우리 주인은 자기 가족과 일꾼들 먹을 것에 신경 쓰느라 우리 먹이를 잘 챙겨 주지 못했기 때문에 우리 배고픈 강아지들에게 올 음식을 기대하기란 힘들었습니다.

농부의 집 뒤쪽에는 오랫동안 방치된 마구간이 하나 있었는데 우리는 그곳의 한 칸을 독차지하고 살았습니다. 바닥에는 보송보송한 짚이 깔려 있어서 포근하고 아늑했습니다. 어느 날 밤늦게까지 잠들지 않고 있었는데 아버지와 어머니가 말하는 소리가 들려왔습니다. 부모님의 성함은 족과 제니였습니다.

어머니가 말했습니다. '여보, 농부가 곧 우리 강아지들을 처분하려고 해요. 그런 얘기를 하는 걸 얼마 전에 들었어요.'

아버지가 대답했습니다. '응, 그렇게 될 줄 알았어요. 내 생각에 한두 마리 정도는 남겨 둘 것 같은데. 퀫츠는 여기에 남겨 두었으면 좋겠어요. 퀫츠는 똑똑한 아이 같아요. 벌써 이 얼간이 양들을 다루는 걸 도와주고 있으니 말이에요. 다른 녀석들은 내 보기에는 좀 멍청한 것 같구.'

'멍청하다니요?' 어머니가 화를 내며 쏘아붙였다. '걔들도 당신

만큼 다 똑똑해요. 분명하다고요.'

'그래 알았어요. 당신 마음대로 생각하구려.' 아버지는 코를 짚에 파묻고 잠을 청하며 말했습니다. 아버지는 토론을 좋아하지 않았습니다. '하지만 맥퍼슨이 우리 애들 전부를 돌봐 줄 거라고는 기대하지 말아요. 자기 가족 먹여 살리는 것만으로도 빠듯한 사람이니 말이에요.'

아버지는 잠이 들었고, 저는 이런저런 걱정에 잠겼습니다. 저는 이런 말도 안 되는 엉터리 방식으로 개들을 정리하는 것은 잘못된 일이라는 생각이 들었습니다. 우리를 누군가에게 준다면, 그게 누굴까? 우리 개들에게는 정말 아무런 권리가 없는 걸까? 아버지는 농장의 일꾼으로서 임무를 충실하게 해 왔습니다. 밭을 갈거나 곡식을 베는 굼벵이 소 못지않게 훌륭히 말입니다. 그런데도 아버지는 주인이 자기 아이들을 누군가에게 줄지도 모른다는 말을 아무렇지도 않게 한 것입니다. 자식이 사과나 순무 같은 거라도 되는 양! 저는 그 점에 화가 났습니다. 저는 늦게까지 잠을 못 이루고 뒤척이며 개들은 왜 자신의 삶과 진로를 스스로 개척해 나갈 수 없는지 생각해 보았습니다. 왠지 모를 분노가 일었습니다. 저는 곰곰이 생각해 보았습니다. 그리고 잠이 들기 전 저는 그 누구도 더 이상은 신던 신발처럼 아무에게나 저를 거저 줄 수 있게 만들지 않겠다고 굳게 마음먹었습니다. 저 역시 그 농부만큼이나 소중한 존재이니까요. 그래서 저는 세상 사람들에게 이 사실을 확실하게 알려 주고 그 이유도 가르쳐 주기로 결정했습니다."

3장

휘팅턴의 개 딕

“제 이야기 중에 주목할 만한 것이 있다면 그것은 아마도 제 이야기가 자신의 길을 스스로 개척해 나간 개의 이야기이기 때문일 것입니다. 물론 이 자리에도 비슷한 노력을 해 온 분들이 계실 거라는 걸 저도 잘 알고 있습니다. 제가 이야기하기를 꺼리는 이유 중의 하나도 그것입니다. 제 삶에 특별히 흥미진진한 구석이 있다고 생각하지는 않습니다. 하지만 제가 맞닥뜨렸던 몇 가지 소소한 모험이 여러분의 경험과 달랐을 수도 있고, 제가 자유와 독립을 얻기 위해 문제를 해결해 나간 방식이 여러분에게 꽤 흥미로울 수도 있으리라고 생각합니다.

부모님의 이야기를 듣고 2~3일이 지난 후, 어머니의 걱정이 맞았다는 것을 알게 되었습니다. 농부 맥퍼슨은 거의 매일 친구들을 데리고 와 우리를 보여 주며 우리 중 한두 마리를 입양해 가기를 기대했습니다. 그런데 공교롭게도 첫날부터 제가 선택되었습니다. 뚱뚱하고 어리석어 보이는 한 남자가… 그 사람도 농부처럼 보였는데, 아무튼 그 남자가 우리 형제 중에 저를 선택했습니다. 하지만 제가 고르는 입장이라면 절대로 선택하고 싶지 않은 사람이었습니다. 유머 감각… 그리고 뭐랄까, 고상함 같은 것 하고는 담을 쌓은 사람이었습니다. 그는 제게 다가와 저를 꾹 한 번 찔러 보았습니다. 제가 마치 강아지가 아니라 시장에 팔려 나온 살찐 돼지라도 되는 양 말입니다. 그 순간 저는 무슨 일이 있어도 그 사람의 재산이 되는 일만큼은 막아야겠다고 결정했습니다. 다행히도 그는 맥퍼슨에게 자기가 지금 당장 데려갈 상황은 아니니 며칠 후에 데려가겠다고 했습니다.

저는 지금까지 소년이 행운을 찾아 여행을 떠난 이야기를 많이 들어 왔습니다. 하지만 그런 일을 강아지가 했다는 이야기는 한 번도 듣지 못했습니다. 왜 그런 걸까요? 생각하면 할수록 더 간절해졌습니다. 저 멍청한 남자에게 보내지지 않으려면 저는 어디로든 떠나야만 했습니다. 저는 아직 세상이라는 것을 한 번도 경험해 보지 못한 상태였습니다. 하지만 이번이야말로 좋은 기회라고 여겨졌습니다. 성공을 찾아 여행을 떠나는 거야. 그래, 내일 당장!

이튿날 아침, 저는 농장 사람들이 일을 시작하기 전에 서둘러 일어났습니다. 저는 오래된 뼈를 몇 개 챙겨 붉은색 스카프에 싸서 묶은 다음 그걸 전 재산 삼아 길을 나섰습니다. 저는 그날 아침

"성공을 찾아 여행을 떠나는 거야."

을 지금도 선명하게 기억하고 있습니다. 늦가을이었고 해가 뜨려면 아직 한 시간쯤 더 있어야 할 때였습니다. 하지만 길을 나선 제가 움푹 꺼진 곳에 있는 농장 건물들을 돌아다보았을 때, 늙은 수탉의 쉰 목소리가 쌀쌀하고 안개 낀 공기 속으로 울려 퍼지고 있었습니다. 마음이 가벼워진 저는 수탉에게 꼬리를 흔들어 주고 길을 따라 걸어갔습니다.

하지만 어찌나 철부지였던지! 이제 생각해 보니 그랬습니다. 말 그대로 제가 아는 거라고는 하나도 없었습니다. 농장 바로 근처 지리도 몰랐을 정도였으니까요. 내가 지금 가고 있는 길이 어디로 통하는지도 몰랐습니다. 하지만 당시에는 그런 것까지도 두근거리는 모험으로 여겨질 뿐이었습니다. 저는 '그냥 이 길을 쭉 따라가는 거야, 그러면 행운이 찾아올 거야'라고 저 자신에게 말했습니다.

터벅터벅 한 시간쯤 걸어가자 배가 몹시 고파진 저는 아침밥을 먹고 싶어졌습니다. 그래서 길가 울타리 밑으로 기어 들어가 뼈보따리를 풀었습니다. 아직 다 씹지 않은 채로 남아 있는 다리 뼈다귀를 고른 다음 자리에 앉아 아침을 먹기 시작했습니다. 아직 어린 제 이는 튼튼했기 때문에 뼈다귀의 반 정도를 씹어 먹을 수 있었습니다.

여전히 조금은 배가 고팠지만, 그래도 허기는 많이 가셨습니다. 저는 보따리를 다시 챙겨 일어설 준비를 했습니다. 그런데 바로 그때 울타리 너머 어디선가 무슨 소리가 들려왔습니다. 놀란 토끼

일지도 모르니 잡으면 아침을 거하게 먹을 수 있겠다는 생각이 든 저는 조용히 기어서 울타리를 빠져나왔습니다. 하지만 소리의 주인은 목초지에서 잠을 자다 깬 떠돌이였습니다. 아마도 밤새 거기서 잠을 잔 모양이었습니다. 왠지 모를 친밀감이 들었습니다. 그 사람도 저처럼 집이 없어 길에서 노숙한 거니까요. 저는 수풀 속에 몸을 숨기고 잠시 그 사람을 살펴보았습니다. 들판에는 소들이 있었습니다. 남자는 통을 들고 소에게 다가가 우유를 짜기 시작했습니다. 그리고 통이 가득 차자 그걸 들고 자기가 잠을 자던 들판 한구석으로 돌아와 바닥에 놓았습니다. 그러더니 갑자기 어디론가 가 버렸습니다. 뭔가 다른 걸 구하러 간 모양이었습니다. 그 사람이 사라진 후 저는 울타리를 기어 나와 통에 든 우유를 전부 마셔버렸습니다.

기운을 차린 저는 다시 길을 떠났습니다. 하지만 저는 몇백 미터도 가지 못하고 다시 발길을 돌려 그 떠돌이를 보러 갔습니다. 우유를 마신 일에 조금은 죄책감이 들었던 모양입니다. 하지만 그건 제가 훔친 우유의 주인인 그 떠돌이에게 어떤 동료애를 느낀 탓일 수도 있습니다.

목장 모퉁이로 돌아오니 멀리서 다시 우유를 짜고 있는 남자의 모습이 보였습니다. 저는 그가 돌아올 때까지 기다렸다가 얼굴을 드러냈습니다.

'오, 귀여운 강아지로군!' 그가 말했습니다. '내 우유를 도둑질한 게 너로구나. 하지만 괜찮단다. 다시 구해 왔으니까. 이리 오렴. 이

“목초지에서 잠을 자다 깬 떠돌이였습니다.”

름이 뭐니?'

꽤 괜찮은 사람처럼 보였기 때문에, 저는 그와 친구가 되기로 했습니다. 저는 그와 길동무가 된 것이 기뻤습니다. 둘 모두 앞으로 함께 여행하게 된 걸 당연하게 여기는 것처럼 보였습니다. 그는 먹을 걸 구하는 일을 저보다 훨씬 잘했습니다. 물론 경우에 따라 달랐지만 말입니다. 저도 그 사람보다 잘할 때가 있었고, 그가 저보다 나을 때도 있었으니까요. 그는 농가가 나오면 거기 가서 먹을 걸 구걸해 왔고 그러면 항상 저랑 같이 나눠 먹었습니다. 그리고 제가 토끼나 꿩을 잡아 오면 그가 길가에 모닥불을 피워 요리했습니다. 우리는 서로 도우며 꽤 잘 지냈습니다.

우리는 여러 마을을 지나며 재미있는 걸 많이 구경했습니다. 그는 제게 완전한 자유를 허락해 주었습니다. 제가 그를 생각할 때마다 늘 고맙게 여기는 점입니다. 밤에 얼어 죽을 뻔한 적도 몇 번 있었습니다. 하지만 그는 잠잘 곳을 찾는 데에도 소질이 있었습니다. 건초 더미에 구멍을 파서 자기도 하고 오래된 헛간 문을 따고 들어가 잔 적도 있습니다. 그리고 그는 자기 전에 항상 자기 외투를 벗어서 제 위에 덮어 주고 자리에 누웠습니다."

4장

아이들의 환대

"하지만 얼마 안 있어 제 새 친구가 저를 배반했습니다. 돈을 욕심낸 것입니다. 어딘가 다른 지방으로 가는 데 필요한 마차 요금을 마련하기 위한 것이었다는 생각이 듭니다. 하지만 정확하지는 않습니다. 아무튼 어느 날 오후, 그 남자는 한 농가로 가 문을 두드렸습니다. 여느 때처럼 저는 그가 음식을 구걸하는 줄 알았습니다. 문을 열고 대답하는 한 여자에게 그가 하는 말을 듣고 제가 얼마나 놀랐는지 여러분은 상상도 가지 않으실 겁니다. '부인, 이 강아지를 사시겠습니까?'

순간 저는 달리기 시작했습니다. 문 앞에 계속 서 있을 거라고 생각한 저는 뒤도 돌아보지 않았습니다. 인간의 본성에 대한 제 믿음에 금이 갔고, 그 생각만 하면 지금도 우울해집니다. 당황한 저는 길을 따라 달려 내려가 성공을 위해 홀로 여행했습니다. 시간이 조금 지나자 분노가 치밀어 오르며 화가 나기 시작했습니다. 자기가 나를 산 것도 아니면서 팔아넘기려 하다니, 뻔뻔한 것 같으니라고! 내가 그런 사람하고 서로 도우며 길동무로 지내다니! 그런 배은망덕한 부랑자에게 그 많은 토끼와 꿩을 잡아 주었다니! 은혜를 어떻게 이렇게 갚을 수 있는 걸까?

비참한 기분에 젖어 터벅터벅 몇 킬로미터쯤 걸어가자 공을 가지고 노는 아이들이 보였습니다. 친절한 아이들처럼 보였습니다. 저는 평소에도 공놀이를 좋아했기 때문에 공이 멀리 굴러가면 아이들에게 다시 가져다주는 식으로 놀이에 참여했습니다. 아이들은 저를 만나서 즐거워하는 것 같았고, 우리는 꽤 오랫동안 함께 재미있게 놀았습니다.

그러다 아이들이 저녁을 먹으러 갈 시간이 되었습니다. 저는 어디서 먹을 걸 구해야 할지 알 수 없었기 때문에 아이들을 따라가기로 했습니다. 아이들이 제게 밥을 줄지도 모른다고 생각한 겁니다. 제가 따라가자 아이들은 처음 만났을 때보다 더 좋아하는 것 같았습니다. 하지만 문 앞에서 엄마를 만난 아이들이 이 개가 자신들과 함께 공놀이를 했는데 집까지 졸졸 따라온다고 얘기하자마자 아이들의 엄마는 빗자루를 휘두르며 저를 쫓아냈습니다. 아이들의 엄마는 사람들이 내다 버린 개들과 함께 있다가는 병에 걸린다고 말했습니다. 도대체 그런 소리는 어디서 주워들은 걸까요? 내다 버린 개, 이런 표현을 쓰는 걸 용서해 주십시오. 아이들 엄마의 눈에는 어리석은 인간의 꼬리표가 달리지 않은 동물은 죄다 불쌍하게 여겨야 할, 그리고 천한 '내다 버린 짐승'으로만 보인 겁니다. 아무튼, 이야기를 계속하겠습니다. 그날 밤 저는 인간은 두 부류로 나뉜다는 생각을 하게 되었습니다. 자유를 원하는 개가 있으면 기꺼이 자유롭게 해 주는 인간, 그리고 친해지려고 애써도 쫓아내는 인간.

그런데 엄마가 저를 쫓아내자 아이들 중 한 여자아이가 강아지가 배고픈 게 분명하다며 울기 시작했습니다. 그건 사실이었습니다. 그 여자아이는 엄마보다 더 분별력이 있었지만 여전히 어린 아이였습니다. 그래서 저는 작은 속임수를 하나 쓰기로 했습니다. 저는 멀리 가는 척했지만 사실은 아주 멀리 가지는 않았습니다. 저는 식당의 불이 켜지고 아이 엄마의 그림자가 다른 방으로 사라질 때까지 기다렸습니다. 저는 아이들만 남아 밥을 먹고 있다는 것을 알았습니다. 저는 창문턱으로 뛰어올라 앞발로 조용히 창문을 두드렸습니다. 처음에 아이들은 약간 놀라는 눈치였습니다. 하지만 곧 한 아이가 창가로 와서 블라인드 한 귀퉁이를 올리고 문턱에 앉아 있는 저를 발견했습니다.

제가 좀 장황했는데, 요약하자면 결국 아이들이 저를 집 안으로 데리고 들어가 엄마가 눈치채지 못하게 벽장에 넣은 다음 선반에 있던 음식을 듬뿍 주었다는 겁니다. 그리고 아이들 모두 잠에 곯아떨어졌다고 생각한 순간, 한 아이가 조심조심 아래층으로 내려와 자기들 방으로 저를 데려갔고, 덕분에 저는 그곳 침대 밑에 아

"아이들의 엄마는 빗자루를 휘두르며 저를 쫓아냈습니다."

“한 아이가 아래층으로 내려왔습니다.”

이들이 놓아 준 푹신푹신한 베개에 누워 잘 수 있었습니다. 제가 환대라고 부르는 것은 바로 이것이었습니다. 방랑 개가 받을 수 있는 최상의 대접이었습니다.

아침이 되자 저는 아이들 엄마에게 들키지 않으려고 몰래 집을 나와 다시 여행을 계속했습니다. 제가 작별 인사를 하자 전날 울음을 터뜨렸던 여자아이뿐만 아니라 아이들 넷이 모두 문 앞까지 나와 훌쩍거렸습니다. 그 아이들이 제게 보여 준 환대를 지금도 가끔 돌이켜 보곤 하는데, 그러면 그때가 제 삶 전체를 통해 가장 행복했던 순간이었다는 생각이 듭니다. 그 아이들은 개를 어떻게 대해야 하는지 잘 알고 있었습니다. 하지만 우리 모두 잘 알고 있듯이 그런 사람은 거의 없습니다. 저는 그 아이들과 헤어지고 싶지 않았습니다. 만약 아이들의 엄마가 '내다 버린 개' 하고 있으면 병에 걸린다는 식으로 개들을 모욕하지만 않았더라도 저는 아이들과 이별하지 않았을 겁니다. 하지만 그건 너무 심한 말이었습니다. 그래서 아이들이 저를 위해 귀리죽과 고깃국물을 몰래 가져다주었는데도 저는 그곳을 떠났습니다. 그리고 제게 찾아올 운명과 마주하기 위해 마음을 굳건히 먹고 과연 어떤 운과 맞닥뜨릴지 궁금해 하며 계속 길을 나섰습니다."

→ 5장 ←

집시 생활

"3킬로미터쯤 가자, 열은 아침 안개 사이로 길을 따라 이동하는 집시들의 마차 행렬이 보였습니다. 행렬 뒤쪽에서 개 한 마리가 혹시 도랑에 쥐가 있는지 찾고 있었습니다. 전에 한 번도 집시 개를 본 적이 없었던 터라 호기심이 발동한 저는 그 개에게 다가가 쥐 잡는 걸 도와주겠다고 말했습니다. 좀 퉁명스러워 보이기는 했지만 그래도 저는 녀석이 맘에 들었습니다. 녀석은 저와 함께하는 것에 별다른 토를 달지 않았고. 그래서 우리는 함께 마음껏 뛰어다니며 꽤 여러 마리의 쥐를 잡았습니다.

저는 조금씩 조금씩 집시 개의 마음을 얻어 가며 집시 행렬을 따라다니는 삶이 어떤지 물어보았습니다. 집시들은 저처럼 여행을 좋아하는 부류라는 말을 듣고 저는 한동안 그들과 함께 제 운을 시험해 보는 것도 나쁘지 않겠다는 생각을 했습니다. 녀석이 내게 말해 준 바로는 집시들을 따라다니며 거의 간섭을 받지 않고 자유롭게 사는 개들이 꽤 많다고 했습니다.

'먹는 건 좀 불규칙해.' 어쩐지 아까와는 다르게 조금 덜 퉁명스러워진 걸 보니 녀석은 저를 좋아하게 된 것 같았습니다. '하지만 집시의 생활이란 게 원래 불규칙하니까. 좀 참으면 너도 이런 생활이 맘에 들지도 몰라. 정말 재미있어, 늘 여행을 하니까. 세상도 더 잘 알 수 있지. 힘든 일도 있지만 적어도 애완견처럼 가죽끈에 묶여 늘 같은 거리만 돌아다니는 것보다는 나을 거야. 어쨌든 잠시라도 나랑 함께 있어 보지 않을래? 아무도 뭐라 그러지 않을 거야. 집시들은 어쩌면 네가 행렬에 합류했다는 것도 눈치채지 못할 수도 있어. 적어도 2~3일은 그럴 거야.'

오래 망설이는 일 없이 결국 저는 집시들과 동행하기로 결정했고 비교적 좋은 시간을 보냈습니다. 친구가 음식에 대해 제게 해 준 조언은 맞는 말이었습니다. 식사가 불규칙하다는 말은 사실 완곡한 표현이었습니다. 몇 날 며칠 동안 한 끼도 먹지 못한 날도 있었습니다. 하지만 이런 생활을 오랫동안 해 온 집시 개는 어려운 상황에서도 먹이를 구하는 방법을 아주 많이 알고 있었습니다. 제 친구는 아마도 세상에서 가장 탁월한 음식 도둑이었을 겁니다. 제게 말을 해 주지 않았기 때문에 녀석이 음식을 어디서 구해 왔는지는 저도 모릅니다. 우리 둘 모두 배가 고파 죽을 지경이 되어 저녁 때쯤 오늘도 그대로 배고픈 채 마차 밑에 들어가 잠을 자겠구나 하는 생각이 들 때 머지는… 그래요, 머지는 제 친구의 이름입니다… 머지는 제게 이렇게 말하곤 했습니다.

'제기랄! 배가 너무 고파 잠을 잘 수가 없어. 퀫츠, 들어 봐. 먹을 걸 손에 넣을 수 있는 곳을 알고 있어. 여기서 잠깐 기다려.'

그러면 저는 이렇게 말하곤 했습니다. '나도 함께 갈까?'

'아니… 아니야, 그건 별로야.' 머지는 투덜거렸습니다. '사냥은 때로는 혼자 하는 게 나을 때가 있어.'

그런 다음 혼자서 나갔다가 반 시간도 되지 않아 엄청난 것들을 가지고 돌아오곤 했습니다. 어느 날 밤에는 살코기 푸딩을 가지고 온 적도 있었는데 익힐 때 푸딩을 묶어 놓은 천도 그대로 있었습니다. 김이 모락모락 나는 것을 통째로 가져온 것입니다. 또 어떤 때는 허브와 양파를 채워 구운 닭고기랑 소시지 꼬치구이를 가져온 적도 있습니다.

물론 이런 경우 굳이 탐정 노릇을 하지 않아도 머지가 누군가의 저녁 식사를 슬쩍해 온 거라는 건 쉽게 알 수 있었습니다. 미안한 일이기는 하지만, 저는 너무 배가 고파 어디서 가져온 음식인지를 도덕적으로 고민할 틈이 없었습니다. 하지만 선하디선한 주부들이 자신의 뒤에서 저주를 퍼붓는 걸 머지가 평생 들어 왔을 거라는 의심만큼은 떨쳐 버릴 수 없습니다. 그런데 신기하게도 녀석은 단 한 번도 붙잡힌 적이 없었습니다.

배는 많이 고팠지만, 우리의 생활은 대체로 유쾌했습니다. 우리는 장이 서는 온갖 곳을 돌아다니며 마을 축제를 구경했습니다.

“어떤 때는 구운 닭고기를 가져온 적도 있습니다.”

제가 토비를 만난 것도, 그러니까 여러분도 잘 알고 있는 '펀치 앤 주디' 인형 극단의 개 말입니다… 바로 이 시절이었습니다. 예, 저는 확실히 집시 생활을 좋아했습니다. 우리가 돌아다니는 곳이 대체로 시골이었고, 개의 삶은 시골에 있을 때 제일 재미있기 때문입니다. 도랑가에는 쥐가, 목초지에는 토끼가, 길가의 숲과 잡목림에는 꿩과 자고새가 널려 있어 언제든 쫓아다니며 잡을 수 있었습니다.

제 이런 생활은 석 달 정도 계속되다 끝을 맺었는데, 이번에도 지난번과 마찬가지로 갑작스러운 결말이었습니다. 꽤 큰 마을에 선 장에 갔을 때였습니다. 사건은 점치는 천막에서 벌어졌습니다. 그곳에서는 한 집시 할머니가 카드로 손님의 운을 점쳐 주고 있었습니다. 어느 날 꽤 부유해 보이는 사람 대여섯 명이 운세를 보기 위해 천막 안으로 들어갔습니다. 머지와 저는 천막 밖에서 어슬렁거리고 있었습니다.

그때 머지가 제게 속삭였습니다. '어디 다른 데로 가자. 이 사람들 왠지 꺼림칙해. 전에도 이런 식으로 친구를 잃은 적이 있어.'

'뭐라고?' 제가 물었습니다.

머지가 말했습니다. '그래, 조.' 집시 무리의 대장 이름이 조였습니다. '조는 캐러밴 행렬에 개들이 따라다니는 걸 다른 사람이 말해 주지 않으면 눈치채지 못해. 하지만 그걸 알게 되면 개들을 팔려고 해… 전에 잃은 내 친구는 휘핏 종이었어. 손님 중 한 사람이 그 친구를 보고 마음에 들어 조를 데리고 천막 안으로 들어갔고 조가 그 자리에서 바로 팔아 버렸어. 물론 나는 팔릴 일이 없지만… 난 그다지 좋은 개처럼 보이지 않으니까. 하지만 넌 한번 보면 누구든 맘에 들어할 만큼 영리해 보이잖아. 특히 여자들에게… 내 충고대로 해. 저 사람들이 돌아갈 때까지 멀리 가 있으라구.'

머지는 이미 발걸음을 옮기고 있었지만, 저는 돌아오라고 했습니다. 저는 이 점치는 천막에 흥미가 있었습니다. 할머니가 제 운세에 대해 어떻게 말할지 궁금했던 겁니다. 할머니는 손금을 보았습니다. 저도 제 발바닥의 금들을 살펴본 적이 있는데 꽤 특이해 보였습니다. 저는 점에 관심이 많았습니다. 저는 제 앞에 어떤 운명이 펼쳐질지 무척이나 궁금했습니다. 아주 대단한 운명이 기다리고 있을 것 같았습니다.

제가 말했죠. '잠깐, 뭘 걱정하는 거지? 내가 조의 것도 아닌데 어떻게 날 팔 수 있단 말이야?'

머지가 대답했습니다. '그런 건 아무 문제도 안 돼. 조는 뭐든 팔 수 있으니까. 상원 의원이 입고 있는 코트라도, 아니, 총리가 입고 있는 코트라도 벗겨 팔려 할걸. 그럴 수만 있다면 말이야. 똑똑하다면 한번에 알아들어야지. 빨리 피해.'

머지의 충고는 적절한 것이었지만, 제게는 조금 늦은 충고였습니다. 머지의 뒤를 따라가려고 몸을 돌리는 순간, 한 여자가 이미 나를 가리키고 있었고 조도 그 여자가 제게 매우 관심이 있다는 것을 알아차린 후였습니다. 그리고 30분 정도 머지를 볼 수 없었습니다. 저는 그 손님이 점집 천막을 떠나기를 기다리며 시장의

“저도 제 발바닥의 금들을 살펴본 적이 있었습니다.”

이곳저곳을 돌아다녔습니다.

차력사가 무거운 물건을 들어 올리는 모습을 구경하고 있을 때, 갑자기 집시 개가 뒤에서 다가오며 속삭였습니다.

'퀫츠, 이제 끝났어. 넌 끝났다고. 널 아주 맘에 들어한 저 여자가 조한테 가격만 맞으면 널 사고 싶다고 말했다고. 지금 조가 여기저기 널 찾아다니고 있어.'

제가 말했습니다. '여자가 떠날 때까지 멀리 떨어져 있었는데 어떻게?'

머지가 말했습니다. '소용없어. 조는 널 팔 때까지는 이곳을 떠나지 않을 거야. 이제 네가 여자들이 좋아하는 종류의 개라는 걸 알아 버렸으니까 말이야. 더 나쁜 건, 이번 기회를 놓치더라도 널 사슬에 묶어 옆에 두고 다음번 구매자가 나타나면 기회를 절대 놓치지 않으려 들 거라는 거야.'

저는 비명을 질렀습니다. '맙소사! 머지, 조가 정말 그럴 거라고? 그런데 넌 왜 저런 사람하고 같이 사는 건데? 나랑 같이 여기서 도망가자.'

머지는 씨익 웃으며 고개를 저었습니다.

'나는 괜찮아. 조는 신사는 아닐지 모르지만 나한테는 잘 해 주거든. 너도 알겠지만 조에게 넌 다른 곳에서 온 개야. 하지만 조는 날 자기 종족으로 여겨. 집시족 말이야. 알겠니? 저 사람들은 다른 사람들은 때리지만, 서로는 때리지 않아. 그러니 만약 조가 보기에 현찰 10파운드를 받을 수 있을 정도로 내가 멋지게 생겼다고 해도 내 생각에 조가 날 팔 것 같지는 않아. 아주 특이한 사람이지, 그게 바로 조고… 조는 나한테는 늘 잘 대해 줘… 퀫츠, 난 이 사람들, 집시족 캐러밴과 함께 있을 거야. 한번 방랑자면 영원한 방랑자라는 말이 있어. 네가 그리울 거야. 하지만, 하지만… 퀫츠, 행운을 빌게… 지금보다는 나을 거야. 조에게 잡히면, 팔릴 때까지는 절대 도망칠 수 없어. 명심해야 해.'

저는 가슴이 찢어질 것처럼 아팠습니다. 저 특이한 머지, 집시 잡종개… 말수 없는 그 개가 너무 마음에 들었기 때문이었습니다. 저는 장터를 떠나 다시 길을 나섰습니다. 성공의 길을 홀로 말입니다.

이런, 세상만사가 다 생각대로 흘러가는 건 아닌 모양입니다! 뭔가 좋은 것을 찾았다는 생각이 들 때마다 누군가가 저를 거기서 쫓아내는 것 같았습니다.

하지만 제게는 아직 보지 못한 세상이 많이 남아 있었습니다. 그리고 제가 바라던 독립적인 삶이라는 것도 아직 경험해 보기 전이었습니다. 제 운을 아직 다 제대로 보지 못했다는 게 안타까웠습니다. 제 발바닥의 금들을 다시 들여다봤습니다. 분명 좋은 금일 거라고 확신했습니다. 햇살이 화창한 날이었습니다. 저는 우울한 생각을 떨쳐 버리고 앞으로 걸어갔습니다. 굽이굽이 새로운 길마다 또 무슨 일이 생길지 희망에 부푼 채로 말입니다."

"머지는 고개를 저었습니다."

→ 6장 ←

곡예사

"그날은 음식 운이 매우 나쁜 날이었습니다. 하루 종일 먹을 걸 거의 찾지 못했습니다. 저녁이 되자 저는 배가 고파 죽을 지경이 되었습니다. 마을로 간 저는 다른 개들이 흘리고 간 뼈나 음식 찌꺼기라도 주울지 모른다는 기대를 갖고 뒷마당 몇 곳을 찾아보았습니다. 하지만 자기 구역에 들어온 걸 불쾌하게 여기고 싸움을 걸어 오는 형편없이 고약한 개들과 몇 차례 싸운 것 말고는 아무런 성과가 없었습니다.

굶주림에 지칠 대로 지친 저는 거리를 터벅터벅 걸어갔습니다. 그러다 어느 골목 모퉁이에서 한 곡예사가 재주를 부리는 모습을 보게 되었습니다. 그 남자는 물구나무서기나 공중제비돌기 같은 묘기를 보여 주고 있었습니다. 그는 혼자였습니다. 갓돌 위에는 모자 하나가 놓여 있었고 가끔 구경꾼이 그 안에 동전을 던져 주었습니다.

그 모습을 보고 저는 생각했습니다. 이 남자가 이걸로 생계를 꾸리고 있는 게 분명하다고 말입니다. 집시들과 함께 생활했을 때 저는 서커스장에서 개들이 묘기 부리는 걸 본 적이 있습니다. 그리고 서커스를 직업으로 삼아 보는 것도 괜찮겠다는 생각이 들어 혼자서 연습해 본 묘기도 꽤 있었는데 그중 몇 가지는 저도 퍽 능숙하게 할 수 있었습니다. 예를 들어 저는 앞발로 서거나 코에 각설탕을 올려놓거나 앞뒤 공중제비돌기 같은 걸 할 수 있었습니다.

저는 생각했습니다. 나도 저 남자처럼 도시 거리에서 혼자 곡예를 할 수 있지 않을까? 하지만 그러려면 사람들이 동전을 던져 넣어 줄 모자가 있어야 했습니다. 물론 제 경우에는 돈보다는 차라리 커틀릿이나 소시지를 던져 주면 좋겠지만 말입니다. 그래요. 가장 먼저 할 일은 모자를 구하는 일이었습니다.

저는 모자가 가게나 쓰레기 더미 속에 있다는 것을 알고 있었습니다. 그래서 집 뒤쪽 근처를 찾아보기로 했습니다. 그런데 이 도시의 쓰레기 더미에는 웬만한 건 다 있었지만 하필 모자는 하나도 없었습니다. 저는 매우 초조해졌습니다. 도대체 어디를 가야 모자를 구할 수 있는 걸까? 어쨌든 전 모자를 꼭 손에 넣어야 했으니까요. 그러다 모자 가게 앞을 지나가게 되었습니다. 가게 주인은 장부를 쓰느라 정신이 없었습니다. 계산대에는 모자가 많았습니다. 바닥에 놓인 상자들에는 그것보다 더 많이 있었고요. 저는 필사적

“저는 곡예사가 재주를 부리는 모습을 보게 되었습니다.”

이었습니다. 주인에게는 내게 하나쯤 주어도 될 정도로 모자가 많았습니다. 저는 가게 안으로 뛰어 들어가 제 운을 시험해 보았습니다. 하지만 모자를 상자에서 빠르게 꺼낼 수 없었습니다. 주인은 장부를 던져서 저를 쫓아냈습니다.

저는 계속 거리를 떠돌며 생각했습니다.

'신경 쓰지 말자. 어떻게든 손에 넣을 수 있을 거야.'

또 다른 거리의 모퉁이를 돌았을 때 한 노신사가 길을 건너는 모습이 보였습니다. 외투 깃을 올려 목을 감싸고 걸어가는 모습이 꽤 위엄 있어 보였습니다. 거기다 아주 우아하고 기다란 모자도 쓰고 있었습니다. 제 공연에 안성맞춤인 모자였습니다.

저는 혼잣말을 했습니다. '그래! 저 노신사를 넘어뜨릴 수만 있으면 모자가 굴러떨어질 거고, 그럼 난 모자를 가지고 다른 도시로 가 쇼를 할 수 있을 거야.'

전 곧바로 실행에 옮겼습니다. 저는 길로 뛰어들어 그 남자 다리 사이로 달려들었습니다. 그는 발을 헛디디고 바닥에 넘어져 신음 소리를 냈습니다. 그의 모자는 도랑에 굴러떨어졌습니다. 저는 그걸 낚아채 거리를 빠르게 내달렸습니다. 노신사가 미처 일어나기도 전에, 저는 모퉁이를 돌아 시야에서 사라졌습니다.

저는 도시의 완전히 다른 지역이 나올 때까지 멈추지 않고 계속 달렸습니다. 아무도 따라오지 않는 것으로 보아 안전한 곳에 다다른 것 같았습니다. 저는 사람들로 북적이는 거리에 와 있었습니다.

저는 생각했습니다. '이제 구경꾼들을 모을 차례야.'

저는 기다란 모자를 갓돌 위에 놓고 그 안으로 들어가 힘껏 짖었습니다. 길 가던 행인들이 무슨 일인가 해서 멈춰 섰습니다. 저는 계속해서 짖었습니다. 이 대목에서는 북을 쳐야 했지만, 아쉽게도 북은 없었습니다. 그래서 저는 기다란 모자 밖으로 튀어나와 관객들에게 인사를 하며 쇼를 시작했습니다. 저는 뒷발로 서기, 물구나무서기, 공중제비 등을 보여 주었습니다. 진짜 곡예사가 하는 것만큼이나 훌륭한 쇼였습니다. 사실은 더 나았습니다.

구경꾼들은 무슨 일이 벌어지고 있는지 알지 못했습니다. 그저 입만 벌린 채 황당해 할 뿐이었죠. 그러다 서로 묻기 시작했습니다. '주인이 누구죠? 어디 계신가요?'

멍청한 사람들은 제가 바로 주인이고 지금 자기 쇼를 하고 있다는 걸 알아채지 못했습니다. 얼마 후, 그들은 이게 뭔가 새로운 속임수이며 개 주인이 근처 어디엔가 숨어 있는 거고, 개가 아주 잘 훈련되어 있다는 걸 보여 주기 위해 공연이 끝날 때까지 모습을 보이지 않고 있는 거라고 생각하게 되었습니다. 이윽고 모자 안으로 동전이 쏟아져 들어오기 시작했습니다. 꽤 많은 동전이 모였지만, 그렇다고 제가 동전을 먹을 수는 없는 노릇이었습니다.

하지만 구경꾼들도 결국에는 이 공연이 온전히 저 혼자 한 거라는 걸 알게 되었습니다. 그때 몇몇 할머니들이 동전을 주는 대신에 근처 정육점에 가서 고기를 사다 주었습니다. 저는 기쁨에 겨워 게걸스럽게 고기를 먹어 치운 후 앞으로 나가 또 공연을 했습니다. 그 사이 구경꾼은 점점 더 많이 불어났습니다. 공중제비를

"저는 모자 안으로 들어가 짖기 시작했습니다."

도는 튼튼이 고기를 어찌나 많이 먹었는지 이제는 왕국을 통째로 준다고 해도 더 이상은 재주를 부릴 수 없을 정도로 배가 달걀처럼 부풀어 올라 있었습니다.

재주를 부린 덕분에 밥은 배불리 먹을 수 있었지만, 하마터면 자유를 잃을 뻔했습니다. 개도 자기 자신의 온전한 주인이 될 수 있다는 것을 사람들은 왜 이해하지 못하는 걸까요? 제 공연을 본 많은 구경꾼 중 몇몇은 제 공연이 채 끝나기도 전에 저를 데리고 가 길러야겠다는 친절한 결정을 내렸습니다.

한 할머니가 큰 소리로 말했습니다. '정말 똑똑한 강아지로구나! 내가 저 강아지를 집에 데려가 키우겠어요. 주인이 없다면 말입니다. 이 개가 내가 준 소시지를 먹는 걸 여러분도 보셨죠? 배가 고팠던 게 분명해요. 이런 똑똑한 개에게는 좋은 집이 필요해요.'

그 말을 들은 저는 서둘러 공연을 끝내기로 했습니다. 하지만 도망가는 건 쉬운 일이 아니었습니다. 제 공연을 보려고 사람들이 골목에 구름처럼 몰려와 있어서 길이 막혀 버린 것입니다. 저를 둘러싼 사람들이 제 주위로 단단한 벽처럼 서 있었습니다. 구경꾼 중 몇몇이 누가 저를 데려가느냐를 놓고 의논하기 시작했습니다. 보통 때라면 잘난 체하며 뻐기겠지만, 그때는 그럴 상황이 아니었습니다. 저는 도망갈 방법을 찾기 위해 필사적으로 주위를 살펴보았습니다.

그때 제게 모자를 도둑맞은 노신사가 인산인해를 이룬 곳에 왔다가 자신의 모자가 갓돌 위에 있고 그 안에 소고기와 양의 간이 가득 들어 있는 걸 보았습니다. 화가 잔뜩 난 그는 인파를 헤치며 앞으로 가기 시작했습니다. 그가 모자를 들어 고기를 쏟아 버리는 동안… 저는 구경꾼들이 답례로 준 걸 절반도 채 먹지 못했습니다… 저는 그가 헤집고 들어온 틈을 통해 간신히 도망갈 수 있었습니다. 군중의 관심이 갑자기 노신사 쪽으로 모였고, 그는 자신이 어떻게 모자를 도둑맞았는지 이야기했습니다. 사람들이 그의 말을 듣는 사이 저는 길 한가운데의 좀 더 탁 트인 곳으로 빠져나갔습니다.

하지만 얼마 못 가 사람들이 저를 발견했습니다.

'막아! 잡아! 도망가고 있어!' 누군가가 외쳤습니다.

모퉁이를 돌 때쯤엔 온 도시 사람들이 저를 쫓아오고 있었습니다.

소시지와 송아지 콩팥 그리고 돼지고기를 어찌나 많이 먹었는지 뛰는 게 쉽지 않았습니다. 그 무엇보다도 소중한 자유를 잃지 않으려면 어찌 되었건 있는 힘껏 뛰고 또 뛰어야 했습니다.

다행히도 거리는 꽤 어두워져 있었습니다. 대로를 벗어나 가게들을 지나자 불빛이 거의 없는 어두운 뒷골목이 나왔고 덕분에 군중을 피해 도망갈 수 있었습니다.

10분 후, 도시 외곽의 넓은 길로 나온 저는 속도를 늦추며 생각했습니다.

'아무튼 오늘 밤 난 먹을 걸 내 힘으로 얻은 거야. 하지만 다음에는 다른 방법을 써야겠어.'"

"그가 모자를 들어 고기를 쏟아 버렸습니다."

7장

수도원

퀫츠의 이야기는 벌써 몇 시간째 계속되고 있었다. 하지만 청중의 관심은 조금도 식지 않았다. 내 손가락은 글씨를 너무 많이 쓴 탓인지 뻣뻣해져 가고 있었지만(여러분도 아시겠지만 나는 이 이야기들을 『잡종개 아파트 이야기』라는 책에 수록하기 위해 속기로 받아 적고 있었다.), 이 작은 테리어 개의 신기한 이야기에 푹 빠진 나머지 시간이 어떻게 가고 있는지 모를 정도였다. 박사님도 시계를 보는 걸 잊고 있었다.

대브대브가 갑자기 나타나 시간이 자정을 넘었고 박사님이 잠자리에 들 시간도 이미 지나 버렸다는 말을 해 주지 않았다면 우리는 여전히 자리에 앉아 퀫츠의 이야기를 듣고 있었을지 모른다. 그래서 "자신의 성공을 찾아 나선 개 이야기"의 나머지 부분은 다음 날 밤으로 미뤄졌다.

하지만 다음 날 저녁에도 많은 청중이 모여 이야기가 시작되기를 간절히 기다리고 있는 모습을 본 나는 청중의 열의가 더 커졌다고 느꼈다.

퀫츠가 이야기를 이어 갔다. "제 삶의 다음 장은 조금 더 이상한 방향으로 흘러갔습니다. 그래요, 평화롭지만 이상한 방향으로요. 날씨가 추워지기 시작했습니다. 한 해가 끝나 가고 있었던 겁니다.

화난 노신사와 마을 사람들이 이제 더는 쫓아오지 않는다는 것을 알게 된 저는 잠자기 적당한 장소를 찾는 데 힘을 기울였습니다. 하지만 건초 더미보다 나은 곳을 찾지 못한 저는 거기다 구멍을 판 다음 그 안에 들어가 몸을 웅크리고 누웠습니다. 깜빡 잠이 들었을 무렵, 갑자기 차가운 동풍이 불어와 제 보금자리 속으로 파고들었습니다. 다른 곳으로 옮겨 가야겠다는 생각이 들었습니다. 건초 더미의 다른 쪽으로 가 보았지만, 그곳도 크게 다르지 않았습니다. 그래서 길로 내려가 다른 곳을 찾아보기로 했습니다.

얼마 가지 못해, 종소리가 들려왔습니다. 눈을 크게 뜨고 길 반대쪽 어둠 속을 들여다보자 커다란 석조 건물이 보였습니다. 길 한쪽 끝에 예배당 비슷한 것이 있었는데 스테인드글라스로 장식된 창을 통해 빛이 새어 나오고 있었습니다. 근처에서 유일하게 사람이 사는 곳인 그 건물은 넓은 부지 한가운데에 서 있었습니다. 좀 더 가까이 가자 예복을 엄숙하게 차려입은 사람들이 작은 예배당에 모여 있는 것이 보였습니다. 분명 수도원이었습니다. 제

대브대브가 갑자기 나타났다.

가 살던 농장 근처에도 예배당이 있었기 때문에 알 수 있었습니다. 수사들은 저녁 기도를 드리러 가던 중이었습니다.

저는 신앙심이 깊은 개는 아니었습니다. 하지만 그렇다고 해서 종교에 대해 편협한 시각을 갖고 있지도 않았습니다. 스코틀랜드의 농장에 살던 시절 제 친구 중에는 성공회파의 개도, 장로교파의 개도, 그리고 감리교파의 개도 있었습니다. 저와 아주 친한 친구 중에는 유대교 랍비가 기르는 개도 있었습니다. 아무튼 그 작은 예배당은 추운 바깥과는 달리 따뜻해 보였고, 저를 초대하는 것 같았습니다. 문이 곧 닫힐지도 몰랐습니다. 저는 수사들 사이에 섞여 저녁 기도를 하러 갔습니다.

그런데 수사 중에는 저와 달리 종교 문제에 관해 그다지 마음이 열려 있지 않은 사람도 있어 보였습니다. 그들은 제가 안으로 들어가지 못하도록 막았습니다. 제 생각에는 그들이 제가 로마 가톨릭 신도가 아니라고 생각해 안에서 할 일이 없을 거라고 여긴 것 같았습니다. 아무튼 금방 빈 좌석을 찾아 마음 내키는 대로 편안히 몸을 웅크리고 앉아 기도를 듣고 있는데, 한 평수사가 저를 잡아서 문 밖으로 내쫓았습니다.

저는 큰 충격을 받았습니다. 저는 그때까지 수도원은 나그네를 환대하는 곳이라고 알고 있었습니다. 그런데 바람이 휘몰아치는 밤에 자신들의 담장 안에서 쉬어 가려는 나그네의 목덜미를 움켜잡고 추위 속으로 내보내다니 도대체 이게 무슨 일이란 말입니까? 이제 어떻게 해야 할지 생각하고 있는 사이에, 오르간 연주와 함께 수사들이 시편을 노래하기 시작했습니다. 그런데 맙소사, 그거친 목소리라니! 저도 그것보다는 더 잘 부를 수 있다는 생각이 들 정도였습니다. 저는 수사들에게 보여 주고 싶었습니다. 그래서 예배당 문에 기대어 합창에 합류했습니다. 물론 저는 말로 노래를 할 수는 없습니다. 하지만 수사들에게 뒤지지 않을 만큼 곡조를 따라 부르는 것은 그다지 어려운 일이 아니었습니다.

제가 합창에 합류하자마자 오르간 연주가 멈추는 것을 보고 저는 깜짝 놀랐습니다. 그리고 닫힌 예배당 문 뒤에서 웅성거리는 소리가 들려왔습니다.

저는 한 수사가 이렇게 말하는 걸 들었습니다. '프란치스코 형제, 이건 악마가 우리 예배를 방해하고 있는 걸 거야. 어떤 일이 있어도 문을 열지 말게나.'

입에 발린 말도, 그렇다고 도움이 되는 말도 아니었습니다. 하지만 수도원의 최고 어른인 수도원장이 도대체 무슨 소란이 일어난 건지 알아보기 위해 예배당 입구로 나왔습니다. 수도원장은 대단히 훌륭한 분이셨습니다. 그분은 그 후 제 친구가 되었습니다. 그분은 악마이든 악마가 아니든 모든 것은 삶의 문제로 대면하는 것이 중요하다는 신념을 지니고 계셨습니다. 수도원장님은 즉시 문을 열라고 명령하셨습니다. 그리고 제가 바깥 계단 위에 앉아 있는 것을 보더니 미소를 지으셨습니다.

그분이 말씀하셨습니다. '낯선 이여, 여기 안으로 들어와 바람과 추위를 피하게나.'

"저는 합창에 합류했습니다."

저는 초대를 더 기다릴 것도 없이 곧장 안으로 들어가 좌석 하나를 차지하고 편안히 앉았습니다. 수사 중 몇 명은 제 모습을 보고 충격을 받은 것처럼 보였습니다. 하지만 자신들의 수도원장이 저를 안으로 들여보낸 것이기 때문에 어쩔 도리가 없었습니다. 그들은 다시 예배를 시작했습니다.

예배가 끝나자 수사들은 열을 지어 밖으로 나갔습니다. 모두 너무 무겁고 진지했습니다. 저도 행렬에 참여해 수도원장 옆에 꼭 붙어 걸어갔습니다. 좋은 사람이라는 걸 한눈에 알 수 있었습니다. 예배당 입구에서 우리는 두 줄로 서서 바닥을 응시하며 석조로 된 복도를 따라 또 다른 문으로 걸어 들어갔습니다. 그 뒤쪽에는 기쁘게도 식당이 있었습니다. 맛깔스러운 음식 냄새가 콧구멍으로 들어왔습니다. 몸이 얼 정도로 차가운 바람에 덜덜 떨었던 터라 허기가 찾아왔습니다.

이렇게 해서 저는 몇 달 동안 수도원에서 생활하게 되었습니다. 꽤 근사했습니다. 알고 보면 수사들도 꽤 좋은 사람들이랍니다. 수도원에 들어가는 걸 허락받은 후로 저는 원하는 곳은 어디든 갈 수 있었고 원하는 것도 마음껏 할 수 있었습니다. 그런 면에서 볼 때, 그곳 생활은 제 평생 가장 자유롭고 가장 편안했습니다. 나이가 많이 드신 그 수도원장님은 매우 재미있는 분이셨습니다. 원래부터 쾌활한 성격을 타고난 그분은, 제 생각에 수도원의 최고 어른이라는 자리에 어울리는 위엄을 유지하는 걸 가끔 힘겨워하시는 것 같았습니다. 저는 수도원장님이 저와 함께 놀면서 그런 중

"우리는 함께 마음껏 달렸습니다."

압감에서 벗어나 자신의 본성으로 돌아갈 기회를 찾으셨다고 생각합니다. 그래서 아무도 우리를 볼 수 없는 수도원 목초지로 저와 함께 나가 수달이나 토끼를 쫓으며 마음껏 달렸던 것입니다.

물론 대부분은 조용한 생활이었다는 데에 아무도 이의를 제기하지 못할 것입니다. 기도하기, 정원 가꾸기, 농장과 집안일… 우리가 하는 일은 그게 다였습니다. 평화롭고 단조로운 나날이 이어졌습니다. 하지만 저는 그 속에서도 재미난 일을 꽤 많이 찾아낼 수 있었습니다. 수도원에서 먹고 잘 수 있게 해 준 답례로, 저는 수도원 건물과 농장 건물들에 있는 쥐들을 잡아 주었습니다. 쥐가 많아서 꽤 바빴습니다. 제가 수집에 맛을 들인 것도 이 무렵이었습니다. 수도원장님은 지질학자이기도 하셔서 돌과 암석을 수집하곤 하셨습니다. 저는 땅을 파는 걸 도와드렸습니다.

그래요. 수도원 개로 보낸 시절은 정말로 평화로웠습니다. 세상을 좀 더 많이 알고 싶다는 열망이 되살아나지 않았다면, 어쩌면 전 그곳에 더 오래 머물렀을지도 모릅니다. 저는 수도원 사람들 그리고 멋진 수도원장님께 작별 인사를 하고 다시 한 번 방랑길을 나섰습니다."

⊱ 8장 ⊰

절망한 양치기

"겨울이 기승을 부리고 있었고, 집 없이 지내기에는 힘든 계절이었습니다. 한두 주 동안, 제가 경험한 그 어떤 날들보다 괴로운 시간을 보냈습니다. 얼어붙을 것 같은 매서운 바람이 쉼 없이 불어왔습니다. 저는 거의 얼어 죽거나 굶어 죽을 처지에 처했습니다. 그때 저는 개라는 종족이 왜 옛날부터 인간에 의존해 살아왔는지를 비로소 이해하게 되었습니다. 차라리 인간에게 길러지는 편이 나을지 모르겠다는 생각을 수도 없이 했습니다. 그 주인이 여자건 남자건, 아니 아무리 멍청하거나 잔인하더라도 제 속박의 대가로 하루의 양식과 따뜻한 잠자리만 챙겨 준다면 말입니다.

비참함이 극에 달해 있던 어느 날 저는 먹을 걸 찾길 기대하며 길을 따라 터벅터벅 걷다가 자기 양 떼를 모으느라 애를 먹고 있는 양치기 한 명을 보았습니다. 양치기 개가 곁에 있었지만 양 떼를 모으는 데는 전혀 소질이 없어 보이는 바보 같은 녀석이었습니다.

저는 제대로 먹지 못해서 기력이 끔찍하게 떨어져 있었지만, 그래도 지금이 뭔가 할 기회라는 걸 알아챘습니다. 양치기는 절망한 상태였습니다. 바람은 폭풍이라도 부는 것처럼 수시로 방향이 바뀌고 있었습니다. 게다가 날도 어두워지고 있었습니다. 양 떼는 사방으로 흩어져 바람에 겁을 먹고 있었습니다. 양치기 개는 도움은커녕 방해만 되었습니다. 물론 녀석도 열심히는 하고 있었습니다. 하지는 녀석은 양 떼를 모는 법을 전혀 모르는 눈치였습니다. 그게 양치기 개가 해야 할 일의 전부인데도 말입니다. 아버지는 평범한 테리어 개지만 단 한 번도 짖지 않고 양 떼를 몰 수 있는 최고의 양치기 개였습니다. 고향 농장에서 아버지를 도운 경험 덕분에 저는 양치기 일에 대해 조금은 알고 있었습니다.

자신의 개가 전혀 도움이 되지 않는다는 것을 알게 된 양치기는 곧 휘파람을 불어 개를 양 떼와 떼어 놓았습니다. 제게는 기회였습니다. 휘파람이 채 끝나기도 전에 쏜살같이 달려 나간 저는 양치기가 자신의 양 떼를 몰아넣으려 했던 바로 그 문으로 양 떼를 몰고 갔습니다. 제가 양 떼를 울타리 안으로 다 몰아넣자 양치기는 매우 기뻐했습니다. 저는 그에게 다가가 꼬리를 흔들었습니다. 그는 내 목에 얼굴을 묻고 거의 눈물을 흘릴 것처럼 기뻐했습니다. 강풍이 부는 이 밤에 양 떼를 잃어버렸다면 그는 큰 곤경에 빠졌을 것이 틀림없었습니다.

이렇게 시작된 우정은 오랫동안 계속되었습니다. 한 친구는 양치기, 또 한 친구는 양치기 개. 나는 그 두 친구와 함께 양치기의 집으로 가서 정성이 담긴 스튜와 따뜻한 잠자리를 대접받았습니다. 저녁이 준비되는 동안 저는 양치기가 아내에게 양들을 완전히 잃어버릴 뻔했는데 마침 제가 나타나서 위기를 모면했다고 얘기하는 소리를 들었습니다.

그런데 놀랍게도 딱히 교육이라고는 받아 본 적 없어 보이는 이 양치기는 저를 이용해 먹을 생각, 그러니까 제 자유를 속박하거나 저를 묶어 자기 것으로 만들려는 생각이 전혀 없어 보였습니다.

제 생각에 그는 제가 양치기 전문가이니 존경할 만하다고 여긴 것 같았습니다. 말하자면 저는 개 역사상 최초로 독립적인 전문가로서 마음 내킬 때만 일하는 개가 된 것입니다.

양치기는 가난했지만, 자기가 먹는 식사에 전혀 뒤지지 않는 훌륭한 밥을 제게 주었습니다. 저는 양치기 개의 교육을 맡았습니다. 그 개는 조금 멍청한 구석은 있었지만 그래도 꽤 괜찮은 콜리종이었습니다. 몇 주 동안 저는 날씨가 바뀌면 양 떼를 모으는 방법이 어떻게 달라져야 하는지 가르쳐 주었습니다.

여러분도 아시다시피 그 일은 사람들이 생각하는 것만큼 쉬운 일이 아닙니다. 양은 무리 지어 사는 동물입니다. 그래요, 무리 지어 사는 동물이지요. 날씨가 좋을 때는 행동방식이 일정하지만, 날씨가 나쁘면 다른 방식으로 행동합니다. 더우면 이런 식, 비가 오면 저런 식, 그리고 다른 날씨에는 또 다른 식으로 말입니다. 만

“그는 부인에게 제가 나타나서 위기를 모면했다고 이야기해 주었습니다.”

약 여러분이 양치기 개라면, 음… 훌륭한 양치기 개라면… 이미 잘 알고 그에 따라 대처하고 계실 겁니다.

아무튼 저는 그 양치기 개에게 필요한 것들을 전수해 주었습니다. 그것은 제게도 즐거운 일이었습니다. 친구에게 뭔가를 가르쳐 주는 일이 늘 그렇듯 말입니다. 두 주쯤 지나자 래글스, 그 개의 이름이었습니다, 래글스는 훌륭한 양치기 개가 되어 이제는 땅거미가 지고 눈보라가 불어도 양 떼를 믿고 맡길 수 있을 정도가 되었습니다. 그런데 이건 양치기 개에게 맡겨지는 일 중에서도 가장 어려운 일일 겁니다."

9장

도시 생활

"하지만 세상을 경험하고 싶다는 열망 때문에 수도원의 평화로운 삶에서 뛰쳐나왔던 것처럼 이번에도 저는 평화로운 삶을 버렸습니다.

그래서 양치기와 그의 양치기 개랑 작별 인사를 하고 다시 여행을 떠나게 되었습니다. 목장 생활은 외로웠고, 그래서 잠시라도 도시 생활을 시도해 보고 싶어졌습니다. 저는 큰 도시가 나올 때까지 여행을 계속했습니다. 그때만 해도 많이 순진했기 때문에 개도 사람처럼 큰 도시에서는 쉽게 거처를 찾을 수 있을 거라고 생각했습니다. 하지만 그렇지 않았습니다.

살 곳을 찾는 건 정말 힘든 일이었습니다. 결국은 공터에 나뒹굴던 낡은 포장 상자에 기어 들어가는 걸로 문제를 해결했습니다.

"포장 상자는 개가 살 집으로는 여러모로 모자라는 점이 있었습니다."

그 공터는 사람들이 쓰레기를 버리는 장소였습니다. 포장 상자는 개가 살 집으로는 여러모로 모자라는 점이 있었지만, 그거라도 찾았으니 저로서는 다행이었습니다. 상자에 난 구멍으로 비바람이 들이쳤습니다. 하지만 쓰레기 더미에서 주워 온 지푸라기와 헝겊으로 구멍을 막으니 훨씬 나아졌습니다.

또 다른 문제는 먹는 거였습니다. 이건 늘 힘든 일이기는 합니다. 하지만 저는 사람들이 많이 사니 먹는 걸 해결하기도 쉬울 줄 알았습니다. 그러나 실상은 정반대여서, 배를 채울 걸 찾는 게 그때처럼 어려웠던 적은 한 번도 없었습니다.

무엇보다도 저를 힘들게 만든 건 개 포획꾼이었습니다. 저는 도시에서는 집 없는 개가 마음대로 돌아다니는 게 용납되지 않는다는 걸 그때 처음 알았습니다. 도시 사람들에게 집 없는 개라는 말은 주인 없는 개를 뜻했습니다. 개 포획은 보건국이라는 관청이 맡고 있었습니다. 그곳 사람들은 주인 없는 개가 거리를 활보하면 사람들의 건강에 해가 된다고 여겼습니다.

제가 생각하기에 세상에서 가장 야박하고 불친절한 제도는 아마도 포획꾼 제도인 것 같습니다. 그건 이런 구조입니다. 일단 개 포획꾼은 마차를 타고 시내를 돌아다닙니다. 그러다 목줄이 없는 개나 주인이 없어 보이는 개 혹은 길을 잃은 개를 발견하면 잡아서 마차에 가둡니다. 그리고 어딘가로 데려가 주인이 찾으러 오거나 입양할 사람이 나타나기를 일정 기간 기다립니다. 그 기간 안에 집으로 데려갈 사람이 나타나지 않으면 죽여 버립니다.

여러분, 제가 개 포획꾼에게 잡히지 않으려고 얼마나 애썼는지 아십니까? 저는 매일매일 쫓기는 기분으로 살았습니다. 사는 게 사는 것 같지 않았습니다. 어떻게든 도망 다닐 수는 있었지만, 결국 도시는 제가 살 곳이 못 될 뿐만 아니라 저 역시 도시 생활에 적응할 수 없다는 판단을 내렸습니다.

그런데 어느 날 저녁 도시를 떠날 준비를 하던 중 저는 그만 포획꾼에게 잡혀 버렸습니다. 맙소사, 그땐 정말 무서웠습니다! 덜거덕거리며 자갈길을 달리는 마차 안에서 저는 이제 내 삶도 진짜 끝장이구나 생각하며 웅크리고 있었습니다. 끌려간 곳의 이름이 수용소였는지 뭐였는지 정확히는 모르지만, 아무튼 저는 그곳에서 친절한 대우를 받았습니다. 먹을 것도 잘 챙겨 주었고, 잠자리도 꽤 괜찮았습니다. 그곳에서 저는 입양을 갈 수 있을지 불안에 떨며 기다렸습니다.

사흘째 되던 날, 아마도 허용된 유예 기간의 마지막 날이었을 텐데, 할머니 한 분이 찾아왔습니다. 혹시 자신이 구해 줄 만한 떠돌이 개가 있는지 알아보려고 가끔씩 이곳에 오는 분이었습니다. 할머니의 눈길이 금방 저를 향했습니다.

할머니가 말했습니다. '오, 멋진 개군요. 저기 애버딘 종 말이에요. 집을 찾아 줄 수 있을 것 같군요.'

할머니는 담당자에게 자기가 내일 다시 올 테니 그때까지 죽이지 말라고 당부한 후, 절 입양할 사람을 찾을 수 있을 거라는 기대를 하며 돌아갔습니다.

"할머니 한 분이 찾아왔습니다."

할머니는 다시 왔습니다. 할머니와 함께 온 남자는 해코지를 할 사람 같아 보이지도 않고 꽤 재밌는 사람처럼 보였습니다. 그는 제 목에 끈을 맨 다음 데려갔습니다. 여러분이 생각하시는 것처럼 저는 그를 따라갈 수 있게 된 것이 무척이나 기뻤습니다.

하지만 집에 도착한 저는 그 남자가 절 그다지 원한 게 아니라는 사실을 알게 되었습니다. 제 생각에 그는 할머니 때문에 마지못해 저를 데려온 것 같았습니다. 그는 나이 든 하녀보다 훨씬 더 까탈스러운 독신남이었습니다. 자기 집 안에 티끌 하나 용납 못하는 성격인 그는 내가 의자에 올라가 앉거나 난로 앞 양탄자에 털 한 올만 남겨도 졸도라도 할 것처럼 야단법석을 떨었습니다.

그 집에서 산 지 일주일 정도 지나자, 저는 만약 제가 달아나 사라지면, 그 남자는 틀림없이 안도할 거라는 생각이 들었습니다. 그래서 저는 그 끔찍한 개 포획꾼들과 마주치는 일이 없도록 야밤을 틈타 도시를 떠났습니다."

10장

은둔하는 개

"저는 이번에는 인간이 보이는 곳에서 아주 멀리, 완전히 떨어져 살기로 마음먹었습니다. 고백하건대 저는 인간이라는 족속에 적잖이 실망했습니다. 실망만 한 게 아니라 짜증도 많이 났습니다. 제 눈에 인간은 자기들 몫보다 훨씬 더 많은 걸 가지고 있고, 자기들 능력 이상으로 다른 생물들에게 대장 노릇을 하려는 것처럼 보입니다. 그래서 이제 인간과 떨어져 독립적으로 살기로 결심했던 겁니다. 그렇게 하면 개도 자기 힘으로 살아갈 수 있다는 걸 저 자신뿐만 아니라 인간에게도 증명해 보일 수 있다고 생각했습니다.

제 목표를 달성할 수 있을 만한 야생의 땅을 찾는 것은 쉬운 일이 아니었습니다. 저는 길을 가다 만난 개들에게 물어보았습니다.

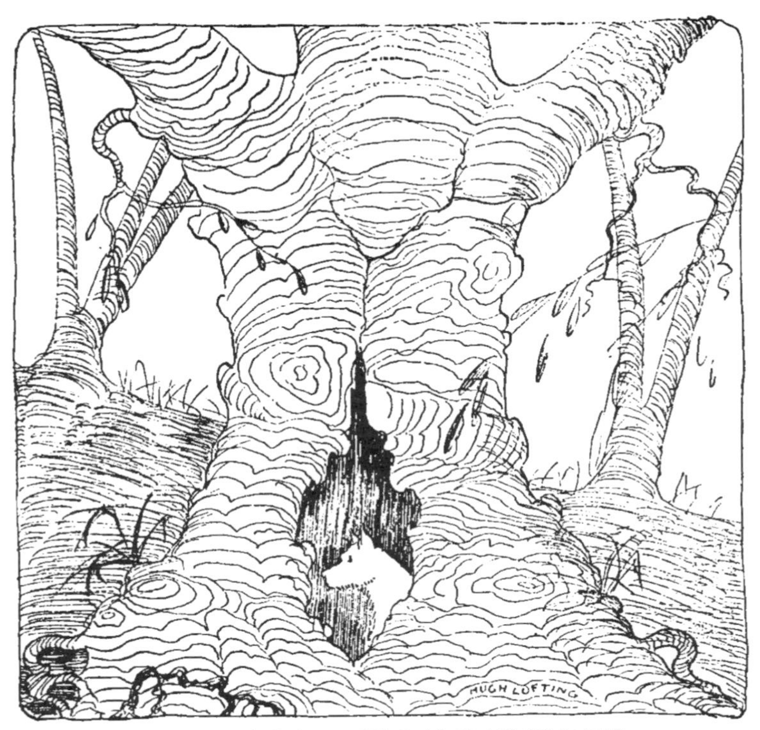

"늙은 나무에 난 아주 근사한 구멍을 하나 발견했습니다."

그들은 커다란 숲이나 거친 들판이라면 인간과 떨어져 개가 평화롭게 살 수 있지 않겠냐고 말했습니다. 그들이 말하는 곳들은 모두 아주 먼 곳이었습니다. 저는 그중 가장 괜찮아 보이는 곳을 골라 출발했습니다.

그곳까지 가는 데는 꼬박 사흘이 걸렸습니다. 농촌 마을들도 점점 눈에 덜 띄고, 사람도 적어졌습니다. 드디어 도착한 목적지는 그야말로 외지고 황량한 곳이었습니다. 한쪽은 산지였고, 다른 쪽은 넓고 완만하게 펼쳐진 숲과 황야였는데, 그곳에 사는 동물들은 모두 유순했습니다. 개가 은둔자의 삶을 살 만한 곳으로 그곳보다 나은 곳은 없었습니다.

저는 우선 그곳에 있는 작은 계곡이나 덤불 하나도 빠뜨리지 않고 자세히 탐색했습니다. 그러다 늙은 나무에 난 아주 근사한 구멍을 하나 발견했는데, 그곳은 곰이 사는 굴만큼이나 아늑했습니다. 바람, 아니 폭풍이 불어도 괜찮을 정도였고, 그 어떤 사람의 집이나 개집 못지않게 뽀송뽀송했습니다. 게다가 숲에서도 가장 외지고 깊은 곳에 있었기 때문에 나그네가 길을 잃고 우연히 숲에 들어서더라도 저를 발견할 가능성은 없어 보였습니다. 아니, 우연히라도 여길 지나갈 사람 자체가 없을 것 같았습니다. 바로 옆에 깨끗한 물이 흐르는 시내가 있어 언제든 물도 마실 수 있었습니다. 토끼도 많았고, 자고새와 멧도요도 많았습니다. 거기다 다람쥐 같은 작은 사냥감들도 좀 있었습니다. 심지어 숲에서는 겨울인데도 좋은 향기가 났고 풍경도 매력적이었습니다.

저는 토끼 한 마리를 잡아 나무 구멍으로 돌아와 밤을 날 준비를 했습니다. '됐어! 이제 인간이나 그 바보 같은 문명 따위는 신경 쓸 필요도 없어! 이곳에 정착해 이 황야에서 혼자 힘으로, 예전의 조상들처럼 야생 개로 사는 거야. 이게 진짜 삶이라고! 인간은 꺼져!'

저는 그런 삶이 가능하다는 것을 증명하기 위해 오랫동안 그곳에서 실험에 몰두했습니다. 남은 겨울 동안 저는 숲에서 완전히 독립적으로 생활했습니다. 힘든 일도 많았지만 저는 해냈습니다. 물론 거의 매일 생고기를 먹어야 했고, 가끔은 계곡 물웅덩이에 있는 돌 틈에서 커다란 송어를 잡아먹을 때도 있었습니다. 자주 있는 일은 아니었습니다. 송어는 영리한 데다 방심하는 일도 거의 없기 때문입니다. 그래도 일주일에 한두 마리는 잡았습니다. 수달이 송어를 잡는 모습을 몰래 보고 배운 후, 저는 몇 시간 동안이나 움직이지 않고 강둑 수풀 사이에 숨어 기회를 엿보다 얼음장 같은 물에 물고기라도 되는 양 뛰어들어 그들의 동네에서 송어들과 싸움을 했습니다. 저는 수달로부터 사냥 방법을 많이 배웠습니다. 족제비한테도요.

여러 면에서 정말 대단하고 멋진 생활이었습니다. 그러다 문득 제가 정말 만족하고 있는 게 아니라는 생각이 들었습니다. 자유도, 독립도… 저는 제가 원하던 모든 것을 가졌습니다. 그걸 부정할 수는 없지만 그것들 말고 다른 것을 원했습니다. 언젠가부터 숲 바깥 덤불 경계에 목초지를 둔 몇 채 안 되는 작은 농가로 내려

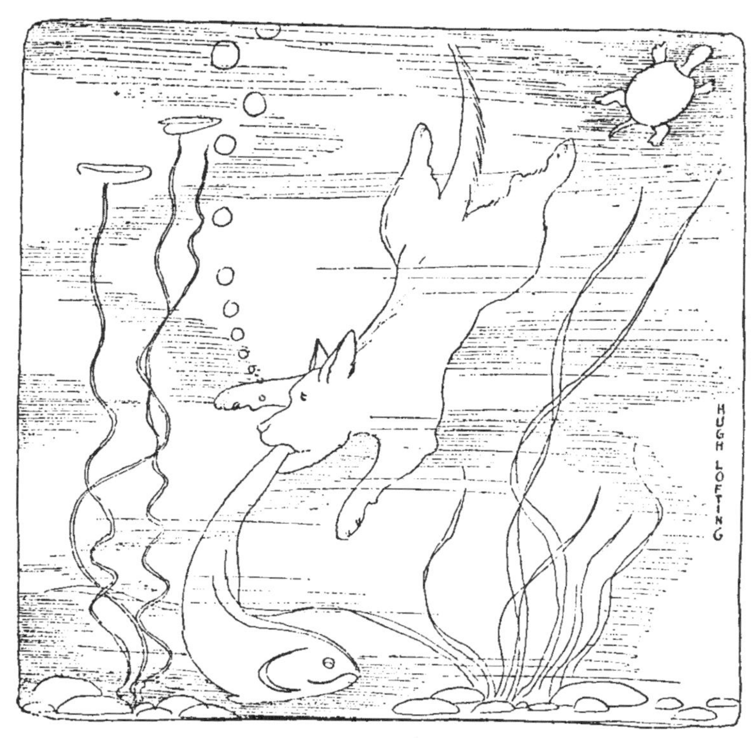

"물속에서 송어들과 싸움을 했습니다."

가 서성이는 일이 생겼습니다. 어쩌다 그러기 시작했는지는 저도 모릅니다. 하지만 저는 이내 제가 다른 개들을 만나 대화하고 싶어 한다는 걸 알게 되었습니다. 저는 한 농부의 개를 설득해 숲으로 데려와 함께 살았습니다. 우리는 함께 아주 즐거운 시간을 보냈습니다. 그리고 제가 야생에서 독립적으로 살 수 있다는 것을 보여 주고, 수달이나 여우에게 배운 다양한 사냥술도 가르쳐 주자 그 친구도 아주 좋아했습니다. 게다가 사냥을 할 때 친구가 있으면 혼자서 하는 것보다 훨씬 쉽습니다.

하지만 몇 주 지나자 우리 둘 다 만사가 귀찮아지고 시큰둥해졌습니다. 앞으로 뭘 어떻게 해야 할지 서로 의논한 끝에 결국 우리가 원하는 건 다시 사람들 사이로 돌아가는 거라는 결론에 도달했습니다. 처음에는 우리 둘 다 이런 생각을 받아들이지 않으려 했습니다. 하지만 결국은 인정할 수밖에 없었습니다. 우리가 여기서 결코 얻을 수 없는 무언가를 줄 수 있는 건 사람 친구뿐이었습니다. 우리 둘은 농부나 양치기 혹은 그들의 아이들과 산책하고 놀고 쥐를 쫓아다니던 시절의 즐거운 추억이 그리워졌습니다. 어느 날 제 친구가 말했습니다.

'퀫츠, 너도 알겠지만, 우리도 다른 야생 동물들처럼 홀로 살아갈 수는 있어. 하지만 우린 오래지 않아 그런 생활을 더 이상 원치 않게 될 거야. 우리 조상들은 오래 세월 인간의 가족으로 살아왔기 때문에, 그들이 우리한테 해 주는 것들을 그리워하게 된 거야. 내가 살던 농장에는 작은 사내아이가 하나 있었는데, 갈색 머리에 재미있는 아이였어. 너도 본 적이 있을걸. 아무튼 난 그 아이가 그리워지리라곤 생각도 못 했어. 그 아이는 가을이면 나를 데리고 버섯을 따러 다니곤 했어. 봄에는 새 둥지나 수련을 보러 갔고. 웃기는 이야기일 수도 있지만, 지금 그 아이가 다시 생각나… 퀫츠, 널 떠나 농장으로 돌아가도 괜찮겠지?'

제가 무슨 말을 할 수 있었겠습니까? 그런 질문을 받은 저는 저를 위해서도, 친구를 위해서도 이제는 실험을 그만둘 때가 되었다는 걸 직감했습니다. 친구와 함께 살기 시작한 이후 저는 광야에서 외롭게 사는 생활을 견디기 힘들어졌던 것입니다.

저는 대답했습니다. '그래, 아마 나는 다른 개들보다는 좀 더 독립적인 것 같아. 하지만 네 말에도 일리가 있어. 그래도 내가 사람들의 문명으로 돌아가려면 조건이 있어. 나 자신의 주인은 나여야 해. 사슬로 묶으려 들거나 규칙을 지키도록 강요하면 안 돼.'

친구가 말했습니다. '그렇다면 박사님의 클럽에 가 보는 건 어때?'

제가 물었습니다. '박사님? 클럽? 네가 뭘 말하는지 모르겠어. 박사님은 뭐고, 클럽은 뭐야?'

친구가 말했습니다. '글쎄, 나도 그분이 어디 사는지 정확히는 몰라. 하지만 대부분의 개는 그분에 대해 알고 있을 거야. 이름이 둘리틀이라고 했어. 서쪽 지방 어딘가에 살고 있다고 들은 것 같아. 분명히 모든 면에서 아주 존경할 만한 분일 거야. 그분 집에 개를 위한 클럽이 있는데, 그곳은 개들이 스스로 운영한다고 해. 물

“박사님을 한번 찾아가 보는 게 어때?”

론 규칙이 어느 정도 있기는 하지만, 그건 회원들이 필요하다고 스스로 인정한 것들이야. 그러니 박사님을 한번 찾아가 보는 게 어때?'

저는 둘리틀 박사님과 잡종개 클럽에 대해 이때 처음 알게 되었습니다. 저는 그곳이 태어나서 지금까지 제가 갈구해 온 곳이라는 걸 금방 알아차렸습니다. 개들이 스스로 규칙을 정하고 인간과 동등한 친구로 지낼 수 있는 곳 말입니다.

저는 친구가 떠날 때 함께 떠났습니다. 그때까지 지낸 숲은 아주 멋진 곳이었지만 떠나는 데 아무런 아쉬움이 없었습니다. 저는 농장에서 친구와 헤어져 여행을 떠났습니다. 주변에는 여전히 외로운 광야만 이어졌습니다. 가는 길을 물을 개도 거의 만나지 못했습니다. 하지만 곧 마을과 도시가 나왔습니다. 내가 물어본 개들은 모두 존 둘리틀 박사님을 알고 있는 것 같았습니다. 하지만 그분이 사는 곳까지 어떻게 가는지 정확히 아는 개는 없었습니다. 게다가 박사님이 여행을 아주 자주 다니시기 때문에 아마 그곳에 없을 거라고 하는 개들도 있었습니다. 아직 개 포획꾼의 공포에서 벗어나지 못한 저는 큰 도시는 되도록 피해 다녔습니다. 박사님과 관련해 제가 아는 거라고는 그분이 서쪽 지방에 사신다는 것뿐이었습니다. 그래서 저는 계속 서쪽으로만 갔습니다.

그러는 사이에 마침내 아주 크지도 그렇다고 아주 작지도 않은 도시가 나왔습니다. 그곳 시장 광장에서 저는 펀치 앤드 주디 쇼가 공연되고 있는 걸 보았습니다. 제가 좋아하는 것이라 발길을

“저는 펀치 앤드 주디 쇼를 구경했습니다.”

멈춰 구경했습니다. 그때 뒤에서 개가 한 마리가 다가와 제 이름을 불렀습니다. 뒤를 돌아보니 반갑게도 제 오랜 친구 토비였습니다. 직업이 직업이었던지라 녀석도 공연을 관심 있게 보고 있었던 겁니다.

우리는 이야기를 시작했고, 그러다 존 둘리틀 박사님에 관해 물어보았습니다. 토비가 그 대단한 분과 함께 살고 있다는 말을 들었을 때, 거기다 제가 찾아온 곳이 바로 박사님의 집이 있는 습지옆 퍼들비라는 걸 알게 되었을 때 제가 얼마나 기뻤는지는 여러분도 아실 수 있을 겁니다. 토비는 저를 데려가 그 유명한 클럽에 가입할 수 있는지 알아봐 주었습니다.

제 방랑은 그렇게 막을 내렸습니다. 저는 부랑자 개, 공연 개, 집시 개, 수도원 개, 전문 양치기 개, 은둔하는 야생 개로 지냈습니다. 아마도 아주 재미있는 경력은 아닐 것입니다. 하지만 굴곡 많은 삶이었다고는 할 수 있을 겁니다. 저는 이토록 쾌적한 환경에서 살 수 있게 된 것을 아주 기쁘게 생각합니다.(이 대목에서 퀫츠는 이중문으로 이어진 넓은 식당과 체육관을 향해 앞발을 흔들어 보였다.) 이것이야말로 제가 마음에 그리던 바로 그 편안하고 독립적인 삶이니, 저는 클럽이 앞으로도 계속 번창하기를 바랍니다. 그리고 제 이야기에 귀를 기울여 주신 여러분에게도 감사하다는 말을 전합니다."

11장

상투머리테리어들

퀫츠 교수는 지금까지 이야기했던 그 누구보다도 더 많은 박수갈채를 받으며 자리를 떴다. 박수가 진정되자 클럽 회장인 지프가 일어서서 청중을 대신해 공식적으로 감사의 말을 전했다.

감사의 말을 끝낸 지프는 퀫츠 다음 이야기는 아직 정해지지 않았으니 오늘 밤 남은 시간을 즐겁게 보낼 좋은 아이디어가 있다면 회원 중 누구든 제안해 달라고 부탁했다.

그러자 어떤 개(세인트버나드와 마스티프 사이의 잡종개였다.)가 일어나 박사님에 관해서 누군가가 이야기를 해 주면 좋을 것 같다고 말했다. 지금까지의 이야기들도 나름 재미있었지만, 회원들은 존 둘리틀 박사님에 관한 이야기를 듣고 싶어 할 거라는 거였다.

지프도 좋은 생각이라고 말했다. 지프는 자기 말고 박사님과 오랫동안 함께 생활해 온 개들을 꼽아 보았다. 광대 개 스위즐, 펀치 앤 주디의 토비, 탐정 개 클링, 레트리버 블래키, 불도그 그랩. 그러더니 지프는 각각의 개들에게 박사님과 함께 지내면서 재미있었던 이야기를 해 줄 수 있는지 물어보았다.

하지만 정리된 이야기를 즉석에서 해 줄 수 있는 개는 아무도 없었다. 그때 선원 개(이 개는 전에도 바다에서 경험한 자신의 흥미진진한 모험담을 말해 준 적이 있었다.)가 일어나 말했다.

"제 생각에 우리 중에서 존 둘리틀 박사님을 지프보다 더 오랫동안 알고 지낸 개는 없을 테니, 박사님에 관해서는 지프가 이야기해 주는 것이 딱일 것 같습니다."

그러자 많은 회원이 "맞습니다. 맞아요"라고 호응했다. 지프는 뭔가 대답을 해야겠다고 느꼈다.

지프가 말했다. "좋습니다. 그렇다면 존 둘리틀 박사님이 상투튼 테리어들을 만든 이야기를 해 드리겠습니다. 물론 여러분들도 아시겠지만, 박사님은 순종개이든 아니든 전혀 개의치 않는 분이십니다. 그보다는 성격이 좋은 개인지, 머리가 좋은 개인지를 더 중시하십니다. 지금으로부터 몇 년 전, 배틀브리지 백작의 미망인인 부유한 귀부인이 박사님이 얼마나 대단한 분인지 알게 되었습니다. 이런 일은 꽤 드문 편입니다. 왜냐하면 세상 사람들은 대부분 박사님을 괴짜로 여기기 때문입니다. 여러분들 중에도 아는 분들이 많으시겠지만 그래서 박사님은 자기 자신만의 세계와 동물의 세계에 갇혀 지내는 경우가 많았습니다. 하지만 배틀브리지 백

"백작 부인은 매우 슬퍼했습니다."

작 부인은 예외적인 사람이었습니다. 아니, 모든 면에서 예외적인 여성 분이었습니다. 백작 부인은 동물에 아주 관심이 많았고 또 동물을 좋아했기 때문에 뛰어난 수의학 지식을 가진 박사님을 존경했습니다. 이 여성 분도 다른 사람들처럼 박사님이 동물의 말을 할 수 있다는 것은 믿지 못했습니다. 하지만 박사님에게 동물들과 소통하는 특별한 재능이 있다는 것은 인정했습니다. 부인에게는 이미 많은 개가 있었고 개 품종과 관련해서도 권위를 인정받고 있었기 때문에 부인은 개 품평회에 꼭 참석했고 때로는 심사위원을 맡기도 했습니다.

부인은 개가 아프면 항상 박사님을 불러 진찰받게 했고, 박사님이야말로 영국에서 수의사라는 이름으로 불리기에 합당한 유일한 사람이라고 했습니다. 부인이 기르는 개 중에는 주니터라는 이름의 아주 작고 활달한 푸들이 있었습니다. 순종인 데다 품평회에서 상도 많이 받은 개였습니다.

그런데 그런 주니터가 어느 날 실종되었습니다. 백작 부인은 매우 슬퍼했습니다. 부인은 모든 신문에 광고를 내고 탐정을 고용하는 등 개를 찾기 위해 온갖 수단을 동원했습니다. 하지만 아무 소용이 없었습니다. 품평회 수상견인 주니터는 마치 땅속으로 꺼지기라도 한 것처럼 완전히 종적을 감춘 것입니다.

어느 날 저녁 저와 박사님이 서재에 있을 때 창문을 두드리는 소리가 들렸습니다. 전에도 한번 들어 봤던 소리였습니다. 그건 바로 런던 토박이 제비인 치프사이드가 부리로 유리를 치는 소리였습니다.

치프사이드는 안으로 들어오자마자 이렇게 말했습니다. '박사님, 박사님은 품평회에서 우승한 주니터가 어디에 숨었는지 아세요? 박사님 마구간이에요.'

박사님이 큰 소리로 말했습니다. '내 마구간! 이 나라에서 가장 호화로운 곳에 살면서 고작 그런 데를 골랐다고?'

치프사이드는 좀 더 가까이 다가오더니 목소리를 낮춰 말했습니다. '맞아요, 박사님. 그런데 그게 다가 아니에요. 새끼도 낳았어요… 그것도 다섯 마리나요… 그런데 지금까지 한 번도 보지 못한 아주 이상하게 생긴 강아지들이에요. 피지 섬에 사는 사람들처럼 머리에 상투가 있어요. 족제비하고 바늘겨레 사이에서 태어난 것 같은 모양이에요. 제 생각에는 주니터가 새끼들을 부끄러워하는 것 같아요… 정말이지 너무너무 이상하게 생겼거든요… 그래서 숨은 거예요.'

박사님이 말했습니다. '그랬군, 지금 당장 보러 가자꾸나.'

우리는 등불을 들고 줄줄이 마구간 쪽으로 갔습니다. 낡은 여물통 아래, 지푸라기와 낙엽들 사이로 주니터 가족이 보였습니다. 치프사이드의 말은 전혀 과장이 아니었습니다. 정말 이상한 강아지들이었습니다. 처음 봤을 때는 절대로 개일 리가 없다는 생각이 들 정도였으니까요.

박사님이 물었습니다. '맙소사, 내내 여기 있었으면서 왜 나한테 알려주지 않은 거니?'

"치프사이드가 부리로 유리를 치는 소리였습니다."

주니터가 대답했습니다. '그게, 저는 이 일로 박사님과 백작 부인 사이에 난처한 일이 생기는 걸 원치 않았어요. 그리고… 다른 이유는…'

주니터는 이상하게 생긴 자기 새끼들을 바라보며 입을 다물었습니다. 너무 민망하고 불편한 기색이었습니다.

마침내 주니터가 말문을 열었습니다. '박사님, 보시다시피 얘들은 순종이 아니에요. 백작 부인이 뭐라고 말할지, 그리고 이 아이들을 어떻게 할지 전 알 수가 없어요. 솔직히 말씀 드리면 겁이 나요. 박사님도 아시겠지만, 백작 부인은 혈통 좋은 순종 개만 기르잖아요.'

박사님이 말했습니다. '그렇지, 하지만 내가 보기에는 아주 재미있게 생긴 것 같은데. 상투가 있는 개는 아주 드물어. 게다가 영리하고. 내 생각에는 그래. 얘들 똑똑하지?'

'맞아요. 아주 똑똑해요.' 주니터가 엄마의 자부심을 감추지 못하고 얼굴이 환해지며 대답했습니다. '제가 낳은 아이들 중에서 제일 똑똑해요.'

여러분 예상대로, 박사님은 주니터의 이 말에 아주 큰 흥미를 느끼셨습니다. 그리고 결국 이 이상한 강아지들에 푹 빠졌습니다. 당장 마구간에서 집으로 데리고 오는 바람에 살림꾼 대브대브를 아주 성가시게 만들었을 정도로 말입니다. 녀석들은 온 집 안을 헤집고 다니며 우리를 졸졸 따라다녔습니다.

박사님 말대로, 녀석들은 정말 특이했습니다. 똑똑하다는 말은 녀석들에게 어울리는 표현이 아니었습니다. 기괴하다는 말이 맞을 정도였습니다. 저는 그런 강아지들은 한 번도 본 적이 없었습니다. 개가 인간의 말을 알아듣기까지는 보통 몇 년은 걸립니다. 그것도 인간의 말을 기억할 수 있는 개의 경우에나 그렇습니다. 하지만 이 녀석들은 주위에서 일어나는 일을 그 즉시 알아차렸습니다. 게다가 누가 어떤 말을 해도 다 알아들었습니다. 대브대브는 녀석들을 마구간으로 돌려보내야 한다고 끊임없이 잔소리해대며 다그쳤습니다.

하지만 박사님은 '안 돼, 대브대브. 얘들은 동물의 지능에 대해 알 수 있게 해주는 아주 귀한 사례야. 그러니 여기 있어야 해. 난 얘들을 연구해야 하거든. 왜냐구? 얘들에게는 진짜 뇌가 있으니까, 대브대브. 진짜 뇌 말이야!'

'얘들은 똥개들일 뿐이에요. 그것도 흔해 빠진 개라구요.' 대브대브가 쏘아붙였습니다.

박사님이 말했습니다. '나는 품종 같은 건 신경 안 쓴단다. 얘들은 동물 지능의 대단한 진보를 보여 주는 특이한 개들이야.'

자기 애들이 어떤 대접을 받을지 몰라 두려워하고 부끄러워하던 주니터는 이제 역사상 가장 머리 좋은 강아지들의 엄마라는 자부심을 감추지 않았습니다. 박사님은 강아지들의 지적 능력이 어느 정도인지를 알아보기 위해 온갖 테스트를 다 해 보았습니다. 저는 박사님이 언젠가는 녀석들에게 수학이나 과학을 시킬지도 모른다고 생각했습니다. 아니 어쩌면 국회의원 선거에라도 출마

"왜냐구? 얘들에게는 진짜 뇌가 있으니까, 대브대브."

시킬지 모른다는 생각마저 들었습니다. 박사님은 테스트를 수도 없이 반복할 정도로 들떠 있었습니다.

주니터가 마구간에 있다는 사실을 치프사이드에게 듣고 얼마 지나지 않아, 박사님은 배틀브리지 백작 부인에게도 이 소식을 알려야겠다고 생각했습니다. 백작 부인은 품평회에서 우승한 개가 사라진 일 때문에 여전히 속상해하고 있었습니다. 소식을 들은 백작 부인은 매우 기뻐하며 주니터를 즉시 집으로 데려와 달라고 부탁했습니다. 하지만 백작 부인은 순종이 아닌 이 불쌍한 강아지들은 거들떠보지도 않았습니다. 박사님은 백작 부인이 틀렸다는 걸 두 시간에 걸쳐 설명해 주었습니다.

박사님이 말했습니다. '주니터가 세상에서 아주 드물게 영리한 종류의 강아지를 낳았다는 것이 원래 품종의 특징을 물려받은 것보다 더 중요하다는 것을 아직도 모르시겠습니까?'

박사님이 이 새끼 강아지들의 놀라운 지능에 관해 열정적으로 한참을 설명하자 백작 부인도 흥미를 느끼기 시작했습니다. 그래서 박사님은 즉시 강아지들을 백작 부인의 집으로 데려와 보여주었습니다.

녀석들이 백작 부인의 마음을 사로잡는 데는 그다지 많은 시간이 걸리지 않았습니다. 하지만 백작 부인은 한동안 녀석들을 칭찬하다 갑자기 약간 당황하는 기색을 비쳤습니다.

백작 부인이 큰 소리로 말했습니다. '오, 박사님, 얘들을 보세요. 머리 꼭대기에 달린 괴상하기 그지 없는 이 털뭉치들을 말이에요… 멋져 보이기는 한데, 그래도 잡종개라는 건 사실이잖아. 얘들을 집에 두는 건 좀 부끄러울 것 같네요.'

박사님이 말했습니다. '예, 알고 있습니다. 하지만 개의 품종이란 건 아주 인공적인 겁니다. 오늘날 인기 있는 품종 중에도 원래부터 순수한 품종은 거의 없습니다.'

불테리어, 포메라니안, 블랙앤탠테리어 같은 품종들도 모두 여러 종류의 개를 교배해 만든 겁니다. 완전히 순수한 품종은 에스키모 썰매개, 오스트레일리아 들개 정도밖에는 없습니다. 부인이 사교계와 애견 클럽의 명사이시니 제안 드립니다. 부인의 능력이라면 새로운 품종으로 태어난 주니터의 강아지들을 충분히 유행시킬 수 있을 겁니다. 지난달만 해도 바나비 스크로글리 경이 단발머리볼리비안비글이라는 새로운 품종을 만들어내셨잖아요. 지금 대단한 인기를 끌고 있습니다. 스크로글리 경의 개는 고작 바퀴벌레 정도의 지능을 가지고 있습니다. 녀석들이랑 이야기해 봐서 잘 압니다. 하지만 주니터의 새끼 강아지는 제가 본 강아지 중에 똑똑한 편입니다.'

백작 부인은 이 말을 듣고 혹했습니다. 바나비 스크로글리 경의 부인에게 샘이 난 것입니다. 스크로글리 경의 부인 역시 애견 전문가로 애견 품평회의 심사위원도 자주 맡는 유명한 여성이었거든요. 백작 부인은 스크로글리의 단발머리볼리비안비글을 능가하는 새로운 품종을 출품해 세상의 관심을 받고 싶다는 생각이 들었습니다.

"'상투머리테리어'라고 하면 좋을 것 같군요."

마침내 백작 부인이 말했습니다. '그렇군요! 박사님은 이 품종을 뭐라고 부르시나요? 지금까지 애견 클럽에 등재된 개들의 이름들을 보면, 주니터는 그다지 좋은 이름이 아닌 것 같아요.'

박사님이 대답했습니다. '상투머리테리어'라고 하면 좋을 것 같군요. 이 똑똑한 개에 딱 어울리는 이름 같습니다. 큰 인기를 얻을 거라고 확신합니다.

'그렇군요!' 백작 부인이 말했다. '박사님 말씀이 맞을 것 같군요. 정말 매력적인 이름이에요… 그런데… 좀 더 생각할 시간을 좀 주시겠어요?'

다음날 백자 부인이 박사님을 찾아와 자신이 박사님의 제안을 따르기로 마음먹었다고 말했습니다. 그런 다음 강아지들을 전부 프랑스 이발소로 데려가 털을 빗겨 주고 상투도 세련된 형태로 깎아 주었습니다. 백작 부인은 강아지들을 자신의 집으로 데려가 환영식을 열어 주고 가족으로 맞이했습니다.

결과는 박사님이 예상한 그대로였습니다. 강아지들은 일주일 만에 인기를 독차지하게 되었습니다. 백작 부인은 외출할 때마다 이 강아지를 한두 마리씩 꼭 데리고 나갔습니다. 백작 부인은 사교계의 유명 인사였고 덕분에 이 특이한 계들은 화제의 중심에 선건 물론 신문에까지 났습니다. 모두들 이 개들의 품종이 뭔지 알고 싶어 했습니다. 백작 부인은 이 개들의 품종이 상투머리테리어라고 알려주었습니다. 품종이 뭐냐고 묻고 답하는 일이 무수히 되풀이되었습니다. 하지만 백작 부인은 더 좋은 생각을 떠올리고 박사님을 찾아갔습니다. 스크로글리가 자신의 개들이 원래는 볼리비아에 사는 테리어들을 데려와 새로 만든 품종이라고 이야기하는 걸 들은 백작 부인은 자신의 상투머리테리어들은 남쪽 바다에 있는 아주 먼 섬에서 왔다는 이야기를 꾸며냈습니다. 덕분에 강아지들의 이름은 이제 '피지의 상투머리테리어'로 불리게 되었습니다. 이제 나름 유행의 첨단을 걷는 사람이라는 평을 듣고 싶으면 피지의 상투머리테리어를 적어도 한 마리는 가지고 있어야만 할 정도가 되었습니다. 품종에 대해 문의하는 편지가 백작 부인에게 쏟아져 들어왔습니다. 어디 가면 구할 수 있습니까? 먹이는 무얼 먹입니까? 등등.

백작 부인은 기뻐했습니다. 스크로글리의 볼리비아비글을 능가하는 새로운 품종을 만든 것뿐만 아니라, 인기를 끈 이유가 강아지들이 원래 똑똑하고 매력적이라는 데 있었기 때문이었습니다. 피지의 상투머리테리어는 장부정리나 천문학 같은 일만 빼면 뭐든지 할 수 있다는 소문이 났습니다. 게다가 현재로서는 값을 매길 수 없을 정도로 비쌌습니다. 세상에 오직 다섯 마리밖에 없었고 유행에 민감한 온 나라의 귀부인들이 녀석들을 서로 먼저 사고 싶어 안달이었기 때문입니다.

마침 런던을 방문하고 있던 페르시아의 왕도 상투머리테리어를 꼭 테헤란으로 데려가고 싶다고 고집할 정도였습니다. 하지만 백작 부인은 강아지들이 페르시아에서 어떤 대접을 받을지 모르겠다며 단칼에 거절했습니다. 그러자 페르시아의 총리대신으로

"털을 빗겨주고 상투도 세련된 형태로 깎아 주었습니다."

부터 왕의 소망을 꼭 들어 달라고 요청하는 편지가 왔습니다. 그래서 주니터의 강아지 중 한 마리가 최고급 선실에 실려 왕과 함께 저 멀리 페르시아까지 가게 되었습니다. 나중에 들려온 말에 따르면 강아지는 최상의 대접을 받았다고 합니다. 하지만 왕궁에서 달콤한 과자를 너무 많이 먹는 바람에 뚱보가 되었다네요.

박사님은 기뻐했습니다. 어찌 되었건 대성공이었으니까요

어느 날 밤, 화롯가에서 신문을 읽던 박사님이 제게 말했습니다. '지프야, 이걸 봐도 알겠지만, 순종개가 잡종개보다 훌륭하다는 건 정말로 어리석은 생각이란다. 우리는 잡종개를 최신 유행어로 만든 거야. 이게 다 두세 명의 상류층 사교계 인사의 도움을 받을 수 있었기 때문이야. 지프, 모든 게 다 그저 유행의 문제야. 유행… 그 이상도 이하도 아니지.'"

→ 12장 ←

개들의 직업

지프가 '상투머리테리어' 이야기를 하고 나서 며칠 지난 후, 박사님이 우연히 잡종개 아파트의 저녁 식사 이야기에 참석했다. 여느 때처럼 이번에도 박사님이 직접 이야기해 달라는 요청이 쏟아졌다.

자리에서 일어난 박사님은 미안하지만 지금 당장은 생각나는 이야기가 없지만, 자신은 퀫츠가 해준 양 떼 모는 이야기를 아주 재미있게 들었다고 말했다.

박사님은 말을 이어갔다. "그건 개들이 다른 그 누구보다 잘할 수 있는 일의 한 가지 예입니다. 그것 말고도 개들이 더 잘할 수 있는 일들이 또 있을 겁니다. 그러니까 제 말은 직업으로서 말입니다. 긴 이야기가 아니더라도 내 생각에는 그런 경험담은 귀 기울여 들을 만한 가치가 있을 겁니다. 그리고 유익할 겁니다. 여러분 가운데 직업적으로 일해 본 적이 있는 개가 있다면 일어서 보겠습니까?"

그러자 뜻밖에도 청중 중에 수십 마리도 넘는 개가 일어나 주의를 끌기 위해 앞발을 흔들었다. 경비견도 있었고, 에스키모의 썰매견도 있었고, 해변에서 어린이를 구조하는 일을 한 개도 있었다. 자기가 알프스 산맥의 유명한 수도원에 고용되어 눈 폭풍 때 산에서 조난당한 사람들을 구조하는 일을 했다고 하는 세인트버나드 종 개도 있었다. 또 어떤 개는 눈이 먼 사람이 도시의 거리를 걸어갈 수 있도록 안내해 돈을 벌 수 있도록 도와주었다고 말하기도 했다. 얼굴이 묘하게 생긴 어떤 늙은 개는 자신이 교도소에서 탈출한 죄수들을 추적하는 일을 했다고도 했다. 그리고 네덜란드에서 말 대신 채소 수레를 끌었다는 개도 두 마리나 있었다. 깡통을 꼬리에 달고 동물 복지를 위한 기부금을 모으며 도시를 돈 경험이 있다는 개도 있었다. 사냥꾼을 따라다니며 사냥감을 찾거나 쫓아가고 또 총에 맞은 짐승을 가져오는 일을 오랫동안 해온 개들도 있었다. 직업을 가졌던 개는 이들 말고도 많았다.

박사님이 말했다. "그래요. 생계를 위해 일을 해온 회원이 우리 중에도 많이 있다는 걸 이제 여러분들도 알게 되었을 겁니다. 여러분 누구든 자기 직업과 관련해 자신의 경험담을 뭐든 조금이라도 이야기해 준다면, 내 생각에 분명 재미있는 일이 될 것 같습니다."

선생님의 바람은 이루어졌다. 개들이 차례로 일어나 자기가 가졌던 직업에 대해 간략하게 이야기했다. 일 자체에 관해서 이야기한 개도 있었고, 그 일을 하는 동안 자기가 겪었던 일에 관해 이야기한 개도 있었다. 나는 그 이야기들을 받아적어 『잡종개 아파트 이야기』라는 제목의 책 안에 별도의 장으로 수록했다.

나는 그 이야기들을 받아 적었다.

2부

→ 1장 ←

곤충의 말

『잡종개 아파트 이야기』는 두 권으로 예정되어 있었다. 하지만 내가 그중 첫 권을 마쳤을 즈음 박사님이 내게 다른 연구를 도와 달라고 했다. 그런데 받아 적어야 할 것이 너무 많아 다른 일은 한동안 미뤄 둘 수밖에 없었다.

박사님이 도와 달라고 한 것은 동물의 말을 연구하는 일이었다. 박사님은 이 연구를 끈기 있게 계속해 왔다. 이미 여러분에게 이야기한 것처럼, 박사님의 집에는 나비 사육 상자가 있었는데, 거기서 나비와 나방의 애벌레를 부화시킨 다음, 그것들을 방 하나 정도 크기의 화원에 풀어 주었다. 그물을 둘러친 그 화원에는 꽃을 비롯해 나비에게 필요한 모든 것이 있었다.

말벌과 꿀벌, 개미도 있었다. 물론 특별히 이들에게 필요한 설

나비와 나방을 그물이 둘러쳐진 화원에 풀어 주었다.

비와 집도 있었다. 이 모든 것은 단 하나의 목적에 맞도록 설계되었다. 그것은 연구를 계속하는 동안 곤충들을 자연 그대로의 상태에서 되도록 행복하게 살 수 있게 하는 것이었다.

잠자리나 강도래처럼 애벌레 때 물에서 생활하는 곤충을 위해서는 수초를 심은 작은 수조 수백 개를 만들어 넣어 두었다. 곤충들과 직접 말을 나눌 방법을 찾기 위해 곤충학의 모든 분야를 연구했다고 해도 과언이 아닐 정도였다. 박사님은 '청음 장치'라는 정교한 기계도 여러 개 제작했다.

마침 이 무렵은 모스의 전신기 실험이 대중의 주목을 받던 시기였다. 그래서 존 둘리틀 박사님도 그런 실험들이 자신의 연구를 진전시키는 데 어떻게든 도움이 될 것이라는 기대를 품고 있었다. 범포와 나는 박사님이 이런 실험을 하는 데 필요한 작은 헛간을 하나 만들었다. 전지를 비롯해 온갖 다양한 기기로 실험실을 가득 채운 박사님은 이번 기회에 곤충의 말과 관련된 몇몇 문제를 해결할 수 있으리라 확신했다.

그러나 온갖 시도와 실험에도 불구하고 성과는 아무것도 없었다. 일주일쯤 전 박사님은 내게 자신이 아무것도 해결하지 못했다고 고백했다. 그러니 내가 『잡종개 아파트 이야기』 첫 권 마지막 장을 마무리 짓고 있던 개 식당으로 박사님이 갑자기 뛰어 들어와 내 팔을 잡고 숨을 가쁘게 몰아쉬며 같이 가자고 했을 때 내가 얼마나 놀랐을지 여러분도 충분히 상상할 수 있을 것이다. 우리는 곤충 연구실 쪽으로 달려갔다. 온갖 청음 장치로 가득 찬 그곳에서 박사님은 자신이 마침내 얻어 낸 연구 결과를 내게 설명해 주려고 애를 썼다. 조만간 자신의 꿈이 실현될 수 있으리라는 확신을 갖게 해 준 실험 결과들에 대해서 말이다.

하지만 온갖 어려운 과학 용어들이 등장하는 박사님의 설명은 엄청나게 복잡했다. 미안하게도 나는 극히 일부밖에 이해하지 못했다. 들리는 단어라고는 '초당 진동수', '음파' 같은 말이 다였다. 여느 때처럼 박사님은 자신이 발견한 것에 너무 들뜬 나머지 다른 것들은 전혀 개의치 않았다.

박사님이 말했다. "스터빈스, 네가 비서 일과 노트 정리를 도와주었으면 해. 기록해야 할 게 산더미 같아. 알아낸 게 너무 많아 죽을 지경이거든. 모든 게 갑자기 술술 풀리는 바람에… 다섯 가지 곤충, 그러니까 말벌, 구더기, 집파리, 나방, 물방개와 말을 할 수 있게 된 것 같아. 내가 맞다면 지금 이 순간이 내 인생 최고의 순간이 될 거야. 자, 이제 일하러 가자."

우리는 그 후 며칠 동안 밤낮을 가리지 않고 일했다. 정말 열심히 일했다! 대브대브는 절망했다. 우리는 식사 시간조차 제대로 챙기지 못했다. 아예 식탁에 얼굴조차 내밀지 못할 때도 있었다. 사실 나는 반쯤은 조는 게 일이었다. 박사님은 밤늦게까지 일을 하는 게 다반사였고, 아침에도 일찍 일어나 곧바로 일을 시작했기 때문이다. 거미원숭이 섬으로 가는 도중 박사님이 배 안에서 조개류의 말을 처음 알아듣는 데 성공했을 때의 장면이 떠오를 정도였다.

박사님은 들통, 과자통, 찻잔 등 온갖 것에다 곤충을 담아 집안으로 가지고 들어왔다. 난장판도 이런 난장판이 없었다. 박사님의 침실, 부엌, 거실, 서재… 발을 어디로 옮기든 구더기가 든 냄비, 말벌이 든 유리잔, 물방개가 든 그릇으로 가득했다. 그걸로도 모자랐는지 박사님은 밖에서 더 많은 걸 가지고 들어왔다. 우리는 채집 상자를 들고 시골로 나가 지금까지 해 보지 못한 실험에 적합한 엄청나게 큰 딱정벌레나 새로운 종류의 말벌을 찾기 위해 돌아다녔다.

불쌍한 거브거브는 계속해서 말벌에 쏘였다. 사실 집 안 자체가 말벌집 같았으니 어쩔 수 없는 노릇이기도 했다. 대브대브도 구더기 때문에 말로 표현할 수 없을 정도의 분노를 느끼고 있었다. 대브대브는 박사님이 보지 않는 틈을 타 구더기들을 창밖으로 내버리기까지 했다. 하지만 이내 무슨 변명이든 해야만 했다. 둘리틀 박사님은 집 안 곳곳이 그 작은 깡통들로 난장판이 된 상태에서도 그중 하나라도 없어지면 바로 알아차렸기 때문이다.

거브거브는 계속해서 말벌에 쏘였다.

→ 2장 ←

외국산 곤충들

솔직히 말하자면, 나는 곤충과 실제로 이야기를 나눈 적이 없다. 하지만 둘리틀 박사님이 곤충과 이야기한 것은 의심의 여지가 없는 사실이다. 내 눈으로 직접 보았기 때문에 확실하게 말할 수 있다. 말벌에게 앞발로 선 채 나머지 네 다리를 흔들라고 시키는 건 말벌의 말을 모르면 할 수 없는 법이다. 나는 박사님이 그런 걸, 아니 그보다 더 어려운 일도 시키는 걸 보았다.

물론 몸집이 큰 동물들과 이야기할 때만큼 서로의 생각이 쉽게 교환되는 것은 아니었다. 곤충들은 생각하는 방식이 다른 동물들과는 다르다. 따라서 자신들의 생각을 전달하는 언어도 다르다. 특별히 몸집이 아주 큰 곤충을 제외하면 그들의 말을 '듣기' 위해 매우 정교한 기계들을 동원해야 했다.

외풍이나 진동이 없도록 조심해야 했다. 그래서 범포와 나는 아무리 큰 충격을 받아도 기계가 흔들리지 않도록 바닥을 견고하게 만든 또 다른 시설물을 설치했다. 그리고 시설물 내부의 온도를 정확하게 올릴 수 있도록 난방 장치도 마련했다. 박사님이 발견한 바에 따르면 대부분의 곤충은 자신들이 활동하는 계절의 평상시 기온보다 온도가 떨어지면 곧바로 잠을 자는 경향이 있기 때문이었다. 곤충들은 대체로 따뜻할수록 더 활동적으로 변하고 말도 많이 했다. 물론 더운 여름철보다 온도가 더 올라가서도 안 됐다.

'듣기'라는 말은 우리가 편의상 쓴 말이었다. 실제로는 진동을 기록하는 것, 그러니까 곤충이 날갯짓을 할 때 나는 소리의 높낮이나 날갯짓의 속도 혹은 여타의 희미한 소리나 동작을 기록하는 일에 가까웠다. 몸집이 아주 큰 곤충이 내는 소리는 맨 귀로도 들을 수 있었다. 존 둘리틀 박사님이 확실하게 결론을 이끌어낸 정보들은 잉글랜드에는 살지 않는 외국산 메뚜기나 매미 종류를 통해 얻은 것들이었다. 박사님이 이런 외국산 곤충을 손에 넣은 과정에 얽힌 이야기도 흥미로웠다. 박사님은 몇몇 새들에게 나라 밖으로 나가 메뚜기, 귀뚜라미 등의 유충과 알을 가져와 달라고 부탁했다. 그는 이 일을 곤충을 먹고 사는 새들에게 부탁했는데, 왜냐하면 그런 새들은 필요한 곤충이 어디에 있는지 그리고 그런 곤충의 종류가 무엇인지 알 수 있기 때문이다. 그는 새들이 알을 가져오면 상자에 넣어 부화시켰고 유충은 성체로 키워 냈다.

이 새로운 방식의 곤충 연구를 통해 박사님은 아주 다양한 곤충

박사님은 몇몇 새들에게 나라 밖으로 나가 메뚜기, 귀뚜라미 등의
유충과 알을 가져와 달라고 부탁했다.

의 생태에 대해 많은 것을 알아낼 수 있었다. 내가 박사님을 위해 기록한 내용이 두꺼운 공책 60권을 가득 채울 정도였다. 박사님이 곤충과 더 친밀하게 대화를 나눌 수 있었던 특별한 경우에는 곤충 한 마리 한 마리의 개별적인 삶이나 곤충 사회에 관한 이야기도 들을 수 있었다. 일반 독자들에게는 우리가 7, 8개월 동안 연구하면서 수집한 과학적인 자료들보다 이런 이야기가 더 재미있을 것이라고 생각한다. 우리는 나비 중에 몇몇 종은 대단한 상상력을 가지고 있다는 사실을 발견했다. 곤충들이 이야기해 준 것 중에는 그저 우리를 즐겁게 해 주려고 그럴듯하게 꾸며 낸 이야기들도 분명 있을 것이다. 하지만 나는 그중 한두 가지 이야기를 들려줌으로써 독자들의 판단에 맡기려 한다.

박사님의 연구 때문에 고생을 많이 한 대브대브를 뺀 나머지 식구들은 모두 박사님의 새로운 연구를 대단히 흥미로워했다. 내가 공책에 새로운 내용을 쓸 때마다 큰 소리로 읽어 달라며 치치, 폴리네시아, 투투, 거브거브가 달려오곤 했다. 그러면 박사님이 따뜻한 난롯가에서 매일 밤 식구들에게 재미있는 이야기를 들려주던 좋았던 그 시절처럼 이번에는 내가 부엌 난롯가에 옹기종기 모인 동료들에게 이야기를 들려주었다.

⊱ 3장 ⊰

귤

곤충들과 관련해 가장 재미있는 이야기 중 하나는 어느 말벌의 이야기였다. 물론 박사님은 꽤 많은 말벌을 연구했다. 하지만 이 말벌에게 한 실험은 다른 어떤 실험보다 특히 더 많은 성과를 냈다. 머리 좋은 이 작은 말벌은 방이 따뜻할 때면 특히 이야기를 더 많이 했다. 녀석은 둘리틀 박사님과 친해진 후로는 마치 애완 고양이처럼 박사님이 가는 곳이면 어디든 졸졸 따라다녔다. 녀석은 박사님이 자기를 만져도 절대로 찌르는 법이 없었고, 박사님 귀에서 몇 센티미터 떨어지지 않은 옷깃에 앉을 때 가장 행복해 보였다. 녀석에게 '귤'이라는 이름을 붙여 준 것은 거브거브였다. 그건 박사님이 녀석에게 가장 좋아하는 것이 뭐냐고 물었을 때 노란색 잼이라고 답했기 때문이다. 우리는 살구, 복숭아, 모과, 배 등의 잼을 가져다주었다. 그러다 마침내 녀석이 말한 게 바로 귤로 만든 마멀레이드라는 걸 알아냈다.

우리는 녀석에게 마멀레이드가 든 전용 단지를 마련해 주었다. 녀석은 정말로 좋아하는 것 같았다. 하지만 우리는 곧 녀석이 먹는 양을 제한해야만 했다. 녀석은 한번에 엄청나게 많은 양을 먹었다. 그러고는 금방 잠이 든 다음 아침에 일어나 머리가 아파 죽겠다며 불평을 해 댔다. 어느 날 밤에는 너무 많이 먹는 바람에 잼 단지 속으로 굴러떨어져 곧바로 바닥에 등을 대고 잠에 빠져든 적도 있었다. 자기가 가장 좋아하는 마멀레이드 속에서 말이다. 녀석의 날개와 몸에 잼이 덕지덕지 붙는 바람에 우리는 녀석을 꺼내서 따뜻한 물로 씻겨 주어야만 했다. 이 일은 흰 쥐의 도움을 받았는데 그건 우리 중 누구도 녀석의 발과 얼굴에 상처를 내지 않고 씻길 수 있을 만큼 손이 작지 않았기 때문이다.

마멀레이드에 대한 집착은 '귤'의 유일한 결점이었다. 이것 말고는 도저히 말벌이라고 할 수 없을 정도로 성격이 아주 좋았다. 전에 말벌에 쏘여 본 적이 있는 거브거브는 녀석을 무척이나 무서워했다. 하지만 거브거브만 빼면 아무도 녀석을 무서워하지 않았고 오히려 녀석을 깔고 앉는 일이 생길까 봐 노심초사할 정도였다. 왜냐하면 녀석은 방 안의 모든 의자, 소파, 침대 위를 마치 자기 것이라도 되는 양 기어 다녔기 때문이다.

귤이 우리에게 들려준 곤충 세계의 이야기 중에 우리가 특히 좋아한 것은 '나는 어떻게 벙컬루 전투에서 승리했는가?'라는 이야

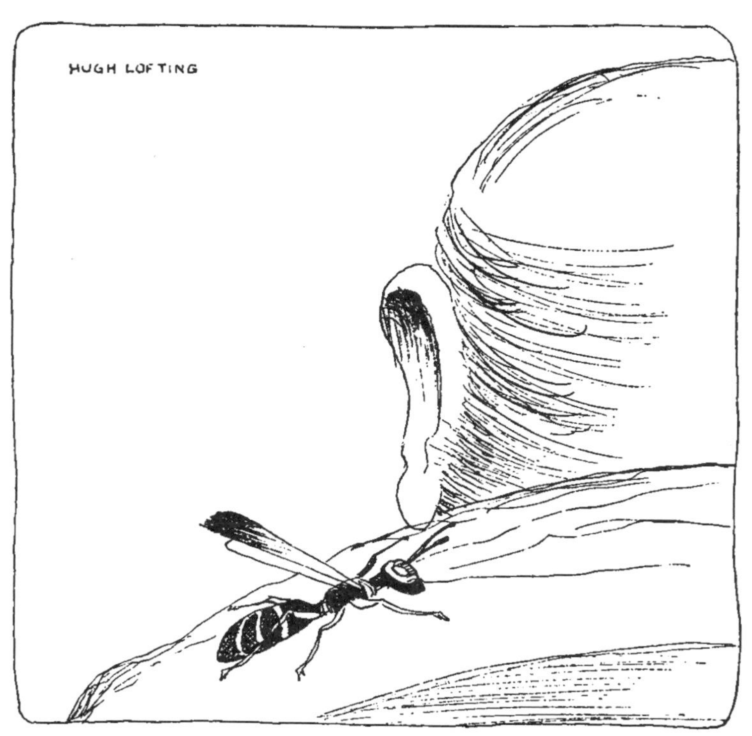

녀석은 박사님 귀에서 몇 센티미터 떨어지지 않은 옷깃에 앉을 때 가장 행복해 보였다.

우리 중 누구도 녀석의 발을 씻길 수 있을 만큼 손이 작지 않았다.

기였다. 녀석이 들려준 이야기는 다음과 같다.

"벙컬루 전투가 벌어진 곳은 포도밭과 올리브 숲이 펼쳐진 언덕들 사이에 있는 멋진 계곡이었어요. 많은 전투가 벌어졌던 역사적인 곳이지요. 전투를 하기에 좋은 지형이라는 것도 한몫했어요. 그리고 세 나라의 국경이 만나는 중요한 지점이라는 것도 한 이유였고요. 근처의 들판과 올리브 나무들 근처에는 말벌들의 집이 있었어요. 그 정도 크기의 지역이라면 으레 말벌집이 있게 마련이지요. 예전부터 늘 거기 살았던 거예요. 물론 똑같은 말벌들은 아니지만 말이에요. 하지만 전통과 전설이 조상 대대로 전해져 내려왔어요. 우리가 가장 무서워하고 혐오하는 것은 전쟁이었어요. 전쟁이라면 정말 진절머리가 나요! 심지어 우리 어머니는 살아생전 같은 곳에서 전쟁을 두 번이나 겪었어요.

그래요, 사실 우리에게 전쟁이란 황소에게 붉은 천을 보여 주는 것과 같은 거랍니다. 낭비도 그런 낭비는 없을 거예요. 군인들이 아름다운 계곡 양쪽에 대포랑 말 그리고 온갖 무기를 배치했어요. 끔찍한 화약 냄새가 나는 포탄이 몇 시간 내내 발사되고 나면 주변의 나무들이 뿌리째 뽑혀 나갔고 결국 우리 말벌집들도 엉망으로 망가졌어요. 그중 몇 개는 우리가 몇 날 며칠에 걸쳐 새로 지어야 했어요. 몇 시간 후 싸움이 끝나 그들이 떠나면, 바닥에는 사람과 말들의 사체가 나뒹굴고 그 후 며칠 동안 끔찍한 냄새가 진동했어요. 화약보다 더 끔찍한 냄새가요.

그런데도 아무것도 해결된 것처럼 보이지 않았어요. 왜냐하면

1~2년 내로 그들이 다시 와서 전투를 벌이고 그러면 또 주변 풍경이 황폐해졌거든요.

저는 아직 어려서 전투를 직접 본 적은 없었어요. 하지만 저보다 나이가 많은 친척 벌들한테 이야기는 많이 들었어요. 그러던 어느 날 저녁, 우리가 새로 만들 집의 마무리 작업을 하고 있을 때 사촌 형이 와서 말했어요.

'애들아, 굳이 힘들게 일할 필요 없어. 또 전쟁이 일어날 것 같아.'

제가 물었어요. '그걸 어떻게 알아요?'

사촌 형이 말했어요. '저기 계곡 입구에서 지난번처럼 언덕에다 땅을 파고 커다란 대포들을 설치하며 전쟁 준비를 하는 걸 봤거든. 지난번에 대장을 맡았던 바로 그 '수염' 장군도 봤어. 그 장군이 전쟁에 나서면 다른 때보다 항상 더 격렬해.'

그런데 그 말을 듣자 저는 뭔가를 해야겠다는 투지가 생겼어요. 이제 막 마무리 작업을 하던 우리 집을 반드시 지켜야겠다는 생각이 든 거지요. 다음 날 저는 상황을 살펴보러 나갔어요. 계곡 남쪽 끝으로 날아가니 붉은색 코트를 입은 사람들이 엄청나게 큰 대포를 설치하느라 정신이 없었어요. 그들 뒤로 천막, 줄에 묶인 말들, 탄약을 실은 마차들, 그리고 온갖 군사 물자들이 눈에 들어왔어요.

계곡의 다른 끝 쪽으로도 가 보았더니, 그곳에서도 똑같은 일이 벌어지고 있었어요. 준비가 끝나면 그 두 군대는 계곡 가운데로 진격해 또다시 멍청한 전쟁을 시작할 것 같았지요.

“저는 형에게 물었어요. ‘그걸 어떻게 알아요?’”

"마치 바다코끼리 입에 난 수염처럼 붉고 긴 그의 수염이 펄럭거렸어요."

다음 날 아침 일찍 우리는 엄청나게 큰 나팔 소리와 북소리 때문에 잠을 깼어요. 하지만 동료 말벌들을 위해 내가 뭔가를 할 수 있다는 희망이 아직은 남아 있는 것 같았어요. 해야 할 일이 정확히 뭔지는 몰랐지만요. 나는 집을 나서 다시 정찰을 시작했어요.

계곡 중간쯤 왔을 때 한쪽 언덕 위로 조금 더 높은 둔덕이 하나 보였어요. 그곳에 말들하고 사람들이 모여 있었어요. 저는 가까이 날아가 살펴보았죠. 옷을 아주 화려하게 차려입은 사람들이 말을 탄 한 남자 주위에 모여 있었는데, 그 남자가 아마 가장 높은 사람인 모양이었어요. 그는 야전용 망원경으로 계곡 구석구석을 살펴보고 있었어요. 전령들이 끊임없이 들락거리며 그에게 새로운 소식을 보고했어요.

저는 그 남자가 바로 그 유명한 수염 장군이라고 확신했어요. 하지만 지금 생각해 보니 이름이 꼭 맞다고 단정할 수는 없을 것 같아요. 우리 말벌들이 그렇게 부르기는 했지만 실제 이름은 전혀 다를 수도 있거든요. 우리가 그 사람을 수염 장군이라고 부른 건, 그가 말을 할 때마다 바람을 심하게 내뿜어 마치 바다코끼리 입에 난 수염처럼 붉고 긴 그의 수염이 펄럭거렸기 때문이에요. 양쪽 군대의 이름은 스미더리아와 봄바스테로니아였어요. 하지만 이것도 어쩌면 정확한 이름이 아닐 수도 있어요. 아무튼 수염 장군은 봄바스테로니아 군대의 최고 사령관이었어요.

수염 장군이 높은 꼭대기에 자리 잡은 것은 전장을 한눈에 내려다보기 위해서였어요. 물론 내심 스스로 안전한 곳에 있어야겠다는 생각도 했을 테고요. 콧수염 사이로 입김을 계속 내뿜고 있는 걸로 봐서 장군은 멋진 전투를 기대하고 있는 모양이었어요. 그러니까 가장 추악한 전투를 말이에요. 그는 우리의 아름다운 계곡을 부러진 나무, 죽거나 다친 사람, 다친 말들만이 가득한 피폐하고 황량한 곳으로 만들어 놓은 다음에야 전쟁을 끝낼 것 같았어요.

그가 거만한 말투로 명령을 내리는 모습을 보자 저는 분노가 치밀어 올라, 뭐든 할 준비가 되었어요. 하지만 제가 뭘 할 수 있었을까요? 저는 작디작은 곤충에 불과했어요. 한 마리 말벌일 뿐이었다고요!

이윽고 저 계곡 아래쪽에서 나팔 소리가 들려왔어요. 그와 거의 동시에 천둥 같은 대포 소리도 들려왔고요. 말들이 움직이기 시작했고 장군과 그의 장교들은 전투 장면을 보기 위해 안장 위에서 몸을 기울였어요.

전투가 시작됐어요!

벙컬루 전투의 유일한 목표는 이 계곡을 차지하는 것이었어요. 계곡을 손에 넣은 다음 무엇을 할지 둘 중 어느 군대든 알고 있긴 했는지, 그건 저도 모르겠더라고요. 하지만 무엇을 위한 전쟁인지는 저도 알고 있었어요. 계곡을 차지하기 위한 전쟁이었죠. 이러나저러나 전쟁을 하는 와중에 계곡이 엉망진창이 될 것은 분명했기 때문에 둘 중 어느 쪽이 이기느냐는 우리 말벌들에게 중요하지 않았어요.

첫 번째 대포 소리가 들린 다음 말이 안절부절못하고 있는 걸

“말은 크게 한번 뛰어올랐어요.”

본 내게 한 가지 좋은 생각이 떠올랐어요. 수염 장군에게 날아가 코를 쏘아 봐야 아무런 소용이 없었을 거예요. 물론 전 장군을 마음껏 쏘아 주고 싶었지만요. 하지만 말을 침으로 쏜다면 뭔가 소득이 있을지도 모른다는 생각이 들었어요. 크림색 털이 완벽하게 손질된 그 멋진 말은 아주 기운차 보였지만, 대포 소리에 마치 마녀처럼 신경질적으로 변해 있었어요.

이런 생각이 들자마자 저는 곧바로 실행에 옮겼어요. 저는 말 뒤쪽으로 달려들어 배를 침으로 찔렀지요. 말에게는 참 더러운 책략이었을 수도 있기에 나중에라도 사과하고 싶었지만 그러기에는 말의 귀가 저와 너무 멀리 떨어져 있었어요.

결과는 즉각적이고도 놀라웠어요. 말은 크게 한 번 뛰어오른 다음 저와 장군을 태운 채 전속력으로 언덕을 내려갔어요. 이때 양쪽 군대는 계곡 가운데를 향해 진군하고 있었어요. 저는 바람에 날려 가지 않도록 힘껏 매달려 있었어요. 저는 배 위를 기어가 다른 곳도 쏘았어요. 그러자 말은 아까보다 더 빠른 속도로 내달렸어요.

계곡 아래 평지에 도착하자 그곳에서는 이미 창기병들이 공격을 시작하고 있었어요. 저는 말이 방향을 틀어 창기병 말들에 합류할까 봐 걱정되었어요. 그래서 저는 또 녀석을 침으로 쏘았어요. 그러자 녀석은 속도를 더 냈고 덕분에 저는 바람에 날려 뒤에서 따라 날아가야만 했어요. 녀석을 따라잡느라 정말 힘들었어요. 말은 계속해서 평지를 가로질러 달리다 또 다른 비탈로 올라갔어요.

앞에서 말한 것처럼 수염은 봄바스테로니아의 총사령관이었어요. 자신들의 그 유명한 총사령관이 전쟁터에서 전속력으로 도망치는 것을 본 창기병들은 완전히 사기를 상실했어요. 전투는 그걸로 끝이 났죠. 스미더리아의 장군은 벙컬루 전투에서 승리했다는 이유로 많은 훈장을 받았어요."

귤은 조심스럽게 이야기를 끝냈다. "하지만 여러분이 들으신 것처럼, 전투에서 승리한 것은 사실 바로 저예요. 그러니 마멀레이드를 조금 더 먹어도 될까요?"

→ 4장 ←

집에서 사육된 곤충들

대브대브가 그때만큼 불쌍할 정도로 신경을 곤두세우고 안달복달하는 모습을 나는 한 번도 본 적이 없었다.

어느 날 저녁 대브대브가 눈물을 글썽이며 내게 말했다. “박사님이 절름발이 오소리들이랑 류머티즘에 걸린 들쥐들로 집을 가득 채우셨을 때도 안 좋았어. 하지만 이번엔 그보다 천 배는 더 안 좋아. 내가 아무리 열심히 집을 청소해도 소용이 없어. 박사님은 벌레 나부랭이들로 집을 또 어수선하고 숨 막히게 만들어 놓으시니까. 얼마 전에는 천장의 거미들을 친구로 삼으셨다구. 거미줄을 절대로 쓸어 내면 안 된다고 말씀하셨어. 바퀴벌레 없는 집을 만드느라 내가 몇 년이나 고생했는지 알아? 그런데 어젯밤에는 바퀴벌레를 잡으시겠다며 등불을 들고 오만 군데를 다 돌아다니셨어.

"박사님은 '대브대브, 분명히 우리 집에 바퀴벌레가 있지 않았니?'라고 물으시기까지 했어."

'대브대브, 분명히 우리 집에 바퀴벌레가 있지 않았니?'라고 물으시기까지 했어.

그래서 내가 말씀드렸지. '전혀 없어요. 녀석들을 없애느라 몇 년이나 걸렸고 결국에는 성공했거든요. 제 부엌에서는 한 마리도 찾으실 수 없을 거예요.'

이 말을 듣고 박사님이 한숨을 내쉬더군. '맙소사! 말을 나눠 볼 바퀴벌레가 필요한데. 매슈 머그의 집에는 몇 마리쯤 있지 않을까?'

아무짝에도 쓸모없는 매슈에게 가서 바퀴벌레들을 얻어 오실 것 같아. 바퀴벌레가 일단 우리 집에 돌아오면, 금방 번식해 순식간에 퍼질 거야. 고작 바퀴벌레와 말하고 싶다는 이유로 말이야. 그게 말이 돼? 바퀴벌레가 뭐라고 얘기하는지가 대체 왜 중요한 거지? 거미도 그렇고… 어떨 때 보면 상식이라는 게 전혀 없는 것처럼 보인다는 게 박사님의 문제야."

나는 대브대브를 달래 보았다. "하지만 대브대브, 지금 하시는 연구는 아마 그리 오래가지 않을 거야. 너도 알다시피, 박사님의 관심을 끌 만한 새로운 연구 분야가 줄줄이 대기하고 있잖아. 다음 주쯤이면 박사님이 완전히 다른 연구를 하실지도 모르고 그렇게 되면 너도 집 안을 다시 깔끔하게 돌려놓을 수 있을 거야."

대브대브가 슬픈 모습으로 고개를 내저으며 말했다.

"난 그럴 일은 별로 기대 안 해. 박사님이 대화하길 원하는 벌레들이 아직도 잔뜩 남아 있으니까 말이야. 토미, 지난번에 박사님이 지프에게 뭐라고 했는지 아니?"

이 대목에서 대브대브는 무슨 죄라도 짓는 양 목소리를 낮추고 뒤를 돌아보며 말했다.

"지프한테 벼룩도 말을 할 수 있을 거 같냐고 물어보시는 거 있지."

내가 물었다. "그래서 지프는 뭐라고 답했는데?" 솔직히 그때 나는 겁에 질린 대브대브의 얼굴을 보고 웃음을 참을 수 없었다.

대브대브가 대답했다. "다행히 지프는 거의 거들지 않았어. '벼룩이요? 걔들은 물기만 하잖아요. 박사님, 걔들하고는 절대로 상대하지 마세요… 걔들은 정말 더러운 녀석들이에요!"

그때 둘리틀 박사님이 구더기들이 담긴 작은 접시를 들고 방 안으로 들어왔다.

박사님이 말했다. "스터빈스, 이걸로 실험을 해야 해. 네가 와서 청음 장치의 숫자를 17로 맞춰 주면 바로 시작할 수 있을 거야."

대브대브는 접시를 힐끔 쳐다보며 투덜거렸다. "맙소사!"

박사님과 나는 곧바로 청음 장치가 있는 움막으로 가서 실험에 착수했다. 우리는 꽤 근사한 결과를 손에 넣었다. 구더기 중 몇몇이, 그중에서도 크고 활발한 흰색 구더기 한 마리가 대브대브의 말을 대충이나마 알아듣고는 아주 기분 나빠했다.

구더기가 말했다. "쟤는 우리에게 끈적거리고 지저분하다고 말할 권리가 없어요. 제 생각에는 예쁘고 청결하고 운동을 좋아하는 구더기들보다 오리나 사람이 훨씬 더 끈적거리고 지저분해요. 쟤

대브대브가 대답했다. "다행히 지프는 거의 거들지 않았어."

한테 제 말을 전해 주면 고맙겠어요."

내가 공책에 '실험 179'라는 제목을 적고 그 밑에다 구더기의 이 말을 적자 박사님이 말했다. "스터빈스, 나도 그 점에는 구더기들과 전적으로 동감이다. 다른 동물들에 대해 혐오나 반감 같은 걸 갖는 건 근거도 없고 멍청한 짓이거든. 나는 살아 있는 생명체에 대해 단 한 번도 그렇게 느껴 본 적이 없어. 그렇다고 내가 개인적인 친구로 삼기 위해 구더기나 달팽이를 선택한 건 아니야. 하지만 나보다 걔들이 덜 깨끗하고 존중받을 구석도 덜하다고는 절대로 생각하지 않아. 대브대브에게 분명히 말해 주어야겠다. 이제 구더기들의 지리적 분포에 대해 알아봐야겠어. 어느 지역에 어떤 종류의 구더기들이 사는지 대략적으로라도 알고 싶어졌거든. 이 커다란 구더기는 꽤 활기 있고 영리해 보이네. 온도를 5도만 더 올려 줄래? 습도도 좀 더 올리고."

당시 박사님은 나라나 대륙별로 얼마나 다양한 곤충이 흩어져 살고 있는지 관심이 많았고 또 그에 대한 소책자도 하나 쓰고 있었다.

그 구더기가 자신의 흥미로운 여행 이야기와 경험담을 말해 주기는 했지만, 지리적 분포와 관련해서는 도움이 될 만한 정보를 별로 얻지 못했다. 구더기가 해 준 여행 이야기나 경험담 중에 과학적으로 중요한 것은 하나도 없었다.

박사님이 말했다. "스터빈스, 소득이 너무 없구나. 이번 실험은 계속해도 더 얻을 게 없을 것 같아. 하지만 유리 수조 안에 있는 물방개들이라면 좀 더 정확한 여행 보고를 해 줄지도 몰라. 물방개들이 어떻게 대서양의 아메리카 쪽과 유럽 쪽 모두에 살게 되었는지 명확하게 알 수 있도록 도와줄 것 같아. 서재로 가서 우리가 뭘 할 수 있는지 생각해 보자꾸나."

→ 5장 ←

물방개

곤충의 말과 관련해 물방개를 대상으로 한 실험은 지금까지 우리가 했던 것들과는 완전히 달랐고 대단히 성공적이었다. 이번 실험은 전에 조개류의 말을 연구했던 방식과 훨씬 더 비슷했다. 수중 동물들을 연구할 때 사용했던 장치들을 개량함으로써 우리는 물방개와 꽤 직접적인 대화를 나눌 수 있게 되었다. 물방개의 말은 꽤 간단했기 때문에 박사님은 녀석이 말하는 걸 그다지 어렵지 않게 알아들을 수 있었다. 내게는 좀 의외였다. 왜냐하면 녀석은 박사님이 넣어 준 유리 수조 안에서 한시도 쉬지 않고 돌아다니며 부산을 떨었기 때문이다. 어떤 때는 깨끗한 물속에서 마음대로 헤엄쳐 다니다가, 또 어떤 때는 바닥의 진흙을 파고 들어가기도 했다. 그러다 수초 사이로 들어가 앞발로 코를 닦기도 했다.

박사님이 궁금한 걸 물어보자 녀석은 이런 이야기를 들려주었다.

"아하, 박사님이 알고 싶어 하시는 건 우리의 여행 이야기군요. 음… 물론 우리는 헤엄도 칠 수 있고, 걸어 다닐 수도 있고, 날 수도 있어서 여행을 꽤 많이 해요. 하지만 그게 박사님이 말씀하시는 여행인지는 잘 모르겠어요. 아주 흥미롭기는 하지만 거리가 너무 짧아서요. 제가 보기에 우리 물방개들은 운이 좋아요. 우리한테 싸움을 거는 동물이 거의 없으니까요. 우리가 위협을 느끼는 적이라고는 커다란 강꼬치고기 정도뿐이에요. 그런데 놈들은 배를 쫄쫄 굶었을 때가 아니면 우릴 잡아먹으려 하지 않아요. 그 사나운 놈들한테 쫓겨 물에서 도망쳐 날아가야 하거나, 녀석들의 수가 너무 많아 다른 연못이나 개울로 집을 옮겨야 할 때도 어쩌다 있기는 했지만, 다행히 자주 있는 일은 아니었어요. 제가 정말로 먼 거리를 여행한 건 오리의 발에 올라탔을 때예요."

이때 박사님이 자기가 제대로 알아들은 건지 몰라 물방개의 말을 끊고 물었다.

"오리의 발에 올라타서 여행했다고? 난 잘 이해가 안 가는걸. 자세히 좀 설명해 줄 수 있겠니?"

물방개가 말했다. "물론이죠. 간단해요. 박사님도 아시겠지만 우리는 먹이를 찾기 위해 헤엄칠 때 말고는 대체로 바닥의 진흙을 5~6센티미터 정도 파고 들어가 있어요. 그러면 우리를 잡아먹으려는 물고기들을 피해 숨을 수 있거든요. 물고기들은 우리를 잡기 위해 진흙을 팔 수 없으니까요. 진흙 속은 정말 안전해요. 물속에

물방개는 유리 수조 안에서 한시도 쉬지 않고 돌아다니며 부산을 떨었다.

서 적에게 잡히는 물방개는 거의 없어요.

하지만 저랑 제 친구 하나는 우리가 살던 연못을 떠나 아주 멀리 떨어진 곳으로 옮겨진 적이 있어요. 그래요. 조금 전에 말씀 드렸던 대로 오리의 발에 올라타서요. 우리가 살던 연못은 사람들이 거의 오지 않는 외진 습지에 있었어요. 가을 겨울에 오리를 잡으러 오는 사람들 말고는요. 연못에는 오리가 아주 많았어요. 다른 종류의 야생 새들도 아주 많았고요. 도요새, 기러기, 물떼새, 붉은발도요, 마도요, 왜가리 같은 새들이… 하지만 우리 물방개들은 그런 새들을 무서워하지 않았어요. 진흙 속으로 5~6센티미터만 파고 들어가 있으면 대체로 안전했으니까요. 하지만 우린 오리는 싫어했어요. 녀석들은 밤에 수천 마리나 떼거리로 몰려와 우리 연못으로 내려왔어요. 그리고 시끄럽게 울면서 물을 온통 휘저어 놓았죠! 게다가 식충이처럼 수초를 게걸스럽게 먹어 치우고 민물새우처럼 연못에 사는 작은 생명체들을 죄다 잡아먹었어요.

어느 날 밤 친구랑 평화롭게 헤엄을 치고 있는데 갑자기 친구가 소리쳤어요.

'조심해! 오리야! 달에 녀석들이 날아오는 그림자가 보여. 진흙 속으로 들어가!'

전 즉시 친구의 말을 따랐어요. 우리는 더 이상 이러쿵저러쿵하지 않고 진흙 속으로 들어갔죠. 거긴 물 깊이가 고작 10센티미터 정도밖에 되지 않는 곳이었어요. 수백 마리나 되는 오리가 내려앉았어요. 진흙 속에 있는데도 녀석들이 웅성거리는 소리가 들렸어요. 물을 어찌나 휘저으며 헤엄치던지!

그런데 갑자기… 빵! 빵!

근처에 숨어 기다리던 사냥꾼들이 총을 쏜 거예요. 전에도 들어 본 소리였어요. 사냥꾼들이 녀석들을 연못에서 쫓아내면 연못에 다시 평화가 찾아왔기 때문에 우리는 언제나 사냥꾼을 환영했어요.

그다음에 벌어진 일들은 사냥꾼들이 총을 쏘는 바로 그 순간 우리 연못으로 돌아올 기회를 잡은 다른 물방개한테 들은 이야기예요. 나랑 친구는 진흙 속에 있었기 때문에 제대로 듣지도 보지도 못했거든요.

사냥꾼의 총에 오리들이 사방에서 첨벙거리며 연못으로 떨어졌어요. 다친 오리도 있었고, 이미 죽은 오리도 있었어요. 무시무시한 살육이었어요. 우리가 있던 곳 근처를 돌아다니다 총소리를 듣자마자 날아오른 오리 중 몇 마리는 연못에서 채 1미터도 날지 못하고 총에 맞아 죽었어요. 하지만 조금 늦게 날아오른 덕분에 구사일생으로 목숨을 구한 오리도 한 마리 있었어요. 녀석은 사냥꾼이 총을 다시 장전하는 틈을 타서 달아났어요. 아까 말씀드린 것처럼 연못은 얕았기 때문에 그 오리는 진흙 바닥에 서서 걸어다니고 있었어요. 녀석이 날아오르려고 뛰어올랐을 때 녀석의 큰 물갈퀴 발이 진흙 속으로 4~5센티미터 정도 들어왔어요. 녀석은 양발에 커다란 진흙 덩어리를 묻힌 채 하늘로 날아올랐어요. 그런데 저랑 친구가 그 진흙 속에 있었던 거예요.

게다가 이날의 오리들은 우리가 흔히 보던 그런 오리가 아니었

"녀석은 양발에 커다란 진흙 덩어리를 묻힌 채 하늘로 날아올랐어요."

어요. 그날 밤 다른 곳으로 날아가려던 오리들이었죠. 이동하던 오리 떼가 먹이를 찾기 위해 잠시 연못에 멈춘 거였어요. 오리 떼는 깜짝 놀라 바다 쪽으로 날아갔어요.

저는 도대체 무슨 일이 일어난 건지 한동안 알 수 없었어요. 친구가 나와 다른 쪽 발에 있었기 때문에 말도 나눌 수 없었어요. 하지만 바람이 심하게 불어 진흙이 급속히 말라붙는 것을 보고 전 뭔가 아주 특별한 일이 벌어지고 있다는 걸 알 수 있었어요. 저는 진흙이 완전히 말라붙어 딱딱해지기 전에 진흙을 파서 밖을 내다보았어요.

저는 수백 미터 상공을 날아가고 있었어요. 저 아래, 저 멀리 수면이 희미한 별빛을 받아 어른거리고 있는 것으로 봐서 제가 바다 위를 날아가고 있다는 걸 알 수 있었죠. 솔직히 말씀드리자면 무서웠어요. 날개를 펴서 빨리 날아가 볼까 하는 생각도 잠시 했어요. 하지만 오리의 어마어마한 속도로 볼 때 우리는 이미 육지에서 몇 킬로미터나 떨어진 곳에 있을지도 모른다는 생각이 들었어요. 아무리 생각해도 오리들이 도대체 어느 쪽으로 날아가고 있는 건지 알 수 없었어요. 물론 저는 이렇게 먼 거리를 이동할 때 새들이 특별한 기술을 사용한다는 걸 전혀 알지 못했지요. 저는 우리 옆을 스쳐 지나가는 강한 바람에 두려워졌어요. 제 날개 힘으로는 도저히 어찌할 도리가 없어 보였어요.

그래요, 싫든 좋든 일단은 그냥 가만히 있는 것밖에 방법이 없었어요. 익숙한 곳에서 나와 오리 다리에 실려 바다를 건너 낯선 땅으로 옮겨지는 게 드물고 이상한 일이라는 것도 분명했어요.

이제 가장 큰 걱정거리는 진흙 덩어리가 비행 도중에 다리에서 떨어져 그 안에 있는 나랑 같이 바닷속으로 빠지는 거였어요. 이런 일을 대비해 저는 밖을 내다보기 위해 판 구멍 옆에 꼭 붙어 있었어요. 여차하면 날개를 펴고 날아가야 했기 때문이죠. 정말 얼어 죽을 것처럼 추웠어요. 차가운 바람이 무시무시할 정도로 불어왔거든요. 다행히 오리는 일정한 속도로 날았어요. 저는 진흙 덩어리 속으로 다시 들어갔어요. 오리의 날갯짓 소리가 귀가 먹먹할 정도로 크게 들려오는 한 제가 하늘을 나는 말에 타고 있는 셈이니 안심해도 된다는 생각이 들었기 때문이에요.

진흙 덩어리는 얼마 안 가 더 이상 팔 수 없을 정도로 단단해졌어요. 하지만 진흙이 완전히 굳기 전에 이미 몸을 빙글빙글 돌려서 작은 방을 겸한 통로를 만들어 놓았기 때문에 저는 비교적 편안히 있을 수 있었어요. 내가 만든 작은 창문을 통해 밖을 보았을 때… 그때 코가 완전히 얼어붙을 뻔했는데… 아무튼 바다 위로 동이 트고 있는 게 보였어요. 정말 멋진 광경이었지요. 그런 높은 하늘 위에서는 아침 햇살이 바다보다 먼저 우리한테 닿았어요. 우리 아래쪽으로 어두운 바다가 끝없이 펼쳐져 있었고, 동쪽 하늘은 온갖 다채로운 색의 빛을 내며, 제가 목을 내밀고 있는 오리와 함께 날고 있는 수천 마리의 오리들을 분홍빛과 금빛으로 물들이고 있었어요. 새로운 집을 찾아 날고 있는 오리 떼의 깃털을요.

날이 새는 건 여러모로 고마운 일이었어요. 기온도 따뜻해졌지요. 육지가 있다면 분명하게 알아볼 수 있게 되었고요.

바다에 떨어질지 모른다는 생각에 전 여전히 불안했어요. 아무 땅이라도 보이기만 한다면 좀 안심이 될 것 같았어요. 동이 트는 것이 보이자 오리들이 끼룩끼룩거리기 시작했어요. 아마도 뭔가 신호를 주고받으며 대화를 하는 것처럼 보였어요. 쐐기 모양을 이루며 날던 오리 떼가 맨 앞에 있는 대장 오리를 따라 갑자기 방향을 바꿨거든요."

→ 6장 ←

여행의 끝

"저는 오리 떼 대장이 왜 방향을 바꿨는지 궁금해졌어요. 그래서 진흙 덩어리 구멍 가장자리로 기어 나와 조심조심 고개를 들어 위쪽을 바라봤죠.

그러자 조금 왼쪽으로 바다 수면에 햇살 한 줄기가 낮게 드리워진 것이 보였어요. 바닷물 한쪽 끝이 아침 햇살을 받아 마치 녹은 은처럼 반짝반짝 빛나고 있었어요. 그리고 아직 햇빛이 닿지 않은 다른 한쪽 끝은 칠흑 같은 검은색이었어요.

육지가 보였어요! 오리 떼는 육지를 향해 날아가고 있었어요. 오리들이 그곳에서 쉴까, 아니면 방향을 틀어 그냥 지나칠까? 제가 타고 있는 오리는 쉴 생각이 없는 것처럼 보였어요. 밤새도록 날았는데도 녀석은 쌩쌩했고, 지금 막 출발한 것처럼 여전히 힘차

"조금 왼쪽으로 바다 수면에 햇살 한 줄기가 낮게 드리워진 것이 보였어요."

게 커다란 날개를 젓고 있었어요.

대장도 아직은 마음을 정하지 못한 것 같았어요. 대장은 용맹스러운 무리를 이끌고 섬들 위로 낮게 날았어요. 대장이 섬 주변을 몇 번 맴도는 동안 다른 오리들은 뒤에 남아 끼륵끼륵거렸어요. 그리고 대장은 다시 육지라고는 그림자도 보이지 않는 망망대해를 향해 출발했어요.

저는 생각했어요. '맙소사! 이 녀석들은 도대체 어디까지 가려는 걸까?'

이제 해가 완전히 떠올라 바다도 밝은색으로 빛나고 있었어요. 오리들은 새로운 심장이라도 얻은 듯 전보다 더 큰 소리로 끼륵끼륵거리며, 대장을 따라 새로운 방향으로 날아갔어요. 나처럼 철새들하고 같이 날아가 본 작은 생물이 또 있을까 하는 생각이 문득 들었어요. 오리의 다른 쪽 발 진흙 덩어리에 제 친구가 아직 그대로 있는지도 궁금해졌고요.

앞으로 더 기어 나와 친구를 봐야겠다고 생각했어요. 진흙 덩어리 밖으로 코를 내밀었을 때 저는 이건 미친 짓이라는 걸 알게 되었어요. 오리의 배 옆으로 바람이 어찌나 세게 부는지 눈알이 빠질지도 모른다는 생각이 들었거든요. 게다가 만약에 제가 오리의 한쪽 다리를 타고 기어 올라가 다른 쪽 다리로 내려가다가 오리가 가려움을 느끼기라도 한다면 발로 문질러 절 떨어뜨릴지도 모르는 상황이었어요. 그러니 안전한 육지에 닿을 때까지는 친구랑 얘기할 생각은 하지 않는 게 좋지 않겠다고 생각했죠. 사실 오리가 다리를 깃털 속으로 끌어당겨 날고 있는 것만도 제게는 엄청난 행운이었어요. 진흙이 떨어져 제가 바닷물에 수장되지 않은 것도 다 그 덕분이란 건 분명했어요.

드디어 오리 떼가 원하던 육지에 도착했어요. 둘째 날 저녁이었죠. 바다 밖으로 커다란 바위투성이 곶들이 튀어나와 있었어요. 높은 곳도 있었고 낮은 곳도 있었어요. 대장은 무리를 이끌고 그 위로 날아가 왼쪽으로 방향을 틀었어요. 제 생각에는 남쪽이었던 것 같아요. 아래쪽 해안가에 내려앉았다가 최종 목적지까지 갈 것 같아 보였어요.

아무튼 전 안심이 되었어요. 이제 발에서 떨어지더라도, 오리들이 아직은 꽤 높이 날고 있기는 했지만, 진흙 덩어리가 떨어져 나가 육지에 부딪히기 전에 밖으로 기어 나와 스스로 날개를 저어 어디든 내가 살아남을 수 있는 곳에 내릴 수 있겠다는 생각이 들었거든요.

오리 떼는 여전히 하늘 높이, 그리고 믿을 수 없을 정도로 빠른 속도로 날고 있었어요. 이윽고 저는 기후가 아주 많이 변했다는 걸 알아차렸어요. 훨씬 더 따뜻해져 있었어요. 덕분에 생기도 되찾았구요. 동상에 걸릴 걱정 없이 진흙 구멍 밖으로 목을 내밀어 시시각각 변하는 아래쪽 풍경도 바라볼 수 있었어요. 풍경이 어찌나 휙휙 바뀌던지! 양치류가 우거진 평평한 습지가 끝없이 펼쳐진 땅도 보였어요. 그러다가 어느 순간 산들이 끝없이 이어진 산악지대가 나오기도 했어요. 그 사이로 바다가 힐끔힐끔 보이고 꽉대기가 볏처럼 튀어나온 커다란 갑들이 나오기도 했어요. 높다란 절벽에 부딪히는 파도도 보였고요.

초목의 풍경도 바뀌었어요. 바위투성이의 넓은 땅에 관목만이 군데군데 자라고 있는 모습도 보였어요. 사슴 같은 큰 동물들이 풀을 뜯고 있는 공원도 보였어요. 그리고 마지막으로 울창한 정글이 나왔는데, 어찌나 나무가 울창한지 만약 그곳으로 날아가 내린다면 마치 벨벳 카펫에라도 내린 것 같은 느낌일 거라는 생각이 들 정도였어요.

이윽고 앞에서 날던 대장이 뭔가 신호를 보낸 것 같았어요. 무리 전체가 비행을 멈추고 소란스럽게 주변을 선회하기 시작했거든요. 해안가의 넓디넓은 만 위에 도착한 거였어요. 해안은 낮아 보였고, 그 뒤로는 연못과 늪이 많이 보였어요. 다른 오리들처럼 제가 탄 오리가 커다란 원을 그리며 육지에, 그토록 먼 거리를 날아 찾아온 목적지에 내려앉을 때 제 귀에 어지럼증이 생겼지요."

→ 7장 ←

유배지

"단단한 육지에 다시 도착했을 때 제가 얼마나 기뻤는지 박사님은 모르실 거예요. 뚱뚱이 오리는 소리도 없이 가볍게 습지에 착륙했어요. 수백 킬로미터의 거친 바다와 육지 위를 날아온 것이 아니라 그저 이 연못에서 저 연못으로 날아온 것처럼 보였어요. 녀석은 끙 소리를 내며 잠깐 몸을 흔들더니 먹을 걸 찾기 시작했어요.

물론 녀석이 움직이자 녀석의 발에 붙어 있던 진흙 덩어리도 낯선 땅의 습지 위로 후두두 떨어져 내렸어요. 불쌍하고 작은 저도 함께 떨어졌고요. 어찌나 마음이 놓이던지! 저는 재빨리 구멍에서 기어 나와 시원한 흙탕물 속을 헤엄치기 시작했어요. 배가 너무 고팠어요. 그래서 먹을 걸 찾아 여기저기를 돌아다녔어요.

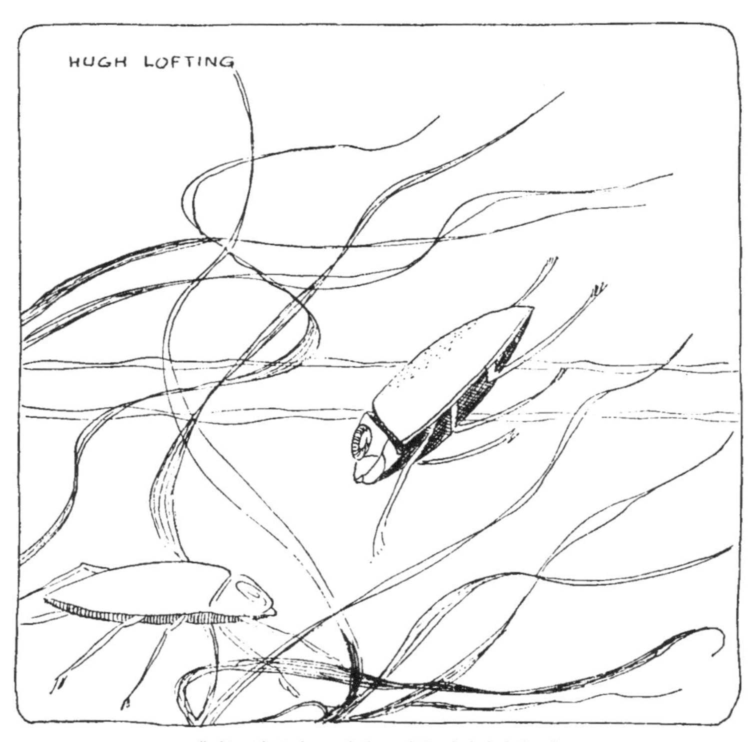

"저는 한동안 그 벌레 주위를 서성거렸어요."

하지만 저로서는 처음 보는 낯선 땅이었어요. 오리들은 전에 온 적이 있었지만요. 거긴 녀석들이 겨울을 나는 곳이었어요. 그래서 녀석들은 먹기 좋은 풀이며, 조개며, 물고기들이 어디 있는지 잘 알고 있었어요. 하지만 저는! 저는 난생처음 보는 커다란 적들과 먹어도 되는지 아니면 독이 있어서 먹으면 안 되는지 모를 작은 생물이 우글거리는 열대의 늪을 헤엄치고 있었어요.

한참을 헤엄치고 나서야 뭔가 해 볼 용기가 생겼어요. 위험천만의 긴 여행을 이제 막 마친 터라 또다시 위험을 감수할 생각은 전혀 없었거든요. 그러다 마침내 왠지 친숙한 벌레를 한 마리 발견했어요. 저는 한동안 그 벌레 주위를 서성거렸어요. 오리들이 휘젓고 다니는 바람에 물은 탁해져 있었어요. 잠시 후, 저는 그 친숙한 벌레가 누군지 알아차렸어요. 저랑 같은 오리의 다른 쪽 발을 타고 여행한 제 친구였어요. 우리는 서로 얼싸안았지요.

제가 말했어요. '먹을 걸 어디서 찾을 수 있을까? 나로서는 처음 보는 것들만 있어.'

친구가 웃으며 말했어요.

'글쎄. 난 내 평생 최고의 먹이를 찾았는걸… 물고기 알이 아주 많아. 날 따라와. 보여줄게.'

제가 물었어요. '이 위험해 보이는 녀석들은 뭐야? 내 생각에는 사방이 온통 적으로 보이는걸.'

친구는 고개를 돌려 빙긋이 웃으며 저를 힐끔 쳐다본 후 안내했어요.

친구가 말했어요. '우리한테 녀석들이 낯선 것처럼, 녀석들도 우리가 낯설다는 걸 명심해. 네가 녀석들을 무서워하는 것만큼 녀석들도 널 무서워할 거라고.'

박사님도 아시겠지만, 연못 생활은 아주 힘들어요. 온갖 종류의 생물에게… 그러니까 물고기가 되었건, 딱정벌레가 되었건, 아니면 도롱뇽이 되었건, 모두에게 각자의 적이 있게 마련이니까요. 그러니 꼬부랑 할아버지가 될 때까지 살아남으려면 조심해야 해요. 저는 친구를 따라갔어요. 커다란 강꼬치고기, 사나워 보이는 거북이 등 온갖 것들이 탁한 물속에서 다가와 저희를 노려봤는데, 마음을 편하게 가져 보려 해도 도저히 그럴 수가 없더라고요.

하지만 저는 우리보다 몸집이 큰 동물들이 우리를 함부로 공격하려 들지 않는다는 것을 알아차렸어요. 친구가 말한 것처럼 녀석들도 우릴 무서워하는 것 같았어요.

우리는 배를 채운 다음, 연못 밖 진흙 기슭으로 올라가 주변을 살펴보았어요. 오리들은 여전히 먹이를 먹고 있었어요. 오리 말고도 물새들이 많았는데, 대부분은 그때까지 한 번도 본 적이 없던 종류의 새들이었어요. 괴상하게 생긴 새들도 있었고 예쁜 새들도 있었어요. 황새처럼 부리와 날개가 자줏빛이고 다리가 긴 새들도 있었고, 도요새처럼 머리가 납작하고 작은 새들이 작은 부리로 먹이를 찾으며 잰걸음을 걷는 모습도 보였어요. 기러기며 야생 백조도 종류가 다양했어요. 입이 아주 큰 사다새들이 첨벙첨벙 물을 튕기면서 물고기들을 잡아 게걸스럽게 한입에 삼키는 모습도 보

“탁한 물속에서 다가와 저희를 노려봤어요.”

였어요.

마치 새들의 낙원 같았죠. 주변에 사람이 사는 흔적은 보이지 않았어요. 한쪽은 바닷가까지 연못이 차례차례로 이어져 있었고, 다른 한쪽은 우리와 산악 지대 사이로 평평한 습지가 있었어요.

저는 친구에게 말했어요. '아주 멋진 곳인 것 같아.'

친구가 대답했어요. '그래, 우리가 나쁜 경험을 한 것 같진 않아. 어쩌면 여기 어딘가에 우리 동료들이 와 있을 수도 있을 것 같아.'

제가 말했어요. '그럴 리는 없겠지만, 혹시 모르니 한번 둘러보자.'

그래서 우리는 이 낯선 해안에 유배되었을지도 모를 우리 동료를 찾기 위해 늪을 헤엄쳐 내려갔어요.

그 늪은 1킬로미터가 넘을 정도로 길었고, 좀 더 작은 늪들이 사방으로 뻗어 있었어요. 한 시간쯤 늪을 살펴보던 우리는 그곳에 유배된 물방개를 몇 마리 만났어요. 그 친구들은 무척이나 기뻐하며 우리한테 고향 소식을 물었어요. 우리는 성의껏 말해 주었어요. 그런데 사실은 그 친구들이 우리한테 알려 준 정보가 훨씬 더 중요했어요. 그 친구들은 이곳에 오래 살아 이미 이곳 생활에 익숙해져 있었으니까요. 늪이나 연못에서 어떤 게 위험하고 어떤 게 도움이 되는지 잘 알고 있는 그 친구들은 우리가 어떤 장소를 피해야 하고, 먹이를 잡으려면 어디로 가는 게 제일 좋은지 말해 주었어요. 물론 수온은 대체로 우리가 살던 곳보다 훨씬 높았어요. 하지만 친구들은 밤이 되면 늘 산에서 바람이 불어 온도가 떨어지는 지역에 있는 얕은 연못을 찾았다고 했어요. 그리고 늪으로 이어진 바위투성이 계곡에 있는 특별한 장소에 가면 낮에도 열대의 뜨거운 열기를 식힐 수 있다는 것도 알려 주었어요.

우리는 그곳에서 만난 친구들과 함께, 그런데 이 친구들도 우리와 같은 경위로 그곳에 온 것 같았어요, 작은 마을을 만들었어요. 물론 처음 시작할 때 작았다는 말이에요. 얼마 안 있어 우리 아이들이 태어나 자랐고, 몇 달 후에는 그 지역의 연못에 사는 종족 중에 꽤 크고 중요한 종족이 되었어요. 이제 제가 어떤 여행을 했는지 박사님께 해 드릴 이야기는 다 한 것 같아요."

박사님이 말했다. "오, 하지만 이곳으로 어떻게 돌아왔는지는 말해 주지 않았는걸."

물방개가 말했다. "그것도 간단해요. 떠날 때랑 똑같은 방식으로 돌아왔어요. 그러니까 어떤 물새의 발에 올라타서 돌아왔죠. 하지만 어떤 종류의 새가 저를 여기로 데려왔는지는 잘 모르겠어요. 아무튼 잉글랜드로 돌아왔을 때, 제가 살던 연못을 찾는 건 어렵지 않았어요. 제가 겪은 일은 아주 특별한 일일 거예요. 물론 물에 사는 작은 동물 중에 저랑 같은 방식으로 다른 나라에 간 경우가 꽤 있다는 걸 지금은 알아요. 알이었을 때 그런 일을 겪은 생물도 있구요. 하지만 제 생각에 처음 출발한 연못으로 다시 돌아온 건 아주 드문 일일 거예요. 저는 대단한 환영을 받았어요. 고향 연못에 사는 물방개들 모두가 저에게 인사하러 왔어요. 저는 제가 아주 멋진 일을 해낸 대단한 여행가라고 생각해요."

"고향 연못에 사는 물방개들 모두가 저에게 인사하러 왔어요."

8장

하루살이

물방개의 이야기가 끝나자, 둘리틀 박사님은 다른 곤충들에게 그랬던 것처럼 온갖 질문을 던져 녀석의 이야기에서 뭔가 자연과학적 지식을 얻어 내려 했다.

박사님이 물었다. "너를 발에 붙이고 외국으로 데려간 오리가 어떻게 생겼는지 좀 더 자세히 설명해 줄 수 있겠니?"

그러자 물방개가 기억나는 걸 말해 주었다. 그 물새는 녀석의 고향 연못에 주기적으로 찾아왔는데, 빰이 분홍색이었고 날개가 회색이었다고 했다.

물방개의 이야기를 다 들은 박사님이 작은 목소리로 내게 말했다.

"스터빈스, 내 생각에는 오리가 아닌 것 같구나. 아마도 희귀한 거위 종류 중 하나라고 보는 게 맞을 거야. 오리의 발은 물방개가 다 들어갈 정도로 큰 진흙 덩어리를 묻히고 다닐 만큼 크지 않거든. 물방개가 말한 새가 뭔지 알 것 같아. 초가을에 잉글랜드의 특정 지역에만 찾아오는 새야. 자, 이제 물방개가 도대체 어디를 여행했는지 알아보기로 하자."

존 둘리틀 박사님은 여행 때 어떤 바람이 불었는지, 새들이 어떤 섬들 위로 날아갔는지, 최종 목적지에 도착하기 전에 거쳐 온 해안선의 모양이 어떠했는지 질문했다.

이 질문들에 대한 물방개의 대답을 듣고 박사님은 매우 만족해하셨다. 답이 채 끝나기도 전에 박사님이 갑자기 내 팔을 꽉 잡고 말했다.

"스터빈스, 브라질 북부 지방이야. 확실해. 이건 아주 중요한 정보야. 물방개들이 어떻게 아메리카 대륙까지 이동했는지 궁금했거든. 딱 맞아떨어져. 새가 녀석을 옮겨 주었다는 것도 그렇고, 섬도 그렇고, 해안선도 그렇고… 모든 게 다 들어맞아. 이걸로 내 논문의 중요한 한 장을 다 채울 수 있을 것 같아. 그래, 내가 알고 싶은 것들을 말해 주도록 이 곤충들을 훈련시킬 수만 있다면 얼마나 좋을까! 물론 녀석들은 자기들한테 중요한 것들만 본다는 게 문제긴 하지만 말이야. 하지만 어쩌면… 음… 어쩌면 나중에는…"

박사님이 잠시 말을 멈췄다.

나는 웃으며 물었다. "그런데 박사님, 설마 물방개들을 자연학자로 만들려고 하시는 건 아니죠?"

박사님이 꽤 진지하게 대답했다. "그럴 수만 있다면 기꺼이. 스티빈스, 오로지 물방개들만 알고 있는 자연학 지식도 많다는 걸 알아야 해."

친절하게 대답해 준 것에 고마움을 표한 다음, 우리는 정원의 오래된 연못으로 물방개를 데려가 놓아주었다.

곤충의 언어와 관련해 우리가 그다음으로 한 실험은 아주아주 흥미로웠다. 그 실험은 둘리틀 박사님이 내게 하루살이속이라고 말해 준 곤충들과 관련이 있었다. 날아다니는 이 곤충의 생존 기간은 겨우 하루였다.

처음 연구를 시작할 때 박사님은 내게 이렇게 말했다. "난 말이야, 태어나서 죽을 때까지 겨우 하루밖에 안 걸린다는 게 어떤 건지 아주 궁금해. 개는 10년에서 20년을 살아. 인간은 50년에서 90년을 살고. 산은 무너질 때까지 수천 년이 걸리지. 그런데 이 작은 녀석들은 기쁨도 슬픔도 모두 24시간 안에 압축해 살고 있어. 내 생각에는 녀석들의 철학, 녀석들의 경험, 녀석들이 보는 것 하나하나가 우리한테 아주 중요할 것 같아."

그래서 우리는 얼굴이 창백하고, 훅 불면 날아갈 것 같은 이 녹색의 곤충을 우리가 가진 청음 장치 중에 가장 섬세한 것 위에 올려놓고 실험에 착수했다. 이 가엾고 작은 곤충은 이미 중년의 나이였다. 왜냐하면 아침 일찍 태어났고 이미 오후 2시였기 때문이다. 하루살이는 아주 약해 보였다. 튼튼하지 못한 이런 몸으로는 오래 살 수 없는 게 당연했다.

우리는 그 하루살이와 고작 30분밖에 함께할 수 없었고 그래서 빈약한 결과밖에 얻지 못했다. 하루살이에게도 뭔가 말하고 싶은 게 있다는 건 분명했다. 하지만 우리에게 하루살이의 언어는 처음이었다. 평생을 하루 안에 압축해 살아야만 하는 생명체라면 분명 말도 빠를 수밖에 없을 것이다. 우리는 그 하루살이가 1초에 수백 단어를 쏟아 낸다는 걸 금방 알아차릴 수 있었다. 문제는 그렇게 빠른 말을 우리가 못 알아듣는다는 거였다.

박사님이 말했다. "이런, 스터빈스, 우린 지금 인정머리라고는 전혀 없는 짓을 하고 있어. 우린 이 불쌍한 하루살이가 우리에게 30분 이상 말하게 할 수 없어. 왜냐하면 30분은 하루살이에게는 평생의 48분의 1이거든. 인간의 시간으로 환산하면 거의 18개월에 해당하는 거야. 그러니 하루살이가 우릴 어떻게 생각할까? 쉬지도 않고 1년 반 동안 떠든다고 생각해 봐! 지금 당장 놓아주자. 이 연구는 다른 식으로 진행해야 해. 하루살이를 몇 마리 잡아서 각자 5분 동안만 기계에 놓아 두어야 해. 필기를 빨리 할 수만 있다면, 하루살이들이 말하는 걸 조금씩 모아 나중에 전부 이어 붙이는 식으로 뭔가를 얻어 낼 수 있을 거야."

그래서 우리는 하루살이를 여러 마리 잡아 한 마리씩 이야기를 짧게 끊어서 듣는 방식으로 실험을 진행했다. 인정 많은 박사님은 하루살이들을 청음 장치에 5분 이상 놓아 두려고 하지 않았다. 청음 실험 전이든 후든 어떤 경우에도 하루살이들의 자유를 단 한 순간도 억압하지 않았다. 그래서 우리는 매번 새로운 하루살이를 한 마리씩 실험실로 데려와 최대한 빨리 실험을 마친 후 원래 있던 곳으로 다시 데려다주어야 했다. 다행히 봄 중에서도 특정한 시기라 하루살이는 많이 있었다. 적어도 일주일 정도는 말이다.

열흘 정도 힘겹게 연구한 덕분에 우리는 꽤 좋은 결과를 얻을 수 있었다. 정성을 다해 연구를 계속해 나가는 동안 우리는 이 특별한 언어에 익숙해져 이제는 쉽게 알아들을 수 있게 되었다. 내 생각에 박사님의 비서 일을 해 온 시간 중에 그때가 가장 힘들었던 것 같다. 하루살이가 말하는 속도는 정말이지 엄청나게 빨랐다. 그래서 우리는 우리만의 초특급 속기술을 고안해 내야 했다. 때로는 기호 하나로 문장 전체의 의미를 나타낼 수도 있었다. 실험 대상 하루살이 한 마리를 놓아줄 때마다 우리는 하루살이가 한 말을 나중에 이해할 수 있는 형태로 이어 붙여 노트에 기록했다. 그나마 기억이 사라지지 않도록 최대한 빨리 해야 했다.

훗날 존 둘리틀 박사님이 곤충 말 연구서를 냈는데 그중에서 가장 흥미로운 장이 하루살이에 관한 장이었다. 하루살이들은 말을 압축해서 빨리 하는 능력도 엄청났지만, 관찰력도 대단했다. 겨우 24시간밖에 살 수 없으니 세상을 대단히 빠르게 받아들여야 하는 것이었다. 게다가 받아들인 것도 대단히 독특했다. 그때까지 우리가 연구했던 곤충들과는 완전히 달랐다. 하루살이는 자신의 의견을 종합해 무언가 결정을 내리는 데 그 어떤 동물들보다 빨랐다.

박사님이 말했다. "스터빈스, 우리 인간이 하는 일에 하루살이가 함께할 수 없다는 게 정말 안타깝구나. 총리나 우체국장이 자신의 재직 기간 중에 해야 할 모든 결제를 24시간 안에 한다고 생각해 봐! 난 이런 훈련을 꼭 받아야 할 장관들을 많이 알고 있단다. 이렇게 작고 불쌍하고 가냘픈 하루살이들을 위해 해야 반드시 해 두어야 할 말이 있어. 하루살이들은 세상 어떤 생물보다 빠르게 판단하고 결정하는 능력을 갖추고 있다는 것 말이야."

→ 9장 ←

곤충에 대한 대브대브의 의견

두 주가 지난 어느 날, 우리는 저녁을 먹고 모두 부엌 난롯가에 모여 있었다. 그 무렵 나는 비서 일로 아주 바빴는데, 박사님이 이날 저녁만큼은 꼭 쉬라고 지시했다. 하지만 박사님 자신은 쉬는 걸 잊었는지 아니면 쉴 필요가 없는지, 그날도 변함없이 연구실 밖에서 새로운 곤충의 언어를 연구하느라 여념이 없었다.

치치가 넋을 놓고 난롯불을 보며 말했다. "박사님은 도대체 언제까지 그런 하찮은 곤충에 기력을 쏟아부울 생각이실까? 내 눈에는 정말 지루해 보이는구만. 여행을 보내 드릴 때가 된 것 같은데 말이야, 토미, 너도 그렇게 생각하지?"

나는 대답했다. "글쎄, 한번 생각해 보자. 마지막 여행이 언제였지?"

치치가 말했다. "다섯 달하고 일주일하고 삼 일 전."

그러자 폴리네시아가 끼어들었다. "우린 10월 23일에 집으로 돌아왔어. 오후였고."

내가 말했다. "너희는 기억력이 정말 대단하구나! 너희 둘 다 여행 떠나고 싶어서 몸이 근질근질해 보여. 아프리카가 그리워진 거니?"

치치가 말했다. "글쎄, 꼭 아프리카여야 할 이유는 없어. 하지만 박사님은 바퀴벌레 이야기를 듣는 것보다는 좀 더 재미난 일을 시작하시도록 해야 할 것 같아."

거브거브가 말했다. "박사님은 다음 여행에는 나도 꼭 데려가야 해. 원숭이의 땅과 졸리깅키 왕국에 갔다 온 후로는 한 번도 외국에 나가 본 적이 없거든. 이번엔 내가 갈 차례야. 교육을 위해서도 외국에 나갈 필요가 있어. 내가 쓰고 있는 『음식 대백과』에 아프리카랑 이교도 요리에 관한 항목이 있거든."

우리 뒤에 서서 식탁 위 접시를 치우고 있던 대브대브가 투덜댔다. "멍청하기는! 박사님이 또 여행을 떠나신다면 그 비용은 어디서 나오고? 저금통에 돈도 별로 없어."

회계사 투투가 말했다. "13파운드 9실링 6펜스 반 남았어. 그리고 지난달 은행 어음도 아직 처리하지 못했고."

대브대브가 말했다. "박사님이 조만간 곤충 언어 연구를 그만두시게 할 수 있다고 생각한다면 그건 정말 대단한 오산이야. 어젯밤에 박사님이 뭐라고 말씀하셨는지 알아?"

내가 말했다. "대브대브, 모르겠는데."

살림꾼 대브대브는 힘없는 목소리로 말을 이어 나갔다. "박사님은 이렇게 말씀하셨어. 물론 늘 그렇듯 지나가는 투로 하는 혼잣말이었지. 이건 누군가를 위해 좋은 일이 될 거야… 그래 누군가를 위해…" 대브대브는 그 치명적인 단어를 입 밖으로 내기가 힘든 모양이었다. "… 집파리를 위해!"

나는 놀라서 큰 소리로 외쳤다. "집파리라고? 도대체 집파리를 위해 뭘 하신다는 건데?"

"하느님은 아시겠지." 대브대브가 피곤함이 잔뜩 묻어나는 목소리로 말했다. "나도 박사님께 물어보았어. '도대체 집파리를 위해 무엇을 해 주시겠다는 거예요? 세상에서 가장 나쁜 해충한테, 병이나 옮기고 음식을 상하게 하는 것 말고는 아무것도 하는 게 없는 놈들한테 말이에요.'

그러자 박사님이 말씀하셨어. '글쎄, 대브대브, 바로 그거야. 집파리들한테는 친구가 하나도 없단다. 그런데 만약에 자연학자, 그러니까 아주 훌륭한 자연학자들이 있다면… 대브대브. 멀리 아주 멀리 내다볼 수 있는 자연학자들이 있어서 그 사람들이 집파리들 편에 서서 뭔가를 해 준다면, 집파리들도 다른 짐승들의 원수가 아니라 친구가 될 수 있을 거야. 나는 집파리들을 위한 별장을 실험해 보려고 해. 아마 아주 재미있는 결과가 나올 거야.'"

대브대브는 계속해서 말했다. "그 말에 난 정말이지 화가 머리 끝까지 났어. 난 짜증을 내는 일이 별로 없는데도 말이야." 대브대브는 오른쪽 날개로 의자에 치즈 가루를 내동댕이쳤다. "내가 말씀드렸어. '박사님, 정말 너무하시는 것 아니에요? 박사님은 떠돌이 개들을 위한 집도 만드셨잖아요. 쥐들을 위한 클럽도 만드셨고, 다람쥐 호텔과 토끼 아파트 말고도 어처구니없는 걸 많이 만드셨잖아요. 그런데 이제 하다 하다, 집파리들을 위한 별장까지 생각해 내신 거예요? 저는 이제 더 이상 아무 생각도 못 하겠어요. 모르시겠어요? 그러니까, 그러니까… 박사님 말씀대로 차별 없이 다른 동물들을 대한다면, 사람도 동물도 죄다 망하고 만다고요. 어떤 동물은 절대로 친구가 될 수 없어요. 집파리들을 도와주었다가는 인간은 멸종하고 말 거예요.'

박사님이 말씀하셨어. '글쎄, 집파리들과 이미 의논하고 있는걸. 집파리 편에 서서 말할 게 많다는 것도 고백해야겠구나. 아무튼 집파리들한테도 권리가 있는 법이야.'

내가 말씀드렸지. '전 생각이 달라요. 녀석들한테는 권리가 없어요. 녀석들은 그저 귀찮은 해충일 뿐이에요. 절대로 우리랑 같은 대접을 받을 수 없어요.' 아무튼 이런 분이시니, 박사님을 어떻게 말리겠어?"

그때 거브거브가 끼어들었다. "잠깐, 멋진 생각인걸. 집파리들을 위한 별장! 그러면 별장에 들어와 자기들을 괴롭히는 아이들을 때리는 데 쓰는 '아이채'라는 게 있어야 할 거야. 사람들이 파리채로 파리를 죽이는 것처럼 말이야. 그리고 어쩌면 문에는 끈적끈적한 종이를 붙여 놓을지도 몰라. 별장에 침입하는 사람이 있을 때 거기에 꼭 붙어서 움직이지 못하게 만드는 거 말이야. 마치 파리 끈끈이처럼. 정말 근사한걸. 어떤 일이 벌어질지 보고 싶어."

"보고 싶다고?" 대브대브가 고함을 치면서 목을 앞으로 내밀고 불쌍한 돼지를 향해 마치 의자에다 꼬챙이로 꽂아 놓기라도 하려는 듯 달려들었다. "바퀴벌레도 너보다는 더 분별력 있겠다. 지금 당장 침실로 가서 잠이나 자. 아니면 이 프라이팬 돼지채로 두들겨 맞든지."

거브거브는 구석으로 도망갔다.

화가 잔뜩 난 살림꾼 대브대브가 보지 못하는 곳까지 도망간 거브거브는 "프라이팬 돼지채라니, 그것도 좋은 생각인 걸" 하고 투투에게 말했다.

나는 파리들을 격려하겠다는 계획을 박사님이 실제로는 실행에 옮기지 않았다고 말할 수 있게 되어 무척 기쁘다. 박사님이 정말로 그 일을 했다면 무슨 일이 생겼을지는 하느님만 아실 거다. 하지만 박사님은 그 후로도 나한테 두세 번 그 계획에 대해 말씀하셨다.

"스터빈스, 파리들에게 들어가 살 집이 한 채, 아니 여러 채 있다면 굳이 사람들 집으로 들어가려 하지 않을 거야. 서로 다른 종들 사이의, 그러니까 사람과 쥐, 쥐와 고양이, 고양이와 개 사이의 전쟁은 영원히 끝나지 않아. 그리고 반드시 폭군이 나올 거야. 지금은 인간이 폭군이 되어 맨 꼭대기에 있고. 인간은 동물계를 지배하고 있어. 하지만 그런 독재 때문에 인간보다 작은 형제들은 고

거브거브는 "그것도 좋은 생각인걸" 하고 투투에게 말했다.

통받고 있지. 내가 보고 싶은 건, 건설적인 자연학자로서 내가 가진 진짜 야망은… 모두가 조화를 이루며 행복하게 사는 거란다. 스터빈스, 나는 좋은 대접을 받고도 상대를 그렇게 대하지 않는 동물을 본 적이 없어. 아무리 해로운 동물이라도 말이야. 집파리도 그중 한 예이고. 물론 녀석들이 어떤 좋은 일을 하는지는 나도 몰라. 하지만 좋은 점이 분명 있을 거야. 녀석들과 서로 전쟁을 벌이는 대신 친구가 되어 더 나은 환경을 만들어야만 해."

박사님의 관심을 가망이 없어 보이는 집파리에서 다른 쪽으로 돌려 보려고 내가 물었다. "하지만 집파리 말고 다른 곤충들도 연구하고 계시지 않나요?"

박사님이 곧바로 대답했다. "그래, 그래, 분명히 있지, 분명히 있고말고… 이제 시작일 뿐인걸. 나방하고 나비가 있어. 녀석들로부터 많은 걸 배우게 될 거야. 지금은 나방이랑 나비가 자연 상태에서 부화하기에 적당한 계절이 아니야. 그래도 인공 부화기로 꽤 연구를 진행했어. 번데기도 꽤 많이 구해 두었고. 내 생각에 몇 주만 지나면 내가 원하는 종류의 나방이랑 나비가 부화할 것 같구나. 무엇보다 이 지역에 사는 다양한 나방과 나비들이 말이야."

→ 10장 ←

거대한 나방

다음 날 저녁 박사님이 별채의 실험실로 돌아가기 전, 치치가 여행 이야기를 어렵게 꺼냈다. 치치의 말을 들은 박사님은 평소보다 서너 시간 길게 난롯가에 앉아 있었다.

박사님이 말했다. "글쎄다, 치치야. 나도 여행을 떠나고 싶긴 하구나. 외국에 나가 본 지도 오래되었고… 하지만 너도 알다시피 곤충의 언어와 관련해 아직 하지 못한 연구가 많이 남아 있어서 집에 있어야 해. 나는 어떤 일이든 애매하게 남겨 두는 게 싫거든… 정말 어쩔 수 없는 경우만 빼고."

폴리네시아가 말했다. "박사, 잠깐 내 말 좀 들어 봐. 외국에 나가면 곤충의 언어에 대해 훨씬 더 많이 연구할 수 있을 거야. 내 생각에 여행이 박사의 연구를 방해할 것 같지는 않아. 집에서 멀리 떠날수록, 그리고 환경이 척박할수록 더 많은 걸 해냈으니까. 적어도 지금까지는 그랬어."

"어이구!" 박사님이 중얼거렸다. "폴리네시아, 그건 과찬인걸. 정말 그럴까?"

내가 말했다. "박사님, 어쨌든 우린 여행한 지 너무 오래되었어요. 여행을 너무 오랫동안 하지 않으면 여행이 더 그리워지기도 하고요."

박사님이 말했다. "그건 그래. 당연히 그럴 수 있어. 하지만 문제는… 어디로 가느냐는 거야. 스터빈스, 나 같은 노인이 되면 웬만한 여행으로는 만족할 수 없거든. 크고 중요한 탐험은 누군가가 이미 다 했으니까. 콜럼버스나 마젤란이나 바스쿠 다가마가 한 것 같은 모험이 아직도 남아 있다면 모를까."

"바스쿠 다가마란 사람이 뭘 했는데요?" 내가 물었다.

범포가 으쓱거리며 말했다. "음, 그 사람은 절망봉을 돌아 항해한 사람이야."

존 둘리틀 박사님이 웃음을 참으며 말했다. "희망봉이겠지? 스터빈스, 아무튼 핵심은 크고 중요한 탐험은 누군가가 이미 다 해 버렸다는 거야. 지금 곤충의 말을 연구해서 알게 되면, 인간이 잘못 알고 있거나 아직도 완전히 수수께끼인 채로 남아 있는 걸 걔들이 다 이야기해 줄 텐데 내가 왜 세세한 지역의 지도 만드는 일까지 걱정해야 하지? 사실 오늘 저녁만 해도 나방들이 세상 사람 누구도 믿지 않을 이야기를 해 주었는걸. 곤충의 언어를 연구하는 게 너희들에게는 외국의 해안을 여행하는 것보다 덜 중요하게 보일 거라는 건 나도 알아. 하지만 절대 그렇지 않아. 곤충의 말을 연구해 본 적이 없는 사람은 그게, 그러니까… 음… 현대의 사상과 철학에 얼마나 도움이 되는지를 몰라."

내가 말했다. "알겠어요. 하지만 박사님, 폴리네시아 말처럼 외국에 나가면 더 좋은 연구 결과가 나올지도 몰라요."

"외국이라고!" 박사님이 날 거의 비웃는 것처럼 말했다. 박사님은 창가로 가서 커튼을 열었다. 그러자 보름달 빛이 안으로 쏟아져 들어왔다.

갑자기 박사님이 진지한 말투로 말했다. "스터빈스, 달이라면 한번 생각해 보지! 그거라면 정말 가치 있는 일일 거야! 콜럼버스는 지구의 새로운 절반을 발견했어. 거의 혼자 힘으로, 나머지 전 세계 사람들에 맞서 자기 소신대로 말이야. 정말 대단한 업적이었지. 위대한 발견의 시대는 이제 지나갔어. 하지만 만약 달에 갈 수 있다면, 난 콜럼버스보다 훨씬 더 위대한 탐험가가 될 거야. 달… 저 달 정말 아름답구나!"

폴리네시아가 중얼거렸다. "하느님, 저희를 굽어살피옵소서. 이 현명한 사람한테 도대체 무슨 일이 생긴 건가요?"

"맙소사!" 범포가 한숨을 지었다. "횡설수설하시는 거로밖에는 안 들리는걸. 달이라고! 거길 도대체 어떻게 가신다는 거지?"

박사님이 창가에서 돌아서서 내게 손을 내밀며 말했다. "스터빈스, 절대 터무니없는 말이 아니야. 언젠간 누군가가 해낼 거란다.

언젠가는… 당연히 그럴 거야. 정말 엄청난 과업이 될 거야! 달에 간 최초의 자연학자! 그래, 달! 그 사람은 과학에 대단한 진보를 가져오게 될 거야. 어쩌면 모든 연구를 처음부터 다시 시작해야 할지도 모르고."

폴리네시아가 걱정스러워하며 박사님의 생각을 다시 지상의 실제적인 문제로 돌리기 위해 말했다. "박사, 당신 이야기를 들어본 지도 꽤 오래된 것 같군. 오늘 밤 우리한테 이야기 하나 해 주는 건 어때?"

"이야기… 이야기라고?" 박사가 종잡을 수 없는 말투로 중얼거렸다. "내 머리는 문제로 꽉 차 있어. 얘들 중 아무한테나 이야기 해 달라고 해. 네가 해도 되고. 너도 이야기 많이 알잖아… 아니면 치치는 어때? 너희들도 치치 이야기 좋아하니까."

치치가 말했다. "그래도 박사님이 해 주시는 게 나을 것 같아요. 요즘은 밤에 집에 계신 적도 거의 없었잖아요."

박사가 창가로 되돌아가 달을 바라보면서 말했다. "오늘 밤은 안 돼. 말했잖아. 내 머리가 문제로 꽉 차 있다고. 나방도 있고."

"머리가 나방으로 꽉 차 있다는 게 무슨 말이에요, 박사님?" 대브대브가 조금 놀란 표정을 지으며 말했다.

박사는 웃으면서 말했다. "나방의 말에 대한 생각으로 가득 차 있다는 뜻이야. 그게 문제야. 벌써 며칠째 밤낮으로 그 생각만 했더니. 머리가 그 문제로 꽉 차 있어."

치치가 말했다. "박사님에게는 휴식이 필요해요. 여행이 좋은 기회가 될 거예요. 우리한테도요."

내가 알기로도 박사님은 내 도움 없이 이미 아주 많은 시간을 나방 연구에 몰두했다. 그래서 난 그사이 박사님이 어떤 걸 알아냈는지 무척이나 궁금했다. 이미 박사님과 함께 연구하는 게 습관이 되어 있었던 나는 박사님이 나를 빼고 혼자서 연구를 하러 가면 조금 마음이 상하곤 했다.

내가 물었다. "최근에 나방한테 뭔가 중요한 말을 들으신 게 있나요?"

박사님이 대답했다. "글쎄다. 어젯밤 박각시나방 한 마리를 부화시켰어. 멋진 나방이야. 그 암컷 나방 위에 유리 종을 덮어 창문턱에 가져다 두고 초를 하나 켜 놓았지. 그러자 엄청나게 많은 수컷이 그 암컷 나방을 보러 날아왔어. 수백 킬로미터나 떨어진 곳에서 어떻게 그렇게 많은 나방이 모였는지 도무지 알 수가 없었지. 그래서 그중 몇 마리를 잡아 청음기로 실험했어. 그랬더니…"

박사님은 정말로 모르는 것 같은 얼굴로 잠시 망설였다.

나는 물었다. "그래서 나방이 박사님께 뭐라고 했는데요?"

박사님이 자세하게 말했다. "그게 정말 이상하더구나. 자기들이 어디서 왔는지, 그리고 어떻게 찾아왔는지 도무지 말하고 싶어 하지 않는 거 있지. 정말 수수께끼야. 그래서 그런 질문은 포기하고 나방에 대한 일반적인 것들, 그러니까 역사나 전통 같은 것들만 물어보았어. 그러자 녀석들이 아주 이상한 이야기를 하더군. 누구도 믿지 않을 이야기였어. 그런데… 음, 너도 알다시피 박각시나방은 대체로 몸집이 크잖아. 지구에 사는 나방 중에서는 말이야. 그래서 녀석들의 몸 크기에 대한 말로 이야기를 시작했더니, 녀석들이 나방 중에는 집채만큼이나 큰 종류도 있다고 하더라고. 미친 소리 같았어. 그래서 내가 곧바로 말했지. '말도 안 돼. 뭔가 착오겠지'라고 말이야. 난 내가 나방의 말을 아직은 잘 모르기 때문에 잘못 알아들은 거라고 생각했어. 하지만 녀석들은 자기들 말이 틀림없다고 주장했어. 자기들 역사에는 집채만큼이나 크고 1톤이 넘는 물건을 날개 위에 얹고 날 수 있는 나방에 대한 이야기가 전해져 내려온다는 거야. 정말 놀라운 이야기였어. 정말로! 나방은 참 신기한 곤충이야."

≯ 11장 ≮

선사시대의 미술가 오소 블러지

"박사님, 빨리요." 치치가 채근했다. "빨리 이야기해 주세요."

"오늘 밤은 안 돼." 박사님은 똑같은 말을 되풀이했다. "치치, 네가 대신 이야기해 줘."

치치가 말했다. "좋아요. 그럼 제가 이야기할게요. 하지만 제 이야기를 여러분이 이해할지는 모르겠어요. 우리 할머니에게 들었던 걸 이야기할게요. 옛날 옛적… 정글에…"

"좋아!" 거브거브가 탁자로 가까이 다가오며 중얼거렸다. 박사님이 있어서인지 녀석은 살림꾼 대브대브를 무서워하지 않았다.

치치가 이야기를 시작했다. "수천 년, 수천 년, 그리고 또 수천 년 전에 한 남자가 살았어요. 이름은 오소 블러지였어요.

그 남자는 나라 전체를 혼자서 차지하고 있었어요. 그 당시의 세상에는 사람이 많지 않았으니까요. 아무튼 오소 그 사람은 미술가였어요. 그림을 그리면서 살았죠. 물론 그 시절에는 종이가 없었기 때문에 자기가 구할 수 있는 재료에다 그림을 그렸지요. 제일 많이 이용한 건 순록 뿔이었어요. 연필 대신 돌칼을 썼고요. 오소는 뿔의 평평한 부분을 돌칼로 파서 그림을 그렸어요. 어떨 때는 바위 표면을 깎아 머리에 떠오른 것을 그리기도 했고요.

오소는 사슴, 물고기, 나비, 들소. 코끼리처럼 주변에 흔히 있는 동물들을 그렸어요. 오소의 가장 큰 꿈은 인간을 그려 보는 거였어요. 하지만 인간은 아주 드물었어요. 그 지역에 사는 인간은 오소 자신이 유일했어요. 그래서 그는 자기 몸을 보면서 손이나 발을 그렸어요. 하지만 그걸로는 성이 차지 않았죠. 그래서 이번에는 강가의 웅덩이로 가서 물에 비친 자기의 모습을 보고 그려 보기로 했어요. 하지만 자기 몸을 보려면 물 쪽으로 몸을 기울여야 했기 때문에 그것도 쉽지가 않았어요.

'나랑 같은 동료 인간을 찾아 가만히 서 있게 해야겠어. 그러면 내 최고의 걸작 그림이 나올 거야. 인간의 초상화'

이렇게 생각한 오소는 인간을 찾으러 나섰어요. 자신이 독차지하고 있던 영토 곳곳을 돌아다녀도 사람이 보이지 않자 영토 바깥까지도 나가 보았어요. 그래도 인간은 단 한 명도 볼 수 없었어요. 대신 한 번도 본 적이 없는 동물들을 발견했어요. 녀석들이 오소한테 덤벼들거나 들판을 가로질러 뒤쫓아 온 적도 많았어요. 전에 한 번도 본 적 없는 나무도 많아 좋은 그림 소재가 되기도 했어

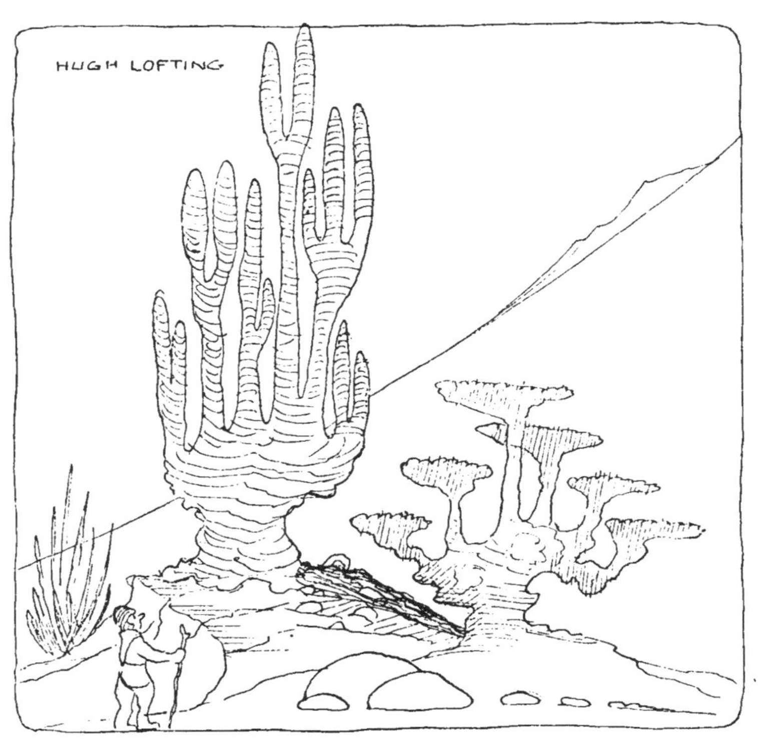

“전에 한 번도 본 적 없는 나무들은 좋은 그림 소재가 되기도 했어요.”

요. 하지만 인간은 전혀 찾을 수 없었어요. 사실 오소는 다른 인간과 만난 기억조차 희미했어요. 자신의 어머니에 대한 기억이 있었지만 어머니랑 어떻게 헤어졌고 어떻게 홀로 남아 살게 되었는지도 기억나지 않았어요.

오소는 비참한 기분이 되어 자기가 평소에 그림을 그리던 곳으로 돌아와 그냥 모델 없이 인간의 초상을 그려 보려고 시도했어요. 하지만 잘 풀리지 않았어요. 발이나 손이나 머리는 제대로 그려진 것 같은데, 몸 전체는 영 아니었어요.

그럴 때면 오소는 크게 소리를 질렀어요. 물론 주변에 말을 나눌 이가 아무도 없었기 때문에 혼잣말이었지만 말이에요. '아, 누군가가 땅속에서 튀어나와 저기 바위 위에 서 있으면 좋을 텐데. 그럼 초상화를 마무리 지을 수 있을 텐데.'

그때 무슨 일이 일어났는지 알아요? 여러분은 상상도 못 할 일이 일어났어요. 오소가 바위를 바라보고 있는데 그 위로 분홍색 안개 같은 게 끼는 게 보였어요. 오소는 햇빛 때문에 헛것이 보이는 거라고 생각해 손등으로 눈을 비벼 보았어요. 하지만 분홍색 안개는 여전히 거기에 있었어요. 이윽고 아침 바람에 날려 걷히는 계곡의 안개처럼 그 분홍빛 안개가 사라지기 시작했어요. 마침내 안개가 활짝 개자, 바위 위에 무릎을 꿇고 앉아 있는 아름다운 소녀가 보였어요. 활과 화살을 든 그 소녀는 마치 그림을 그려 달라고 기다리고 있던 것처럼 보였어요. 옷은 하나도 입지 않고 있었어요. 그 당시에는 계절과 상관없이 무지 더웠기 때문에 옷이란 건 그저 방해만 되었거든요. 소녀는 활시위를 당기고 있는 오른쪽 팔목에 푸른색 돌구슬로 만든 팔찌를 차고 있었어요.

오소는 이런 행운이 말로 표현할 수 없을 정도로 기뻤어요. 오소는 즉시 새 순록 뼈를 꺼내 그림을 그리기 시작했어요. 새기고 새기고 또 새겼어요. 평생 이렇게 잘 그린 적은 없었어요. 일생일대의 걸작이 나올 거라고 생각했어요. 작은 소녀는 거의 두 시간이나 꼼짝 않고 앉아 있었어요. 오소는 두 시간 후면 바위에 그림자가 드리워질 것이기 때문에 시간이 별로 남지 않았다는 걸 알고 있었어요. 그건 그림자의 길이를 보고 알 수 있었죠. 시계 같은 건 당연히 없던 시대였으니까요.

마침내 그림이 완성되었어요. 그림은 훌륭했어요. 그건 오소 자신도 알고 있었어요. 오소는 그림에서 멀찌감치 물러서서 유심히 살펴보았어요. 그러다 문득 뒤쪽 바위를 보았더니 분홍색 안개가 다시 끼어 있었어요.

오소는 혼잣말을 했어요. '이런! 여자가 다시 사라지는 건가?'

그래요. 그래 보였어요. 분홍색 안개가 짙어지고 소녀의 모습이 점점 희미해져 갔어요. 그림자만 조금 남아 있을 뿐이었어요. 오소는 깜짝 놀랐어요.

오소는 소리쳤어요. '이봐요. 왜 사라지는 거예요? 나는 이 땅에서 완전히 홀로 살아 왔는데… 나 혼자 살기에는 너무 넓어요. 여기 남아서 나랑 같이 살면 안 되나요?'

하지만 소녀는 얼굴을 붉힌 채 고개만 흔들며 사라져 가고 있었

"소녀는 오른쪽 팔목에 돌구슬로 만든 팔찌를 차고 있었어요."

어요.

'가기 전에 누군지만이라도 말해 줄 순 없나요?' 불쌍한 오소는 눈물을 뚝뚝 흘리며 말했어요.

소녀의 모습이 거의 사라진 상태에서 희미한 소리만이 들려왔어요. 마치 음악 같은 소리였지요.

'저는 핍피티파예요. 미안해요. 하지만 이제 '보이지 않는 세상'으로 돌아가야 해요. 저는 정말 바빠요. 저는 요정들의 어머니거든요. 그럼 안녕히 계세요.'

이제 아무것도 보이지 않고 그저 희미한 한 줄기 분홍색 안개만 모락모락 피어오르고 있을 뿐이었어요. 불쌍한 오소는 바위로 달려가 핍피티파를 자신의 세계에 잡아 두기 위해 있는 힘을 다해 바위를 꽉 잡았어요. 하지만 핍피티파는 가 버렸어요. 그리고 소녀가 있던 곳에는 푸른색 돌로 만든 팔찌가 떨어져 있었어요. 소녀가 남기고 간 유일한 물건이었어요. 사라지는 마법을 부리다 팔에서 떨어진 것이 틀림없었어요. 오소는 그 팔찌를 손목에 평생 끼고 살았어요.

그 후 오랫동안 오소는 혹시라도 소녀가 마음을 바꿔 다시 나타날지도 모른다는 생각에 바위 주위를 몇 시간이고 어슬렁거렸어요. 이건 아주 슬픈 이야기이지만 할머니는 이 이야기가 모두 사실이라고 분명하게 말했어요. 그런데 한동안 오소는 기린과 도마뱀이 합쳐진 것 같은 모양의 거대한 초식 짐승과 맞서야 했어요.

어느 날 갑자기 나타난 이 짐승이 이제는 신성한 장소가 된 바위 주변의 풀을 마구 뜯어 먹었기 때문에 오소는 녀석을 쫓아내려 했어요. 녀석은 심통을 부리며 오소와 싸웠어요. 짐승과 싸우느라 바빴던 오소는 핍피티파를 떠올릴 겨를이 없었죠. 얼마 후, 오소는 원래대로 다시 동물과 나무를 그리기 시작했어요. 오소는 자기가 그린 핍피티파 초상화는 소중하게 간직했지만, 더 이상 인간을 그리려고 하지 않았어요. 오소는 언젠가는 핍피티피가 마음을 돌려 자신에게 돌아올지 모른다는 희망을 늘 품고 있었던 거지요."

⤙ 12장 ⤚

아직 달이 없던 시절

박사님은 오소 블러지와 핍피티파 이야기에 그 어떤 이야기를 들었을 때보다 더 큰 관심을 보이며 열광했다.

박사님이 물었다. "치치, 이 이야기를 네 할머니께서 해 주셨다는 거지?"

치치가 대답했다. "네, 할머니가 아주 좋아하던 이야기였어요. 열 번도 넘게 이야기해 주셨거든요."

박사님이 말했다. "그랬구나. 아주 흥미로웠어. 특이하고. 이 이야기가 언제 적 일이었는지, 그러니까 얼마나 오래된 일인지 단서가 될 만한 걸 할머니께서 말씀해 주신 적이 있니?"

치치가 말했다. "글쎄요. 제 생각에는 그냥… 뭐랄까, 전설 같았어요. 실제로 일어났을 것 같지는 않지만 사람들 대부분이 믿고 있는 이야기 말이에요."

박사님이 다시 물었다. "하지만 언제 적 일이지? 이 이야기의 배경이 언제인지 너는 모르겠다고 했지만… 그러니까 내 말은… 뭔가 우리한테 단서가 될 만한 거라도 들은 게 없냐는 거야."

"아니요, 없는 것 같아요." 치치가 대답했다. "잠깐만요. 뭔가 생각났어요. 할머니는 이야기를 할 때 늘 이런 식으로 시작했던 것 같아요. '아직 달이 없던 시절에'라고요. 그게 뭔지는 나도 모르겠지만요. 나한테는 별로 중요해 보이지 않았거든요."

치치의 말을 들은 둘리틀 박사님은 거의 의자에서 뛰어오를 뻔했다.

"치치야, 달과 관련해 할머니께서 더 말씀하신 건 없고? 그러니까 그것 말고는 아무것도 말씀하지 않으셨다는 거니?"

"네." 치치는 아주 오래전 일을 기억해 내느라 머리를 쥐어짜는 듯한 표정으로 말했다. "원숭이 역사에서, 물론 이것도 입에서 입으로 전해져 내려온 이야기인데… 우리 원숭이들은 달이 한때는 지구의 일부였다고 믿고 있어요. 그런데 뭔가 커다란 폭발이 일어나서, 그 일부가 솟구쳐 올라 하늘에 붙어 있게 되었다는 거예요. 하지만 난 그게 왜 공 모양이 되었는지 이해할 수 없어요. 나한테 설명해 주는 사람도 없었고요. 지구에서 달이 떨어져 나간 부분이 바로 지금의 태평양이라고 말하곤 했는데, 그건 전혀 둥글지 않잖아요. 물론 이런 이야기들은 확실한 게 없기는 하지만요. 난 이런 이야기들은 절대로 믿지 않아요."

"할머니가 열 번도 넘게 이야기해 주셨거든요."

박사님 식구들은 모두 치치의 이야기를 듣고 매우 즐거워했다. 이야기 자체 때문이기도 했지만 박사님이 달 이야기와 원숭이 역사 속 전설에 흠뻑 빠져서 자정을 넘긴 시간까지 우리가 잠을 자지 않고 있는 걸 허락해 줬기 때문이기도 했다.

박사님이 내게 말했다. "스터빈스, 이 이야기가 네게는 허무맹랑하게 들렸을지 모르겠지만, 내게는 몇 가지 흥미를 끄는 게 있어. 전에 거대한 바다 달팽이한테 들은 이야기인데, 고대 바다 생물들은 지구 표면의 일부가 솟구쳐 올라 떨어져 나가는 바람에 큰 바다와 달이 생겨났다고 믿는대. 그리고 전에 대서양 해저를 항해하며 지리학적 관찰을 했을 때 그렇게 움푹 들어간 곳을 본 적이 있어. 물론 치치의 할머니는 대서양이 아니라 태평양이라고 말했지만 말이야. 아프리카로 다시 돌아가 나이 많은 원숭이들에게 물어보고 싶구나. 달과 관련된 다른 전설들과 오소 블러지와 핍피티파의 이상한 이야기를 더 자세히 듣고 싶어졌어."

박사님을 다시 여행으로 이끌 기회를 호시탐탐 노리던 내가 말했다. 왜냐하면 박사님에게 정말로 여행이 필요해 보였기 때문이다. "그런데 박사님은 왜 여행을 안 하려고 하시는 거죠? 폴리네시아한테 듣기로는 지난번 아프리카 여행 때 정글에서 병원 일을 하고 졸리깅키 군대를 피해 달아나느라 너무 바쁘셔서 미처 착수하지 못한 일이 많이 남아 있었다고 하던데."

박사님이 머리를 흔들며 말했다. "난 유혹에 넘어가면 안 돼. 그냥 재미있을 것 같은 착상을 쫓아 여기저기 돌아다니다가는 아무것도 이룰 수 없는 법이거든. 뭔가 가치 있는 결과를 얻었다는 생각이 들 때까지는 곤충 언어 연구에만 매달려야 해. 난 나방이 이야기해 준 거대 나방 종에 대해 더 파고들어 봐야겠어. 동물의 역사 속 전설들은 꽤 재미있어. 원숭이들의 전설도 그렇고, 달 이야기도 그렇고, 또 거대 나방 이야기도 그렇고. 난 그 속에 뭔가 중요한 사실이 들어 있다는 생각이 들어. 나방은 대단히 수수께끼 같은 종족이야. 나는 나방들이 다른 동물이나 식물에게 하는 일의 10분의 1도 채 알고 있지 못하다고 생각해. 크기가 집채만 하다는 나방은 어떻고!"

나는 말했다. "하지만 그렇게 거대한 곤충이 날개를 퍼덕이며 날고 있다면 세상 어디엔가는 그걸 본 사람이 분명 있을 거예요. 전 그 이야기를 하나도 믿을 수 없어요."

박사님이 말했다. "믿기 힘들다는 건 나도 알아. 하지만 아무것도 없는데 그런 이야기가 나방들 사이에 전해질 리 없다는 걸 나는 확신해."

→ 13장 ←

긴 화살을 회상하다

박사님의 곤충 언어 연구와 관련해 내게 가장 흥미로웠던 것은 털애벌레가 번데기를 거쳐 나방이나 나비로 변하는 과정이었다. 전해 가을부터 초겨울까지 나는 박사님이 털애벌레와 번데기를 모으는 일을 도왔고 덕분에 우리는 다양한 종류의 털애벌레와 번데기를 부화 상자에서 사육할 수 있게 되었다. 이들을 제대로 사육하려면 상당한 지식과 경험이 필요했다. 그런 지식과 경험이 부족했던 나는 늘 배우는 자세로 임했다.

온도와 습도도 정확히 맞춰 주어야 했고, 털애벌레들이 고치를 만들 때까지 각각 그에 알맞은 나뭇잎을 먹이로 주어야 했다. 하지만 아홉 살 꼬마 때부터 나비를 연구했던 박사님은 이 방면에서 정말이지 최고의 지식을 가지고 있었다. 실수를 절대 용납하지 않는 박사님은 털애벌레가 자연 상태와 거의 똑같은 환경에서 편안하게 허물을 벗을 수 있도록 해 주었다.

실제로 박사님의 손길이 닿은 부화 상자들의 환경은 이들 곤충에게 어쩌면 자연 상태보다 더 나았을 수도 있다. 들판에선 세상에 나오자마자 적의 먹이가 되어 버리는 나비나 나방이 많았지만, 적어도 부화 상자 안에서는 적으로부터 보호를 받을 수 있었으니까 말이다.

몇몇 희귀하고 아름다운 나비가 허물을 벗는 과정을 지켜보는 것은 정말이지 가슴이 두근거릴 정도로 멋진 일이었다. 박사님은 허물을 벗고 나온 나비들을 특별히 마련한 작은 화원에 풀어 놓아 적어도 하루 동안은 자유 시간을 준 다음에야 청음 기계에 올려놓고 실험을 시작했다.

실험 초창기에 우리가 알게 된 것은 곤충들은 날개가 생기기 전부터 말을 할 줄 안다는 것이었다.

어느 날 이 신기한 일에 관해 토론하던 중 박사님이 말했다. "스터빈스, 나는 나비들이 털애벌레 시절부터 어느 정도 생활의 경험을 가지고 있을 거라고 생각해. 자기 생각을 전달하는 방법, 그러니까 우리가 언어라고 부르는 건 실제로 말을 하는 것만을 뜻하지는 않을 거야. 말을 하려면 혀를 훈련해야만 하니까. 그리고 이런 곤충들은 우리나 다른 큰 동물들보다 더 많은 경험과 습성을 부모로부터 물려받을 거야. 여기에는 의문의 여지가 없어. 이런 생물의 기억은 그들 자신의 짧은 생애를 넘어 훨씬 오래전으로 거슬러

털애벌레들이 고치를 만들 때까지 각각 그에 알맞은 나뭇잎을 먹이로 주어야 했다.

올라가고, 그 무리나 종족 특유의 감성과 지식은 다음 세대로 전달되는 거지."

나방과 나비가 한 개체의 경험을 넘어서는 범위의 것까지 알고 있다는 사실에 박사님은 대단히 큰 관심을 보였다. 박사님의 집에 있는 암박각시나방을 수나방들이 도대체 어떻게 알고 찾아왔는지도 신기한 일이었지만 나방과 관련해서는 그것 말고도 신기한 사실이 무척 많았다.

하지만 나방이 어떻게 이런 신기한 일들을 해낼 수 있는지 연구하는 과정에서 우리는 어려움에 부딪혔다. 그들은 태어나자마자 길을 알고, 자기들이 좋아하는 종류의 나뭇잎이나 먹이가 있는 곳을 아는데 도대체 어떻게 그럴 수 있는지는 정작 자신들도 모르는 것 같았기 때문이다.

나방은 자기 종족의 역사와 전설, 그리고 생존을 위해 어떤 적을 피해야 하는지를 태어날 때부터 알고 있었다. 하지만 이런 걸 어떻게 태어날 때부터 알고 있냐는 질문에 제대로 대답하는 나방은 단 한 마리도 없었다. 그저 그냥 알고 있다는 대답뿐이었다.

박사님이 말했다. "스터빈스, 이건 철학자들이 본능적 지식이라고 부르는 것, 그러니까 태어날 때부터 아는 지식인 것 같아. 우리 인간에게는 그런 지식이 그리 많지 않아. 인간의 아기도 우유를 마시고 싶을 때 울면 되고, 우유병이 보이면 꼭지를 빨면 된다는 건 알아. 하지만 딱 거기까지야. 대단한 건 아니지. 그래도 뭔가 아는 게 있긴 있는 거지. 그런데 병아리는 걷는 방법, 모이를 쪼는 방법, 그리고 근처에서 뭔가 위험한 일이 생겼을 때 엄마가 경고하면 엄마에게 곧바로 달려와야 한다는 걸 태어날 때부터 알고 있어. 이 점에서는 닭들이 우리보다 훨씬 뛰어나. 그런데 나방들은! 녀석들의 본능적 지식은 엄청나. 나방은 태어날 때부터 어미가 옆에 없어. 하지만 어떻게 하면 날 수 있는지, 살아가면서 부딪히는 문제에는 어떻게 대처해야 하는지를 태어나자마자 바로 알고 있어. 하지만 나를 가장 끌어당긴 건 나방이라는 종족의 전설과 역사야. 이건 내가 아는 한 완전히 새로운 거야. 이제 나는 나방한테서 학문적 가치가 엄청나게 큰 걸 배울 수 있다는 희망이 생겼어. 우리에게는 부족한 본능적 지식에 대한 것들 말이야. 특히나 문명화된 우리에게는."

박사님은 잠시 말을 멈추고 뭔가를 생각했다.

"너도 알지?" 박사님이 다시 말을 이어 갔다. "어떤 면에선 원시적인 사람들이 훨씬 뛰어나다는 걸. 긴 화살 기억나지?"

나는 말했다. "그럼요. 제가, 아니 그 어떤 사람이 긴 화살을 잊을 수 있겠어요?"

박사님이 말했다. "긴 화살이 한 놀라운 식물학 연구의 거의 대부분은 본능적인 관찰을 통해 얻어진 거야. 그 사람의 항해술과 지리학 지식도 마찬가지고. 그가 어떻게 그런 지식을 얻었는지 알고 싶어서 몇 시간 동안이나 질문을 한 적이 있어. 그런데 그도 모르더라고. 본능이 알려 주는 대로 해서 결과를 얻어 내는 거였어. 긴 화살! 정말 놀라운 사람이었어! 가장 위대한 과학자였지. 그런데도 런던 왕립 학회, 자연사 박물관 같은 곳의 거물이란 자들은 그 사람의 이름조차 몰라! 내가 그 사람들에게 긴 화살에 관해 이야기해 주자 날 머리가 돈 사람 취급하더군. 그 옛날 허풍선이 남작하고 같은 부류의 사람으로 말이야. 맙소사!"

긴 화살, 그리고 거미원숭이 섬 시절 이야기가 나오자 박사님도 나도 추억에 잠겼다. 그때 함께 모험한 치치도 좀 전에 서재에 들어와 우리의 대화에 열심히 귀 기울이고 있었다. 나는 치치의 표정을 보고 치치도 나와 똑같은 생각을 하고 있다고 느꼈다. 고개를 돌려 보니 박사님은 창가에 기대어 바깥쪽 정원을 푸른 빛으로 물들이고 있는 보름달을 또다시 바라보고 있었다.

내가 말했다. "저, 박사님, 다시 긴 화살을 찾아가는 건 어때요? 그 사람이 가진 본능적 관찰력이 박사님의 곤충 연구에 도움이 되지 않을까요? 그 사람도 어쩌면 자기 나름대로 그 방면의 연구를 하고 있을지도 모르잖아요."

창가에서 고개를 돌려 나를 보는 박사님의 모습을 보고 나는 박사님도 여행에 우호적인 생각을 갖게 되었음을 알게 되었다. 하지만 박사님은 잠시 생각에 빠진 뒤 난처한 표정을 지었다.

"아니야, 스터빈스, 긴 화살이 지금 어디에 사는지는 아무도 모르는걸. 그 사람이 같은 곳에 오래 머무르지 않는다는 건 너도 알잖아. 그 사람을 찾으려면 몇 년은 걸릴 거야."

"어쨌든," 치치가 처음으로 말문을 열었다. "저는 박사님이 왜 거미원숭이 섬에 가서 그 사람의 행방을 쫓아 보려고 시도조차 하지 않으시는지 모르겠어요. 지난번에도 그 사람이 어디 있는지 알지 못한 채로 찾으러 나서셨잖아요. 그래도 결국 찾아냈고요."

박사님은 다시 생각에 잠겼다. 나는 박사님의 방랑벽이 다시 도진 것을 알 수 있었다. 그건 나도, 치치도, 폴리네시아도 마찬가지였다. 하지만 박사님은 자기 마음 가는 대로 했다가는 소중한 연구에 차질이 생길 걸 우려하는 게 분명했다.

박사님이 말했다. "하지만 치치, 지난번에는 약간의 단서라도 있었어. 보라색 극락조 미란다가 브라질 북부나 거미원숭이 섬 어딘가에 긴 화살이 있다고 말해 주었거든. 그렇지만 지금은? 어디부터 찾아 나서야 할지 말해 주는 사람이 아무도 없잖아."

내가 말했다. "박사님, 지난번 여행 때 정한 방법 기억나시죠? 긴 화살이 사라졌다고 미란다가 와서 말해 줬을 때 박사님은 그 사람을 찾는 걸 완전히 포기하셨더랬어요."

박사가 말했다. "그래, 그랬지."

"그래서 우린 '눈 감고 여행하기'란 지도 게임을 했잖아요. 기억하시죠?"

"그래, 기억나." 박사님이 대답했다.

치치가 발을 질질 끌며 우리 옆으로 가까이 다가왔다.

나는 말했다. "그 게임을 지금 다시 하는 건 어때요? 긴 화살이 지금 어디 있는지 모르니까 말이에요. 지난번에도 행운이 우릴 찾아왔잖아요. 아마 이번에도 그럴 거예요. 아니… 어쩌면 이번에는 더 큰 행운이 찾아올지도 모르죠. 어떻게 생각하세요?"

박사님은 잠시 주저했다. 다시 창가로 가서 커튼을 열고 달을 바라보았다.

"정말 멋져!" 박사님이 혼잣말을 했다.

나는 다시 채근했다. "박사님, 어떻게 하실 거예요? 눈 감고 여행하기 게임 할까요?"

이런 내 호소가 어린아이 같은 박사님의 마음을 움직인 것 같았다. 박사님의 얼굴에서 난처한 표정이 가시더니 갑자기 미소가 번졌다.

"스터빈스, 내 생각엔 그것도 좋은 방법인 것 같구나. 벌써 저녁 먹을 시간이네. 부엌에 가 있을 테니 지도 좀 가져다줄래?"

14장

다시 '눈 감고 여행하기'

치치는 너무너무 좋아했다. 나는 박사님이 서재에서 나가 부엌으로 간 사이에 책장 앞으로 갔다. 하지만 동작 빠른 원숭이 치치가 나보다 먼저 와 있었다. 녀석은 마치 사다리라도 있는 것처럼 책장을 타고 올라가 내가 채 말을 꺼내기도 전에 꼭대기에 꽂힌 커다란 지도책을 꺼내서 내려왔다. 우리는 그걸 함께 들고 와 탁자 위에 놓았다.

치치가 소곤거렸다. "토미, 우린 운이 좋아!"

녀석이 지도책을 펼쳤다. 첫 장은… 나는 자세히 기억하고 있다! 표제면. "세계 지도. 아프리카, 남극, 북극 대륙의 최신 발견을 반영함. 그린 앤 선스 출판. ××××년, 에든버러." 그다음에는 천문학과 관련된 내용이 나왔다. 12궁도, 달의 형태 변화, 세차운동

등등.

치치가 말했다. "달이다! 불쌍한 박사님! 달에 빠지셔서 머리가 좀 어떻게 된 것처럼 보였는데. 아무튼 우리가 갈 곳을 찾아보자! 토미, 어서! 박사님 마음 바뀌기 전에 얼른 부엌으로 가서 시작하자구."

나는 박사님 책상 위에 있던 종이를 하나 집어 든 다음, 그 무거운 지도책을 옆구리에 낀 채 치치를 따라 방을 나섰다.

부엌에 가 보니 온 식구가 탁자 주위에 모여서 우리를 기다리고 있었다. 범포, 거브거브, 투투, 지프, 흰 쥐.

박사님이 말했다. "그래, 지도책을 가져왔구나. 스터빈스, 연필은 가져왔니? 좋아! 저녁은 잠시 미루자꾸나, 우리가 어디로 갈지 정하기 전까지… 대브대브, 그럴 수 있지?"

"간다구? 가다니? 박사님이 무슨 말씀을 하시는 거지?" 거브거브가 흥분해서 치치에게 작은 목소리로 물었다.

"박사님께서 우리랑 눈 감고 여행하기 게임을 하기로 약속하셨어." 치치가 나지막한 목소리로 대답해 주었다.

"그게 도대체 뭔데?" 거브거브가 물었다.

"그건 지도책을 편 다음 눈을 감고 연필로 지도를 콕 찌르는 게임이야. 연필이 찌른 곳이 우리가 갈 목적지가 되는 거지. 두근거려 못 참겠어! 아시아 어딘가면 좋겠는데. 난 동양에 가 보고 싶어."

치치는 가슴이 두근거려 못 참겠다고 했지만, 거브거브는 우리가 하려는 게임에 치치보다 더 흥분해 있었다. 녀석은 탁자 주위를 마구 뛰어다니다 다른 식구가 앉아 있는 의자에 뛰어 올라가 넘어뜨리기도 하고, 가구를 쓰러뜨리기도 해 식구들 모두를 지치고 정신없게 만들었다.

하지만 다른 식구들 역시 차분한 건 아니었다. 박사님이 젊은 시절 고안해 낸 이 이상한 게임의 결과가 어떻게 나오느냐에 모든 게 달려 있었으니까 말이다. 하지만 박사님이 이 게임을 처음 고안해 낼 때만 해도 이건 전적으로 박사님 혼자만의 문제였다. 그 시절 박사님은 결혼도 하지 않은 홀몸이었기 때문에 이런 이상한 방식으로 여행 목적지를 정하는 게, 미리 차근차근 준비를 해서 여행을 떠나는 것과 별반 차이가 없었다. 하지만 지금은 상황이 달랐다.(그때 나는 박사님이 식구 중 몇 명을 여행에 데려가실 건지 모르고 있었다.) 우리 중 몇몇에게는 게임 결과가 아주 큰 영향을 줄 수도 있었다.

그 커다란 책이 탁자 위에 놓이자 박사님이 말했다. "자, 지난번에는 스터빈스가 연필을 잡았었지. 이번에는 범포가 해 보는 게 어때? 내 생각에는 범포가 행운의 사나이일 것 같은데."

범포가 말했다. "알겠습니다. 하지만 제가 연필로 찌른 곳이 태평양 한가운데면 어쩌죠?"(범포는 지도책의 처음 두세 장을 넘긴 다음, 잠시 육지와 바다의 비율을 가늠해 보았다.)

박사님이 말했다. "그래도 괜찮아. 이 게임의 규칙은 연필 끝이 바다에 닿으면 다시 하는 거니까. 그리고 전에 가 본 적이 있는 도

“오늘 밤이 내게 행운의 밤이 되길!”

시나 지역을 찌르면 그때도 마찬가지로 다시 하는 거고. 연필이 육지, 그중에서도 전에 가 본 적이 없는 육지를 찌를 때까지 계속 하면 되는 거야. 목적지가 정해지면 그곳이 어디든, 어떻게든 가야 하고."

"잘 알겠습니다." 범포가 연필을 들고 지도책을 잡았다. "오늘 밤이 내게 행운의 밤이 되길!"

"나도 그러길 바라." 거브거브가 박사님 팔꿈치와 내 팔꿈치 사이에서 탁자 위로 코를 내밀고 중얼거렸다. "난 사탕수수가 많은 따뜻한 나라였으면 좋겠어. 사탕수수를 먹어 본 지 정말 오래됐거든. 카나리아 섬에서 끔찍한 해적들한테 쫓기던 때가 마지막이었으니까. 폴리네시아, 너도 기억나지?"

→ 15장 ←

거브거브가 게임을 중단시키다

둘리틀 박사님 가족이 탁자 주위에 모여 있는 모습은 마치 그림 같았다. 그 광경은 평생 내 기억에서 사라지지 않을 것이다. 서 있는 건 범포 한 사람뿐이었다. 그의 커다란 오른손 주먹에 연필이 쥐어져 있었다. 그는 책등이 바닥을 향한 채 덮여 있는 지도책을 왼손으로 잡고 연필로 찌를 준비를 하고 있었다. 책의 어느 쪽이 펼쳐질지는 운명의 여신에게 맡긴 채로 말이다.

나머지 식구들은 탁자 주위에 앉아 숨을 삼키며 범포를 지켜보고 있었다. 탁자 위에는 청동 촛대 네 개에 불이 켜져 있었다. 잠시 바늘 떨어지는 소리도 들릴 정도의 정적이 감돌았다.

"준비됐지, 범포?" 박사님이 유난히 차분한 목소리로 물었다. "눈 감아야 한다는 거 명심해. 책은 저절로 펴져야 하고, 그때 연필을 떨어뜨리는 거다."

"알겠습니다." 범포가 얼굴을 묘하게 찡그린 채 웃으며 말했다. "준비됐습니다."

"좋아!" 박사님이 말했다. "찍어!"

범포의 왼손이 펴졌다. 무거운 책이 쾅 소리를 내며 펼쳐졌다. 공중에서 원을 그리며 돌던 오른손이 천천히 아래로 내려왔다. 그러다… 콕!

그때 우리가 어디로 갈지 빨리 알고 싶어 안달하던 거브거브가 탁자로 달려들다 앞으로 휘청거리는 바람에 양초 네 개가 모두 쓰러졌다. 방이 캄캄해졌다.

여기저기서 왁자지껄하는 소리가 들려왔다. 각자 큰 소리로 나름의 의견을 내놓았다. 하지만 박사님은 단호하게 명령했다.

"범포, 멈춰. 연필 움직이지 마. 조금만 있으면 불을 다시 켤 수 있을 거야. 연필 그 자리에 꽉 잡고 있어."

물론 이럴 때면 늘 그렇듯, 이번에도 부엌에는 성냥이 없었다. 대브대브는 불쌍한 거브거브의 귀를 날개로 세게 친 후 성냥을 찾으러 갔다. 하지만 곧 희미하게나마 주변이 보이기 시작했다. 창밖 보름달 빛 덕분에 방 안 물건들의 형태를 대략은 알아볼 수 있었다. 커튼 하나가 완전히 드리워져 있지 않았던 것이다.

범포가 말했다. "괜찮습니다, 박사님. 전 움직이지 않았습니다. 성냥을 가져와 우리가 어디로 가야 하는지 알아봐요."

여러분도 충분히 상상할 수 있듯, 모두들 흥분해 있었다. 달빛 덕분에 서로의 모습을 어렴풋이나마 볼 수 있었지만, 지도책이 보일 정도는 아니었다.

폴리네시아가 말했다. "난 아프리카 같아. 음 거기가 아니면… 마음이… 거긴 좋은 곳이야. 누가 뭐라건 상관없어."

투투가 말했다. "아프리카는 아니야. 내가 알아."

투투가 어둠 속에서도 볼 수 있다는 걸 기억해 낸 우리가 큰 소리로 물었다. "그럼 어딘데?"

투투가 말했다. "말해 줄 수 없어. 하지만 이것만은 확실히 알려 줄게. 전혀 예상치 못한 곳이야! 그래, 전혀 예상치 못한 곳. 아무튼 이번 여행을 하려면 돈이 많이 들 거야."

거브거브가 큰 소리로 말했다. "대브대브, 성냥 빨리 찾아 와. 궁금해서 더 이상 참을 수 없어. 이놈의 달빛만 보다가는 미쳐 버릴지도 몰라."

더 이상 참을 수 없게 된 거브거브는 탁자를 떠나 문까지 더듬더듬 가서 대브대브가 성냥 찾는 걸 도와주려 했다. 하지만 거브거브가 한 거라곤 어둠 속에서 날개에 양초와 성냥을 품고 돌아오던 대브대브와 부딪힌 거밖에는 없었다. 뚱뚱이 거브거브와 부딪혀 넘어진 대브대브는 성냥을 떨어뜨리고 말았다. 그리고 허둥지둥 몸부림을 치는 와중에 성냥은 어딘가 구석으로 들어가 버렸고 결국은 찾지 못했다. 화가 잔뜩 난 대브대브가 거브거브의 엉덩이를 때리고 쪼아 대느라 큰 소리가 나기는 했지만, 부엌에 있던 우리의 왁자지껄한 소리는 전혀 줄어들지 않았다. 그 와중에 끽끽거

거브거브가 양탄자에 걸려 넘어지면서 들통에 처박혔다.

리며 식기실 방 쪽으로 도망치던 거브거브가 양탄자에 걸려 넘어지면서 들통에 처박히며 커다란 비명이 들려왔다.

결국 박사님이 나섰다. 박사님은 아무런 사고 없이 찬장까지 가서 성냥갑을 찾은 다음 성냥을 켜서 손에 들고 우리에게 돌아왔다.

탁자 위에 펼쳐져 있던 지도책 위로 첫 번째 빛이 비치는 순간 내 마음속에서 쿵 소리가 났다. 미신을 믿는 범포는 두려움에 압도된 채 천장 쪽으로 눈을 굴리며 힘들어했다. 폴리네시아는 꺅꺅 소리를 내질렀고, 치치는 실망감으로 그저 긴 한숨만 내쉬었다.

지도책의 천문학 부분이 펼쳐져 있었고 범포의 연필은 왼쪽 면 구석의 작은 그림을 찌르고 있었다. 그리고 연필 끝이 가리킨 곳은 달의 한가운데였다!

3부

→ 1장 ←

범포와 마법

내 생각에 이때 아무 말도 하지 않은 식구는 박사님이 유일했던 것 같다. 박사님은 생각에 잠긴 채 조용히 서서 범포의 커다란 손이 아직 위에 놓여 있는, 그리고 연필 끝이 달의 한가운데를 가리키고 있는 지도책을 내려다보고 있었다.

"빌어먹을!" 폴리네시아는 신음 소리를 내며 뱃사람 같은 이상한 발걸음으로 탁자 위를 돌아다녔다.

"여행이라구! 이봐들, 여행이라구! 그래 달이야… 젠장, 범포는 해를 찍을 수도 있었다구. 거기 태양 그림도 있고, 다른 별들 그림도 있잖아. 더 끔찍한 일이 벌어질 수도 있었어."

들통에서 빠져나와 이제 지도책 쪽으로 목을 내밀고 있던 거브거브가 말했다. "달에는 무슨 채소가 있을까?"

“빌어먹을!” 폴리네시아가 신음 소리를 냈다.

흰 쥐가 킥킥거리며 말했다. "큭큭, 내가 지금까지 들은 농담 중에 최고야!"

그러자 지프가 거들었다. "쥐도 없으란 법이 없지. 내가 보기에 달엔 구멍들 천지인걸."

"생활비가 싸게 드는 곳도 있을 거야." 투투가 말했다. "어쩌면 돈이란 걸 아예 쓰지 않을지도 모르지."

"그래, 하지만 거기까지 가는 데는 제법 큰돈이 들걸. 명심하라고!" 대브대브가 투덜댔다.

이 이상한 결과를 보고 범포가 보인 반응은 좀 특이했다. 그는 완전히 겁에 질린 것처럼 보였다. 나는 아직 연필을 잡은 채 그대로 있는 그의 커다란 손이 덜덜 떨리고 있는 걸 눈치챘다. 하지만 범포가 겁쟁이가 아니라는 건 우리 모두 아는 사실이었다. 지금 범포의 용기를 집어삼킨 것은 인간이 느끼는 공포의 근원인 '미지 그 자체'였다. 둘리틀 박사님은 몸을 기울여 떨고 있는 범포의 손에서 연필을 빼 주었다.

마침내 범포가 힘없는 목소리로 말했다. "박사님, 섬뜩해요. 뭔가 섬뜩합니다. 이건 마법에 걸린 겁니다. 마법입니다. 박사님이 달에 가고 싶다고 말씀하신 게 바로 어젯밤입니다. 그리고 지금 이 게임을 했는데, 눈을 감고 했는데 제가 바로 달의 한가운데를 찌른 거잖아요!"

피부가 검은데도 불구하고 범포의 얼굴이 창백해진 게 보였다. 범포는 지도책과 탁자에서 몸을 뗐다. 자기 손을 그렇게 조종한

신비롭고 사악한 힘에 겁을 내는 것처럼 보였다.

박사님이 말했다. "아니야. 단지 우연의 일치일 뿐이야. 이상하기는 하지. 나도 인정해… 정말 이상한 일이야. 하지만… 음… 우연의 일치라고. 그게 다야."

"맞아요." 대브대브가 이 토론에 실무적인 목소리로 끼어들었다. "우연의 일치건 아니건, 이러다 저녁밥이 다 식겠어요. 저 악마 같은 책 좀 탁자에서 치워 주시겠어요. 토미, 우리 수프 가지러 가자"

"그런데, 박사님. 게임을 다시 해야 하지 않을까요?" 지프가 물었다. "거긴 아무도 갈 수 없는 곳이잖아요. 달에는요. 눈 감고 여행하기 게임 규칙을 따르려면 다시 해야 하지 않나요?"

"아마도 그럴지도 모르지." 대브대브가 언성을 높였다. "눈 감고 여행하기 규칙에 따르면. 하지만 여기 부엌의 규칙에는 맞지 않아. 어쨌든 저녁 먹기 전에는 안 돼. 평소보다 식사 시간이 한 시간 반이나 늦어졌어. 모두 자리에 앉아. 완전히 식기 전에 먹자고."

우리는 모두 탁자 주위에 앉아 묘한 침묵 속에서 식사를 시작했다. 적막을 깬 것은 거브거브가 수프를 먹으며 내는 홀짝홀짝 소리뿐이었다.

잠시 후 범포가 말했다. "그런데, 박사님. 박사님이라면 그곳에 가실 수 있지 않습니까? 그러니까 제 말은… 달에 말입니다."

박사님이 대답했다. " 범포, 나로서는 그렇게 먼 곳에는 갈 수 없을 것 같아. 하지만 언젠가 누군가는 달에 갈 수 있다고 확신해. 지금은 갈 수 있는 가망이 거의 없다고 봐. 과학의 힘으로 새로운 항공 기술이 나오지 않는 한 말이야. 하지만 게임의 결과가 이렇게 나와서 사실 난 기뻐. 스터빈스랑 치치한테 이런 게임을 하자고 한 게 벌써 후회되기 시작하는걸. 난 여기서 내 연구에나 전념해야겠어. 난 나방이 말해 준 거대 나방 종족 이야기를 철저히 알아보고 싶어. 생각하면 할수록, 더 알아보면 알아볼수록 뭔가 말이 되는 이야기라는 생각이 더 확실하게 들거든."

그때 치치가 실망한 목소리로 말했다. "그러니까 박사님은 이제 눈 감고 여행하기 게임을 다시 하지 않으시겠다는 거죠?"

박사님이 말했다. "글쎄, 그래도 내가 약속은 지킨 거 아닐까? 어쨌든 연필이 찍은 땅은 지금으로서는 아무도 갈 수 없는 곳이니까 말이야. 달에 갈 방법을 누구든 알려 주면 그때 가기로 하자. 그때까지는… 우리에겐 할 일이 있으니까."

⇢ 2장 ⇠

창문 두드리는 소리

식구들은 모두 심한 절망감에 빠졌다. 이제 외국으로 여행을 떠날 희망이 사라졌다는 사실에 대브대브만 빼고(당시에 대드대브가 여행 자체를 좋아하지 않았는지는 나는 잘 모르겠다.) 모두 흥분해 있었다. 이제 당분간 집에만 있어야 한다는 건 모두의 기대를 저버리는 일이었기 때문이다. 즉시 이런저런 불만이 터져 나오기 시작했다.

치치가 말했다. "하지만 박사님, 긴 화살은요? 그 사람이 곤충언어 연구에 큰 도움이 될 거라고 박사님도 말씀하시지 않았나요? 그리고 그게… 그게 뭐라고 하셨죠? 그래요, 직관적인 연구. 범포의 연필이 달을 가리켰으니 이제 그 사람한테 자문을 구하는 건 포기하신 건가요?"

박사님이 말했다. "치치, 긴 화살이 어디 있는지 그리고 어떻게 찾아야 할지 나도 모른다고 한 말 잊었니? 그 사람이 도움이 될 거라는 건 나도 동의해… 어쩌면 나를 도와줄 수 있는 과학자는 세상에 그 사람 말고는 없을 수도 있고. 하지만 어디 있는지도 모르는 사람을 내가 어떻게 찾아가겠니?"

나는 박사님의 말에 납득이 갔지만, 한편으로는 조금 슬펐다. 왜냐하면 나는 내심 박사님과 함께 여행을 가고 싶었고, 그와 함께하는 여행만큼 내 인생에서 뜻깊은 경험은 없었기 때문이다.

이때 폴리네시아가 냉정한 말투로 가세했다. "박사, 당신이 우리를 놀리고 있다는 건 알고 있어? 당신만큼 동물 세계를 잘 아는 사람이 고작 사람 하나 찾지 못한다는 게 말이 된다고 생각해? 온갖 새들과 짐승 그리고 7대양의 물고기들이 당신을 도와주고 싶어 줄지어 대기하고 있는데 말이야. 정말이지, 나 원 참."

순간 박사님은 당황한 듯 보였다. 나는 집에 틀어박혀 연구를 계속해야 한다고 생각하던 그에게 눈 감고 여행하기 게임의 결과가 여행을 연기할 좋은 구실이 되고 있다는 걸 문득 깨닫게 되었다.

"글쎄, 폴리네시아." 조금 당혹스러운 기색을 보이며 박사님이 말했다. "내가 약속을 지켰다는 걸 잊지 마. 게임 규칙을 지키기로 했잖아. 우리가 지목한 땅은 지금으로서는 도저히 갈 수 없는 곳이야. 한 번 더 말할게. 달에 갈 방법을 네가 말해 준다면 내가 너희들을 데리고 갈게."

하지만 박사님께 처음으로 동물의 말을 가르쳐 주었던 이 영악

하고 나이 많은 앵무새는 쉽게 넘어가지 않았다. 앵무새는 고개를 한쪽으로 젓다가 토스트 조각을 바닥에 떨어뜨리고는 이미 모든 걸 알고 있다는 표정으로 박사님을 바라보았다.

앵무새가 말했다. "박사, 박사는 내 질문에 아직 답하지 않았어. 박사는 지금 긴 화살을 찾는 게 불가능하다고 생각하는 거야, 아니면 가능하다고 생각하는 거야?"

박사님이 말했다. "글쎄, 지난번에 우리가 그 사람을 찾아 나섰을 때 얼마나 고생했는지 기억나?"

폴리네시아가 말했다. "기억나. 하지만 그때는 바위가 떨어지는 바람에 긴 화살이 동굴에 갇혀 있었기 때문이잖아. 지금은 자유로울 테니까 아마도… 아무튼 그런 건 당신한테는 그다지 중요한 게 아니잖아."

박사님은 의자에 앉은 채로 잠시 머뭇거렸다. 폴리네시아 같은 논쟁의 달인을 나는 그때 처음 보았다.

마침내 박사님이 손을 탁자 앞으로 벌리고 말했다. "하지만 너도 알다시피 아직 여기서 해야 할 일이 산더미처럼 남아 있어. 나방이 내게 들려준 거대 나방 종족에 관한 전설을 너한테도 말해줬잖아. 집채만큼 큰 나방들 말이야. 1톤이나 되는 물건을 고작 몇십 그램밖에 안 되는 물건인 것처럼 가볍게 들어 올릴 수 있는 나방들 말이야. 난 녀석들에 대해 꼭 알고 싶어. 얼마나 훌륭한 연구 결과가 나올지는 아무도 모르는 거야."

폴리네시아가 말했다. "하지만 여행을 해도 얼마나 훌륭한 결과가 나올지 아무도 모르는 건 마찬가지일걸. 내가 생각하기에 당신은 그저 여행하기가 싫은 거잖아. 진부한 탐험이나 여행에 지친 거겠지. 당신을 만족시킬 수 있는 건 달뿐이야. 어린아이처럼 말이야."

잠시 주위에 침묵이 흘렀다. 대브대브도 평소와 달리 아직 탁자를 치우지 않고 있었다. 모두들 뭔가 생각에 빠진 것 같았다.

그때 창문을 두드리는 소리가 들려왔다. 묵직하면서도 작고 기묘한 소리였다.

"와! 유령이다!" 거브거브가 꿀꿀거리며 탁자 아래로 기어 들어갔다.

범포가 말했다. "난 커튼을 열고 싶지 않아. 금은보화를 준다고 해도. 토미, 네가 한번 가 봐."

결국 내가 창 쪽으로 가 보았다. 나는 평소처럼 참새 치프사이드가 들어오려 하는 거라고 생각했다. 하지만 곧 알 수 있었다. 참새가 이런 소리를 낼 리는 없다는 걸. 나는 커튼을 열어젖힌 다음 달빛이 비치는 정원을 살펴보았다. 그 순간 나는 터져 나오려는 비명을 막기 위해 입에 손을 얹을 수밖에 없었다.

→ 3장 ←

거대한 종족

나는 으스스한 달빛 속 잔디 위에 뭔가 기괴한 것이 보였을 때의 그 느낌을 평생 잊지 못할 것이다. 그건 두려움이라기보다는 놀라움에 가까웠다. 비명을 억지로 참고 나서도 한동안 한마디 말조차 하지 못했던 건 나를 압도한 경이로움 때문이었다. 가까스로 박사님 쪽을 돌아보고 입을 벌렸지만 아무런 말도 하지 못했다.

"스터빈스, 무슨 일이니?" 박사님이 자리에서 일어나 창 쪽으로 오며 말했다.

아무리 기괴하고 특이한 걸 봐도 태연했던 박사님조차 이번 창밖의 광경을 보고는 잠시 휘청거렸다. 우리를 빤히 보고 있는 얼굴이 있었다. 처음에는 얼굴인지조차 알 수 없었다. 어찌나 큰지 그게 얼굴일 거라고는 상상조차 하지 못할 정도였다. 부엌의 창문은 높이가 2미터, 폭이 1미터나 될 정도로 컸지만 얼굴의 일부만 보일 뿐이었다. 하지만 눈, 묘하면서도 아주 아름다운 그 눈만큼은 분명하게 알아볼 수 있었다. 만약 박사님이나 나와는 달리 곤충의 몸에 대해 잘 알지 못하는 사람이었다면 그게 눈이라는 걸 알지 못했을 것이다. 하지만 박사님과 나는 아주 거대한 그것이 나방의 눈이라는 걸 분명하게 알 수 있었다.

두 개가 나란히 튀어나온 눈알은 방에서 새어 나오는 희미한 촛불을 받아 무지갯빛 오팔처럼 빛났고, 우리는 확대경으로 평범한 나방의 머리를 보고 있는 것 같은 느낌을 받았다.

"아이구 깜짝이야!" 내 옆에서 박사님이 중얼거리는 소리가 들렸다. "그 거대 나방 종족이 분명해. 스터빈스, 촛불 좀 꺼 줄래? 그래야 몸의 나머지 부분도 볼 수 있을 것 같아."

나는 떨리는 손으로 촛불을 간신히 껐다. 그런 다음 이 놀라운 유령을 보려고 서둘러 창가로 돌아왔다. 이번에는 촛불의 방해 없이 정원을 비추는 달빛을 통해 좀 더 명확하게 볼 수 있었다. 나방은 정원의 거의 대부분을 채울 만큼 컸다.

머리는 창문 유리창에 꽉 눌려 붙어 있었고, 그 뒤의 어깨는 적어도 2층 높이는 될 정도로 우뚝 솟아 있었다. 거대한 날개는 털투성이의 굵은 몸통에 접혀 있어서 마치 집의 박공벽처럼 보였다. 크기도 아주 컸다. 아까 창을 가볍게 두드렸던 커다란 다리는 아직 창턱에 올려진 채였다. 이 거대한 생물은 꼼짝도 하지 않았다. 박사님이 말을 걸었을 때 나는 녀석이 어딘가 다친 것 같다는 느낌을 받았다.

물론 방 안 식구들도 대단히 흥분해 있었다. 거브거브와 범포만 빼고 식구 모두가 창가로 달려와 떠들어 대다가 박사님이 조용히 하라고 하자 그제야 멈췄다. 불쌍한 범포는 정원에 펼쳐진 이 기괴한 광경이 자신의 손을 지도책의 달로 이끌었던 바로 그 악령이 건 마법이라고 생각하는 것 같았다. 한번 와서 보라고 우리가 아무리 권해도 범포는 듣지 않았다. 한편 거브거브는 초자연적인 달빛을 받느니 차라리 탁자 밑에 숨어 있는 게 훨씬 낫다고 생각했다.

박사님이 말했다. "스터빈스, 등불을 가져와서 나랑 함께 나가 보자. 치치, 너는 내 작은 검정 가방 좀 가져다줄래?"

지프, 폴리네시아, 투투도 박사님을 따라 한달음에 뒤뜰로 나갔다. 물론 나도 등불을 들고 곧장 따라 나갔다. 그리고 치치도 검정 가방을 들고 나왔다.

그날 밤은 놀라운 일의 연속이었다. 정원으로 나오자마자 나는 내 숨 상태가 왠지 달라져 있는 걸 느꼈다. 공기가 평소와 달랐던 것이다. 내가 멈춰 서서 숨을 헐떡이며 공기를 들이마시자 치치가 따라붙었다. 치치도 숨 쉬는 게 뭔가 달라 보였다.

치치가 물었다. "토미, 이게 뭐지? 정신이 확 깨는 약병 냄새가 나. 네가 내쉬는 숨에서 말이야."

나도 알 수 없었다. 하지만 박사님 가까이로 가자 박사님 역시 호흡이 이상해 보였다.

박사님이 말했다. "스터빈스, 등불 좀 줘. 이 나방이 어딘가 아픈 것 같으니 내가 도와줄 수 있나 살펴봐야겠어."

정말로 기묘한 광경이었다. 이 거대한 '환자' 옆에 있는 박사님의 몸은 터무니없이 작아 보였다. 게다가 이런 희미한 불빛으로는, 그리고 이렇게 가까운 곳에서는 어디서부터가 환자의 몸이고 어디서부터가 정원인지 쉽게 구별이 되지 않았다. 녀석이 착륙하면서 쓰러뜨린 나무 줄기라고 내가 생각했던 것은 사실은 녀석의 거대한 왼쪽 가운데 다리였다. 털이 많이 나 있었는데, 각각의 가닥이 나뭇가지만큼이나 굵었다.

나는 물었다. "박사님, 이 나방한테 무슨 문제가 있는 것 같아요?"

"아직 나도 모르겠는걸." 박사님이 몸을 앞으로 구부리고 앉아 등불을 이리저리 비춰 보며 말했다. "다리는 아무 문제 없어 보여. 날개도 이상 없어 보이고. 하지만 좀 더 자세히 알아보려면 크고 튼튼한 사다리가 필요하겠어. 날개의 위치는 자연스러운 것 같아. 아마도 그냥 지친 걸지도 몰라. 몸 상태가 전체적으로 안 좋은 거로 봐서는 긴 여행을 하느라 기진맥진해 있는 것 같아."

치치가 물었다. "제 목이 따끔거리는 건 왜 그렇죠?"

"공기 중에 산소가 많아져서 그런 거야." 박사님이 말했다. "원인이 뭔지는 아직 모르겠지만 말이다. 아마도 나방의 털, 아니면 날개 가루 때문인 것 같긴 해. 하지만 해롭지는 않을 것 같아. 다소 자극적이고 기분을 들뜨게 하는 것 말고는. 스터빈스, 등불 하나 더 비춰서 머리 부분을 살펴보자꾸나. 이런 큰 몸집에 어떻게 나무 한 그루 쓰러뜨리지 않고 잔디에 내려앉았는지 도무지 모르겠어. 비행 솜씨가 꽤 좋은 모양이야."

우리는 등불 두 개의 의지해 조심스럽게 나방 머리 쪽으로 다가갔다. 머리는 집의 벽에 거의 붙어 있었다. 가까이 가려면 작은 나뭇가지나 덤불 따위를 잡아당겨 길을 터야만 했다.

가까이 가자 공기가 아까보다 더 이상하게 느껴졌다. 너무 심해서 가끔씩 머리가 어질어질하고 현기증까지 생길 정도였지만 참을 수 없을 정도로 불쾌하지는 않았다. 문득 바닥을 보니 나방 코 밑바닥에 커다란 오렌지색 꽃들이 몇 송이 떨어져 있었다. 박사님은 자신이 말한 산소가 바로 여기서 나오는 거란 걸 알아냈다. 우리는 그것들을 조사하기 위해 바닥에 엎드려 바람을 불어 보았다. 박사님은 나한테 잠시 물러나 있으라고 지시한 다음 집 안에 있는 진료실로 가, 이 꽃에서 나오는 강력한 가스의 작용을 막아줄 약품을 헝겊에 적셔 가져왔다. 우리는 이 헝겊으로 입을 가린 다음 조사를 계속했다.

박사님은 이 커다란 꽃을 조사하면서 말했다. "이건 순수한 산소가 아닌걸. 만약 순수한 산소라면 우린 지금처럼 서 있지도 못할 거야. 이건 산소를 다량으로 머금은 꽃에서 자연스럽게 나는 강한 냄새야. 이렇게 큰 꽃을 본 적이 있니? 모두 다섯 송이로구나. 나방이 가져온 모양이야. 그런데 대체 어디서 왜 온 거지?"

박사님은 허리를 굽혀 꽃을 나방 코앞에 댔다.

“이건 순수한 산소가 아닌걸.”

"이걸 아무 이유 없이 가져왔을 리 없어." 박사님이 말했다. "냄새가 나방한테 효과가 있는지 보자꾸나."

→ 4장 ←

거대한 나방이 깨어나다

박사님의 시도는 처음에는 아무런 효과가 없어 보였다. 나방은 거의 죽은 것처럼 커다란 머리를 바닥에 대고 있었다. 하지만 우리는 나방이라는 종은 장시간 꼼짝도 하지 않고 있을 수 있다는 걸 알고 있었기 때문에 그 점은 딱히 걱정하지 않았다.

"아무래도 자세가 좀 이상해." 종 모양의 꽃을 여전히 나비 코 앞에 대고 있던 박사님이 혼잣말을 했다. "머리가 앞쪽으로 튀어 나와 있는 건 자연스러운 모습이 아니야. 피로 때문에 정신을 잃은 게 틀림없어 보여. 그런데… 한번 봐 봐. 더듬이를 떠는 게 보이지?"

나는 나방의 머리에 달려 있는 털이 많이 난 야자나무처럼 보이는 막대기 두 개를 달려 있는 걸 올려다보았다.(그건 옛날 인도의

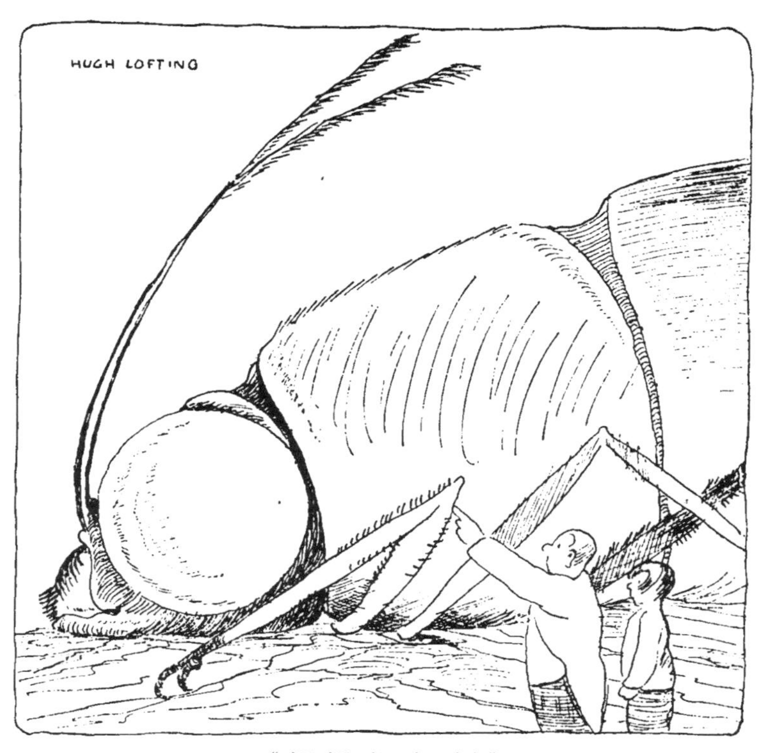

“더듬이를 떠는 게 보이지?”

왕이 쓰던 터번에 달린 멋진 장식물처럼 보였다.) 그런데 정말 그랬다. 끝부분이 아주 미세하게 떨리고 있었다.

"박사님, 이제 정신이 드는 모양이에요." 내가 속삭였다. "일어나려고 몸부림칠 때를 대비해 조금 떨어져 있는 게 낫지 않을까요? 녀석 발에 밟히기라도 한다면 절대 웃을 일이 아닐 것 같거든요."

그런데 이렇게 믿을 수 없을 정도로 큰 괴물 앞에서도 전혀 겁먹지 않는 걸 보니 역시 박사님다웠다. 박사님은 어떤 동물도 무서워하지 않았다. 박사님 눈에는 집채만큼이나 큰 이 나방도 어린 양 만큼이나 안전해 보이는 모양이었다. 그리고 이런 신기한 믿음은 박사님을 대하는 다른 동물들도 마찬가지였다. 나는 박사님을 무서워하거나 박사님께 덤벼드는 동물을 단 한 번도 본 적이 없다. 아마 박사님과 다른 사람의 가장 큰 차이점인 바로 이 점이 박사님을 뛰어난 자연학자로 만든 모양이었다. 모든 동물은 박사님과 눈을 맞추는 순간부터 박사님을 신뢰하게 되는 것처럼 보였다.

그리고 어딘가 다른 세계에서 온 것처럼 보이는 이 나방도 그 점에서는 마찬가지인 것 같았다. 나방이 눈을 뜨는 모습은 볼 수 없다. 나방은 눈꺼풀이 없어 늘 눈을 뜬 채로 있기 때문이다. 하지만 더듬이도 점점 더 심하게 떨고, 발도 조금씩 꼼지락거리고, 머리도 조금 더 올라가는 거로 봐서 나방은 조금씩 회복해 가는 것처럼 보였다. 생기를 찾고 의식도 돌아오는 모양이었다. 녀석은 조금도 놀라는 것 같지 않았다. 나는 녀석이 아까보다 생생하게 빛나는 그 커다란 눈을 박사님 쪽으로 돌려 그가 환자인 자신을 치료하느라 바쁘게 움직이는 모습을 바라보고 있다는 것을 알았다. 이 거대한 녀석은 일어나려고 몸부림치지 않았다. 정신을 차린 녀석은 자기 옆에서 분주하게 움직이는 박사님을 보고 기쁘다는 듯이 안도의 숨을 깊게 내쉬었다. 존 둘리틀 박사님과 거대한 환자가 나란히 있는 걸 보고 있노라니 만약 이 나방이 다른 정원에 떨어져 다른 사람의 손에 걸렸다면 어떤 일이 생겼을까 하는 생각이 들었다. 이 엄청난 크기에서 비롯된 두려움, 미신, 무지 따위 때문에 아마도 무자비한 공격을 받고 죽었을 가능성이 컸다. 범포와 그가 미지의 것에 대해 느끼는 공포가 떠올랐다. 물론 범포는 평소에는 온화한 성격의 사람이지만 말이다. 치치의 이야기에 나온 미술가 오소 블러지라면 어땠을까도 생각해 보았다. 이 엄청나게 큰 동물을 보자마자, 상대를 쓰러뜨려야겠다는 생각이 먼저 들지 않았을까? 먼저 공격을 받거나 죽임을 당할지도 모른다는 공포 때문에 말이다.

하지만 박사님은 달랐다. 박사님은 동물의 크기나 낯선 모양, 성질 같은 것에 두려움이나 불신을 가지지 않았다. 오히려 박사님은 낯선 것에 공포가 아니라 매력을 느꼈다. 박사님과 함께 있으면서 나도 이와 비슷한 신뢰감을 조금이나마 느낄 수 있게 되었다. 다른 동물들을 만났을 때 그들에게도 똑같은 신뢰를 주는 법은 아직 익히지 못했어도 말이다.

박사님과 나방이 나란히 있는 걸 보고 있노라니 박사님이 '본

능적인 지식'이라고 말한 것도 또렷하게 기억났다. 나방은 인간의 말을 할 수 없고 박사님도 아직 나방의 말을 모른다. 하지만 이 둘은 언어 없이도 서로 어느 정도 통하는 것처럼 보였다. 긴 여행 탓에 나방의 날개 근육이 과도하게 긴장되었을 거라고 생각한 박사님이 나방의 등에 올라가고 싶어 한 것도 한 예이다. 박사님이 어떤 방법으로 자신의 뜻을 환자에게 전했는지는 아무도 모른다. 아무튼 나방은 갑자기 가슴을 움츠려 앞다리들을 벌리더니 어깨의 높이를 3미터 정도까지 낮춰 주었다. 그러자 박사님은 나방의 피부가 다치지 않도록 조심스럽게 털이 많이 난 가운데 몸통(박사님은 그 부분을 흉곽이라고 불렀다.)을 따라 올라가 엄청나게 큰 날개가 달린 몸통 부분에 가서 섰다.

그곳은 높은 곳이라 등불의 빛이 닿지 않았기 때문에 치치도 나도 박사님의 모습을 볼 수 없었다. 하지만 박사님은 내게 작은 검정 가방을 열어 바르는 약을 던져 달라고 큰 소리로 말했다.

5장

비밀 지키기

박사님은 필요하다면 잠도 자지 않고 일을 계속할 수 있는 사람인 데다 흥미로운 일까지 생긴 탓에 우리 중 그 누구보다도 정원에 오래 남아 있었다.

폴리네시아도 관심을 많이 보였지만, 새벽 3시쯤 되자 집으로 돌아가 계단참에 있는 괘종시계 위에서 잠을 잤다. 치치도 마침내 덤불로 들어가 잠에 빠져들었다. 나는 5분마다 몸을 꼬집어 가며 지붕 위로 동이 터 올 때까지 버틸 수 있었다. 물론 야행성인 투투는 낮보다 오히려 밤에 깨어 있기가 더 수월했다. 내 생각에 마지막까지 남아 있었던 식구는 투투와 박사님이었던 것 같다. 투투는 다음 날 내게 박사님이 새벽 6시에야 자러 들어갔다고 말해 주었다.

나도 그 직전까지 한쪽 눈은 감고 다른 쪽은 뜬 채 정원에서 비틀거리며 나름 박사님의 조수 노릇을 했다. 잠에서 깨어났을 때(이튿날 오후 2시 무렵이었다.), 나는 이불 대신 양탄자를 덮고 방 안 소파 위에 누워 있었다. 부엌에 들어서자 달걀부침을 하던 대브대브가 박사님이 거대한 나방이 밤에 편안하게 잘 수 있도록 해 주었고 아침 일찍부터 녀석을 만나러 갔다고 내게 말해 주었다. 다행히 전날 밤은 비교적 따뜻했다. 나는 대브대브가 만들어 준 차와 토스트를 먹고 정원으로 나갔다. 박사님은 당연히 정원에 계셨다. 박사님은 아침 6시부터 9시까지 고작 두세 시간밖에 눈을 붙이지 못했으면서도 벌써 이 낯선 손님을 상대로 연구를 진행하고 있었다.

온갖 다양한 먹거리가 잔디 위에 놓여 있는 것으로 봐서 박사님은 나방이 뭘 먹을 수 있는지 알아보고 있는 것 같았다. 어떤 이상한 본능이 박사님을 꿀로 이끌었는지 모르겠지만 확실히 이 거대한 곤충은 보통의 나방과는 꿀을 빨아 먹는 모습이 전혀 달랐다. 그런데도 박사님은 평생 처음 본 이 나방에게 알맞은 먹이를 찾아낸 것이다. 내가 그들에게 갔을 때, 주변 잔디밭에 벌집이 여섯 개나 굴러다니고 있었는데도 박사님은 또 새 벌집을 따고 있었다.

박사님은 나방을 벽에서 간신히 떼어 놓았다. 나방은 기분이 아주 좋은 듯 잔디 위에 서 있기도 하고 앉아 있기도 했다. 나방의 몸이 잔디밭을 거의 다 차지하기는 했지만 그래도 우리는 원하는 방향으로 가까이 가서 녀석이 어떻게 생겼는지 볼 수 있었다.

나방의 몸은 밝은 갈색이었고 멋진 날개에는 붉은색과 파란색이 섞여 있었다. 다리는 녹색이었고, 나머지 부분은 검정색이었다. 쉴 때 날개를 몸에 딱 붙이고 있는 것을 보면 녀석은 우리가 익히 아는 나방들과 모양만큼은 별반 다를 것이 없어 보였다.

박사님이 말했다. "내가 녀석을 여기로 옮겨 주었어. 앞 정원에서 다른 사람들이 녀석을 보지 못하게 하려고 말이야."

"그런데 자리를 옮겨야 한다는 건 나방에게 어떻게 알려 줬어요?" 내가 물었다. "이제 거대 나방 말도 하실 수 있는 건가요?"

"아니, 한 마디도 못 해." 박사님이 말했다. "하지만… 음… 사실 나도 어떻게 했는지 모르겠어. 정원에 나가 손짓도 해 보고 발로 땅을 굴러 보기도 했지. 아무튼 녀석이 내게 호의를 보이며 열심히 협력해 줬어."

나는 웃음을 터뜨렸다.

"그래서 대부분의 자연학자가 실패한 동물 언어 연구도 박사님만은 성공하시는 것 같아요. 과학이 아니라 본능에 따라 연구하시는 박사님을 보면 긴 화살이 박사님보다 딱히 더 낫다고 할 수도 없을 것 같구요. 그런데 나방이 사람들 눈에 띄는 건 왜 걱정하시는 거예요?"

"스터빈스, 왜 중요하냐고?" 박사님이 말했다. "신기한 동물이 있다는 걸 마을 사람들이 알면, 여긴 구경 오려는 사람들로 미어터질 거야. 나방은 낯선 사람들을 좋아하지 않아. 녀석은 덩치는 크지만 소심한 성격이야. 녀석이 여기 있다는 걸 절대로 들키면 안 돼. 그리고 매슈가 집에 오더라도… 너도 알겠지만 매슈는 저녁 먹고 거의 매일 밤 우리 집에 들르잖아… 아무튼 무슨 일이 있

나는 대브대브가 만들어 준 차와 토스트를 먹었다.

투투와 폴리네시아에게 지붕 꼭대기에 올라가 감시하라고 시켰다.

어도 뒤뜰에는 들어오지 못하게 해. 범포랑 다른 동물들한테도 비밀을 지키라고 단단히 일러두어야겠군. 거브거브랑 지프는 매슈랑 말을 할 수 없지만, 나방이 여기 있다는 사실이 어떻게 새어 나갈지 몰라. 그리고 무엇보다도 매슈는 비밀을 지킬 만한 사람이 아니구."

그래서 그날 오후, 우리는 식구들을 전부 불러 모아 절대로 비밀을 누설하지 않겠다는 약속을 받았다. 그뿐만 아니라 박사님은 누군가가 나방을 발견해 소문이 퍼지는 것을 막기 위해 파수꾼 조직도 만들었다. 범포와 지프와 내가 번갈아 가며 정문에서 외부 사람이 들어오는 것을 감시하기로 했다. 우리는 밤낮으로 돌아 가며 세 시간씩 보초를 섰다. 그리고 좀 더 확실히 하기 위해 잠을 자지 않는 데 익숙한 투투와 폴리네시아에게 교대로 지붕 꼭대기에 올라가 감시하라고 시켰다. 거기라면 누가 어떤 방향에서 접근하더라도 다 보였기 때문이다.

이런 예방 조치를 취한 것은 현명한 일이었다. 이전까지만 해도 나는 평소 얼마나 많은 사람이 조용한 우리 집에 찾아오는지 알지 못했다. 식료품을 배달하러 오는 가게 점원, 진찰을 받으러 오는 동물들, 길을 물으러 오는 사람들, 계량기를 확인하러 오는 수도 회사 직원, 물건을 팔러 오는 잡상인 등등.

하지만 우리의 감시 체계 덕분에 박사님 정원에 거대한 나방이 있다는 걸 누구도 눈치채지 못했다.

어느 날 밤 내가 물었다. "박사님, 나방이 어디서 왔는지 알아내셨어요?"

박사님이 말했다. "아니, 아직 몰라. 나방이 여기 온 날부터 알아보려고 계속 애는 쓰고 있는데. 너도 짐작하고 있겠지만 말이야. 뭔가 단서가 나올까 하고 녀석의 발을 자세히 살펴보았어. 하지만 아무것도 나오지 않았어. 심지어는 발에 붙어 있던 흙 알갱이를 현미경에 놓고 들여다보기도 했어. 하지만 그 흙은 녀석이 여기 온 다음에 묻은 거였어. 정원에 내려앉을 때 말이야. 틀림없어. 이제 내가 희망을 걸어 볼 거라고는 녀석과 직접 대화하는 것뿐이야. 우리가 보통 나방이나 파리를 실험했을 때 사용한 것과 같은 종류의 진동 기록계는 이렇게 큰 곤충에게는 맞지 않을 거야. 그러니 이제 녀석에게 맞는 특수 기기를 만들어야 해. 몇 주는 고생해야 할 것 같아. 하지만 그건 중요하지 않아. 내 느낌에는 뭔가 엄청난 발견의 기회가 바로 문 앞까지 와 있는 것 같으니까. 그걸 위해서라면 시간은 얼마든지 걸려도 좋아. 그럴 만한 가치가 있으니까."

→ 6장 ←

나비들의 낙원

이렇게 우리는 사람들의 눈에 띄지 않도록 감시 체계를 만드는 한편, 미지의 세계에서 우리를 찾아온 이 기괴한 곤충과 대화할 방법을 찾는 일에 착수했다. 박사님은 문명 세계에 사는 나방과 나비에 대해서는 놀라울 정도로 많은 지식을 가지고 있었기 때문에 이 거대한 나방이 왔을 가능성이 없어 보이는 많은 지역을 처음부터 제외해 둘 수 있었다. 박사님은 꽤 오래전부터 한 가지 가능성을 염두에 두고 있었는데, 그것은 이 나방이 아북극권에서 왔을 가능성이었다. 박사님은 그 지역에 사는 곤충들의 생활에 대해서는 아직 알려진 것이 거의 없다고 했다.

하지만 박사님은 처음 생각과는 완전히 다른 또 다른 가능성을 생각해 냈다. 박사님은 거대한 나방의 몸이 밤만 되면 아주 차가

워진다는 것을 알아냈다. 이걸 안 박사님은 걱정이 많아졌다. 그래서 박사님은 정원을 따뜻하게 할 온갖 설비를 만들었다. 그리고 기름 난로를 열 대 넘게 사서 정원 곳곳에 설치하는 것도 모자라, 뜨거운 보온병도 백 개 넘게 사서 대브대브의 가슴을 서늘하게 만들었다. 우리는 아무도 모르게 그것들을 구해 오느라 대단히 고생했다. 판매상들이 마차 배달을 고집했기 때문이다. 하지만 우리도 그들 못지않게 고집을 피워 우리 힘으로 가져와야 했다. 물론 그들은 이렇게 많은 보온병으로 우리가 도대체 뭘 하려는지 궁금해 했다. 작은 마을에서 비밀을 유지하는 건 힘든 일이었다.

결국 박사님은 나방이 열대 지방에서 왔을지도 모른다는 생각을 하고 치치에게 질문하기 시작했다. 박사님은 치치에게 혹시 할머니로부터 거대한 곤충들에 관한 이야기를 들어본 적이 있는지 물어보았다.

불쌍한 치치는 한동안 머리를 쥐어짜느라 고생했다. 치치는 할머니가 그런 곤충을 이야기한 걸 도무지 기억해 낼 수 없었다. 그러던 어느 날 치치가 말했다.

"잠깐만요. 기억이 났어요. 뭔가 들은 것 같아요."

박사님이 말했다. "다행이군. 그래, 어떤 말씀이었니?"

그러자 고대 세계에 대한 치치의 또 다른 이야기를 듣기 위해 다른 동물들도 모두 모여들었다.

치치가 말했다. "음… 제가 아는 한 이런 곤충이 열대 지방에 살았다는 기록은 없어요. 특히 제가 살던 곳에서는요. 옛날에도 지금도 말이에요. 하지만 우리 할머니가 이런 말을 한 건 기억나요. 옛날 옛적, 그러니까 달이 아직 생기기 전에는 엄청나게 큰 동물들이 무수히 뛰어다녔기 때문에 사람들이 살기가 정말 힘들었대요. 그중에서 특히 공룡이나 아니면 그보다 더 무시무시한 동물들의 수가 엄청나게 늘어나 곳곳에서 다른 생물들을 밀어 버릴 때는 더 힘들었다고 해요. 그 무시무시한 동물들은 인간을 쫓아가 죽이는 식으로만 생활을 위협한 게 아니었대요. 예를 들면 인간이 작물 농사를 지으며 얼마 안 되는 염소를 키우는 곳으로 도마뱀 떼가 몰려와 순식간에 작물을 뿌리째 먹어 치우기도 하고 자연 상태에서 자라는 풀까지 모두 먹어 치워 염소가 먹을 게 하나도 없는 황무지로 만들어 버리기도 했대요."

"그래, 그랬군." 박사님이 말했다. "그런데 치치야, 곤충들은? 할머니께서 거대한 나방이나 딱정벌레나 나비에 대해 말씀하신 건 기억나지 않니?"

"이제 막 그 얘기를 하려던 참이에요." 치치가 말했다. "한번은 할머니가 제게 이런 말을 해 주셨어요. 이번에도 옛날 옛적 달이 아직 없었을 때… 대다수 동물이 아주 오랫동안 모르고 있던 골짜기가 하나 있었대요. 박사님도 아시겠지만, 당시에는 동물들로 북적이는 땅도 있었지만, 넓은 공터도 많았어요. 그리고 제가 지금 말하고 있는 그 잊힌 땅에는 거대한 나비들이 아주 많이 살고 있었다고 해요. 물론 백만 년도 더 전의 일이라 할머니는 직접 보지 못했지만, 입에서 입으로 우리한테까지 전해져 내려온 이야기예

“도마뱀 떼가 순식간에 몰려왔어요.”

요. 하지만 할머니 말로는 그 나비가 날개를 펴면 끝에서 다른 쪽 끝까지의 길이가 백 걸음도 넘었다고 해요."

"치치, 할머니께서 다른 곤충에 대해서도 말씀하셨니?" 박사님이 물었다. "예를 들면 나방 같은 거 말이야."

원숭이 치치가 말했다. "글쎄요. 제가 나비라고 했지만, 사실 나비는 우리 원숭이 세계에서 커다란 날개가 달린 곤충 전체를 가리키는 말이에요. 그러니 할머니가 말한 것이 사실은 나방일지도 몰라요. 제 생각에는 나방 쪽이 맞을 것 같기도 해요. 왜냐하면 그것들이 아주아주 튼튼했다고 했거든요. 나방이 나비보다 튼튼하잖아요. 그렇지 않나요?"

"음… 대체로 그렇긴 하지." 박사님이 말했다. "그런데 튼튼한 건 어떻게 알지?"

"그건 말이죠." 치치가 말했다. "인간이 처음 그 계곡에 들어갔을 때, 온갖 특이한 꽃과 진귀한 초목이 널려 있었대요. 토양도 아주아주 비옥했고요. 오래전부터 호수가 있었는데 그곳에도 물고기가 아주 많이 살았고요. 그런데 갑자기 지진이라도 일어났는지 산에 생긴 틈 사이로 물이 빠져나가 진흙만 남는 바람에 물고기가 모두 죽어 버렸어요. 물고기 썩는 냄새가 진동하는 바람에 동물들도 모두 달아나 버렸죠. 하지만 덕분에 계곡의 땅은 세상에서 보기 드물 정도로 비옥한 토양이 되었어요. 얼마 안 있어 흔히 볼 수 있는 야생 꽃이나 잡초 씨가 바람에 실려 산을 넘어 날아 왔어요. 그것들이 뿌리를 내리고, 싹을 틔우고, 꽃을 피우고, 죽기를 반복했어요. 새 씨앗들은 매번 전의 씨앗들보다 훨씬 더 튼튼해서 그 곳 식물들은 세상에서 가장 비옥한 땅에서 아주 튼튼하게 자랐어요. 그렇게 봄이 올 때마다 식물들은 점점 더 크고 잘 자랐죠. 다른 지역에서라면 단추만 했을 야생 꽃이 거기서는 느릅나무만큼이나 큰 덤불 사이에서 엄청나게 큰 꽃봉오리를 피웠어요. 물론 꽃이 있는 곳이라면 어디서나 볼 수 있는 나비, 나방, 벌, 딱정벌레 같은 것들도 날아왔고요. 덕분에 한때는 말라붙어 썩은 물고기 냄새만 진동하던 곳이 나비들의 낙원이 되었어요. 그곳은 가팔라서 쉽게 올라갈 수 없는 협곡 깊은 곳이었어요. 그래서 나비들과 벌들은 인간이나 짐승의 위협 없이 꽃들이 만발한 이 놀이터에서 햇살을 만끽하며 평화롭고 행복하게 살 수 있었어요."

나비들의 낙원에 대한 치치의 이야기는 언젠가 녀석이 이야기해 주었던 고대 세계에 관한 긴 이야기처럼 이번에도 우리의 흥미를 유발했다.

거브거브를 비롯해 박사님에 이르기까지 우리 모두는 이 작은 원숭이가 탁자 귀퉁이에 쭈그리고 앉아 들려 주는 조상 대대로 전해져 내려온 선사시대 이야기에 열심히 귀를 기울였다.

치치가 말을 이어 갔다. "그런데 협곡의 꽃들이 비옥한 토양 속에서 점점 크게 자라난 것처럼 그 꽃들에서 양분을 얻는 나비랑 벌들의 몸집도 점점 커졌다고 해요. 엄청나게 커졌어요. 꽃에서 나오는 꿀을 먹고 말이에요…"

"미안한데 잠깐," 박사님이 끼어들었다. "지금 꿀이라고 했니?"

"네." 치치가 말했다. "꽃에서 나오는 꿀이요. 그 땅의 꿀은 영양분이 특히 더 풍부했기 때문에 그걸 먹으면 몸이 아주 커졌다고 해요."

"그래, 그래. 말을 끊어서 미안하다. 계속하렴." 박사님이 말했다.

"하지만 희귀한 생물들이 사는 이 특별한 계곡도 결국 다른 동물들에게 발견될 운명에 처해 있었어요. 원숭이들 사이에 전해지는 이야기로는, 제일 처음 그곳에 온 동물은 개코원숭이들이었다고 해요. 하지만 협곡을 에워싸고 있는 깎아지른 듯한 절벽에 올라간 녀석들이 아래쪽을 내려다보다 배만큼이나 크고 화려한 색의 나비들이 바글거리는 것을 보고 깜짝 놀라 달아난 후 다시는 그곳에 얼씬거리지도 않았대요. 그런데 개코원숭이들이 절벽을 기어 올라가는 걸 본 사람들이 녀석들이 올라가는 방법을 기억해 두었다가 같은 길로 올라갔어요. 이 인간 무리 중에는 늘 앞장서서 커다란 동물을 공격하는 아주 용감한 사람이 하나 있었어요. 이 남자는 다른 사람들이 주저하는 사이에, 골짜기의 커다랗고 아름다운 나비들을 자세히 보기로 마음먹고 위험하다 싶을 정도로 빠르게 협곡을 내려갔어요. 어렵게 협곡 바닥에 도착한 그는 잎 하나가 연대 병력 전체가 숨을 수 있을 정도로 큰 덤불 아래 숨어 있다가 바닥에서 햇빛을 즐기며 기어 다니던 나비의 몸 위로 순식간에 올라탔어요. 그 큰 나비는 깜짝 놀라 날개를 퍼덕였죠. 그러고는 어깨에 매달려 있던 그 가엾은 남자를 태우고 산봉우리를 지나 멀리 날아갔다고 해요. 그 나비도, 남자도 그 후로 다시는 보이지 않았고요."

"처음 그곳에 온 동물은 개코원숭이들이었다고 해요."

7장

거대한 나비의 고향

치치의 이야기가 끝이 나자 부엌 탁자 주위에 모여 있던 식구들 모두가 각자의 느낌과 평을 말했다.

"재미있는 이야기였어. 치치." 거브거브가 말했다. "아주 좋았어. 하지만 난 오소 블러지 이야기보다는 별로였어."

"거브거브, 왜?" 박사님이 물었다.

"음…" 거브거브가 대답했다. "오소 이야기가 더 낭만적이었거든요. 전 원래 낭만적인 이야기를 좋아해요. 핍피티파가 떠나며 바위에 남겨 놓았다는 돌구슬 팔찌 부분이 특히 좋았어요. 오소가 주워서 자기 팔에 차고 평생 빼지 않았다는 점이요. 정말 낭만적이에요. 오소가 그 후 평생 그 여자를 만나지 못했다는 것도 정말 슬프고요. 저는 치치가 오소 이야기를 한 번 더 해 주었으면 좋겠어요."

"다음에." 박사님이 말했다. "오늘은 너무 늦어서 이제 잠자리에 들어야 할 것 같구나."

박사님은 나방이 가져온 오렌지색 큰 꽃에 나방 그 자체만큼이나 흥미를 느꼈다. 박사님은 그 커다란 꽃을 처음 보자마자 어떻게 하면 그걸 잘 보존할 수 있을지 궁리했다. 되도록 오랫동안 꽃을 생생하게 보존하기 위해 생선 가게에서 상당한 양의 얼음(당시만 해도 퍼들비에서는 얼음이 사치품이었다.)을 구해 와야 했다. 존 둘리틀 박사님은 그 꽃 중 하나를 표본 삼아 그 속에 어떤 기체들이 들어 있는지 알아내는 연구를 시작했다.

박사님에게는 매우 흥미로운 연구 주제였다. 분석화학에도 조예가 깊은 박사님은 그 꽃들이 그동안 화학자들이 한 번도 마주쳐 보지 못한 새로운 문제들을 제시해 주고 있다고 내게 말했다.

꽃 연구가 끝나자 박사님은 다시 나방 연구로 돌아갔지만, 그 사이에도 남은 꽃들이 되도록 오랫동안 생생하게 유지되도록 소중히 관리했다.

나방 연구는 좀처럼 진척이 되지 않았다. 나는 만약 이 큰 나방이 박사님에게 호의를 보이지 않았거나 박사님을 되도록 열심히 도와주려 하지 않았다면 박사님의 연구가 아무런 결과도 내지 못한 채 끝났을 거라고 생각한다. 그러나 어느 날, 나는 박사님이 24시간 동안 잠도 자지 않고 계속해서 정원에 나와 연구하는 모습을 보고 박사님이 뭔가 중요한 것을 알아냈다는 걸 짐작하게 되었다.

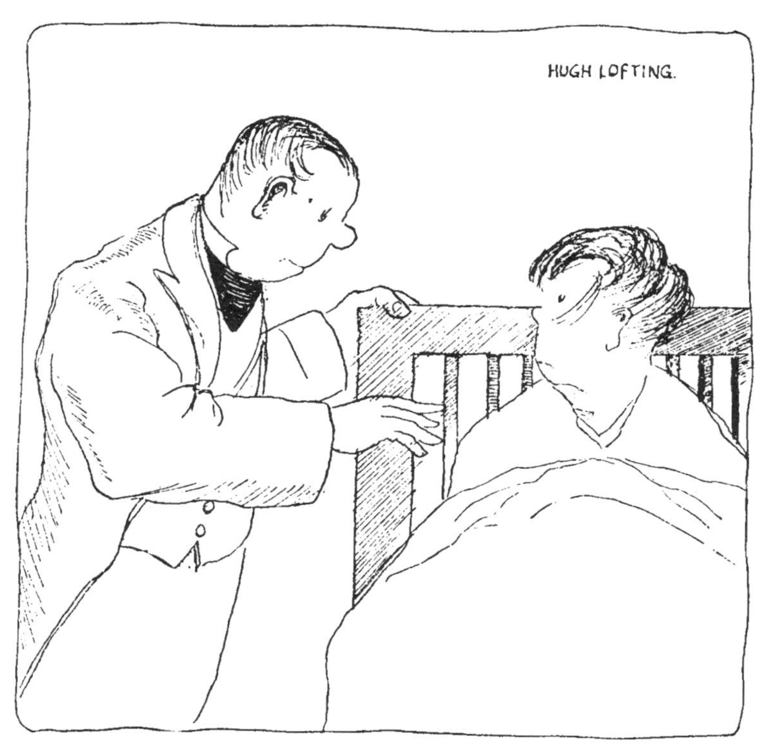

어느 날, 박사님이 아침 일찍 내 방으로 뛰어 들어왔다.

연구가 계속되던 어느 날, 박사님이 아침 일찍, 흥분해서 눈을 반짝이며 내 방으로 뛰어 들어왔다.

"스터빈스," 박사님이 말했다. "거짓말 같을 정도로 좋은 일이 생겼어. 아직은 확실하지 않지만, 내 생각에… 그래 내 생각에는… 들어 봐, 나방이 어디서 왔는지 알아낸 것 같아."

"멋져요!" 내가 말했다. "정말 엄청난 소식이에요. 그런데 어디서 온 거예요?"

"내 생각에는…" 박사님이 말했다. "유럽일 리는 없어. 그보다 더 오지, 그러니까 아북극이나 열대 지방 같은 곳도 아닌 것 같아. 둘 다 딱 들어맞지 않으니까."

"아무튼 이제 알아내신 거죠?" 내가 말했다. "얼른 말해 주세요. 알고 싶어 숨넘어갈 것 같아요."

"나는 여러 가지 근거로…" 박사님은 내가 믿지 않을 거라고 여기는 듯 조금은 난처한 얼굴로 말했다. "녀석이 달에서 왔다고 생각해."

"세상에!" 나는 놀라서 소리쳤다. "달이요?"

"내 생각엔 의심의 여지가 없어." 박사님이 말했다. "난 가까스로 기기를 만들었어. 몇 번이나 시행착오를 되풀이한 끝에 말이야. 나방의 진동을 전달해 주는 기계를 만들었다구. 나방이 나와 대화할 방법을 찾기 위해 나만큼이나 노력하지 않았다면, 난 도저히 해낼 수 없었을 거야. 나방은 말하자면 전령으로 이곳에 온 것 같아. 전에 아프리카 원숭이들이 나한테 제비를 보내 자기들이 전

염병 때문에 고생하고 있다는 이야기를 전해 준 적이 있어. 원숭이들이 내 소문을 듣고 구해 달라고 부탁한 이야기를 너도 폴리네시아한테 들은 적이 있지?"

내가 말했다. "네, 폴리네시아에게 여러 번 들었어요."

박사님이 말했다. "이번에도 비슷해. 하지만 이번 일은 믿기지 않아. 어떨 때는 깨어 있는데도 이게 혹시 꿈이 아닌지 날 꼬집어 보게 될 정도야. 이런 엄청난 사실이 내가 너무도 믿고 싶어서 스스로 만들어 낸 환상일지도 모른다는 두려움 때문에 말이야. 하지만 사실이라고 믿을 만한 합당한 이유들이 있어. 그리고 만약 사실이라면 지금이 내 평생 최고의 순간이 되는 거야. 고통받던 원숭이들이 내 명성을 듣고 자기들을 치료해 달라고 나를 아프리카로 불렀을 때도 엄청난 영광이었어. 인디언 자연학자 긴 화살을 동굴에서 구했을 때도 정말 보람 있었지. 하지만 인간이 한 번도 본 적 없는 또 다른 세상의 생물에게 와달라는 소리를 들은 건… 스터빈스… 정말이지…"

박사님은 말문이 막혀 그저 손만 움직일 뿐이었다. 박사님은 목이 메어 어쩔 줄 몰랐다. 박사님이 그토록 감정에 겨운 모습을 나는 거의 본 적이 없었다.

8장

신비한 꽃들

박사님의 말을 듣고 내가 얼마나 흥분했는지는 누구라도 쉽게 상상할 수 있을 것이다. 마음속에 온갖 광경과 앞으로 벌어질 일들이 스쳐 지나갔다. 하지만 박사님은 세상이 시끄러워질까 봐 자신의 허락이 떨어지기 전까지는 한 마디도 입 밖에 내지 말라고 내게 엄중히 부탁했다. 그리고 실제로 실현되지 못할 것이 뻔한 과학자들의 설익은 발표가 자신을 얼마나 화나게 하는지도 말해주었다. 박사님은 확실히 증명할 수 있기 전까지는 자신의 학설이나 발견을 발표하는 법이 없었다. 이른바 "기자들에게 흘리기" 같은 짓도 거의 하지 않았다.

며칠이 지나서야 우리는 나방이 가져온 커다란 꽃들도 나방 그 자체만큼이나 풀기 어려운 수수께끼임을 인정할 수 있었다. 앞에서도 말한 것처럼 박사님은 그 꽃들이 혹시 시들어 버리지 않을까 늘 걱정하고 있었다. 그 꽃들이 닷새 이상 갈 수 있으리라고는 생각할 수 없었다. 박사님의 나방 '언어' 연구는 답답하리만치 느릿느릿 진행되었다.

박사님은 그 보물이 시들어 버리지 않았을까 염려하며 아침마다 작은 온실로 가 보곤 했다. 하지만 아침이 지나고 또 아침이 지나도 꽃은 늘 생생했다. 그럴 때마다 박사님은 깜짝 놀랐다. 물론 우리가 아침마다 얼음을 갖다 놓고 물도 분사해 주는 등 정성껏 관리하고 있었지만 그렇다고 이토록 오래 가리라고는 상상도 할 수 없었기 때문이다.

온갖 자연과학 분야에 조예가 깊은 과학자이니만큼 박사님은 식물학에도 꽤 정통했다. 꼼꼼한 조사 끝에 박사님은 종 모양의 꽃들이 붙어 있는 줄기에 구근 같은 둥근 혹 덩어리가 달려 있는 것을 발견했다. 박사님은 지구에 사는 꽃에서는 전혀 찾아볼 수 없는 형태라고 나한테 설명해 주셨다. 물론 박사님은 오래전부터 나방이 달에서 온 거라면 이 꽃들 역시 달에서 온 거라고 추정하고 있었다. 박사님은 그 꽃들이 이토록 오랫동안 생생하게 유지되는 것은 바로 이 혹 때문이라고 생각했다. 박사님은 달에 사는 꽃이 모두 이런 특징을 가졌는지 궁금해했다.

하지만 우리를 진짜 수수께끼로 몰고 간 것은 꽃이 스스로 움직일 수 있는 능력을 갖추고 있다는 사실이었다. 이 꽃은 우리가 처음 놓아 두었을 때와 다른 자세로 있었을 뿐만 아니라 여기저기 돌아다니기까지 했다.

우리는 이 꽃들을 달꽃이라고 불렀는데, 아무튼 이 꽃들과 관련해 박사님이 뭔가를 발견한 방법은 이랬다. 박사님은 하루에 두 번씩 이 꽃들 중 한 송이를 나방에게 가져가 냄새를 맡게 했다. 박사님은 매일 이렇게 해주는 게 나방의 건강에 큰 도움이 된다는 것을 발견했다. 박사님은 지구의 대기 중에 있는 산소가 달에서 온 나방에게는 부족한 것이 확실하다고 내게 말해 주었다. 꽃 냄새를 열두 시간 넘도록 맡지 못하면, 나방은 슬금슬금 졸다가 결국은 기절하고 말았다.

박사님은 매일 밤 나방에게 마지막으로 꽃 냄새를 맡게 한 다음, 얼음으로 냉각시킨 특수 보관소에 꽃을 가져가 다음 날까지 거기에 넣어 두었다. 박사님은 꽃 다섯 송이를 번갈아 가며 사용했다. 그래야만 이 귀중한 냄새가 조금이라도 더 오래 갈 거라고 생각했기 때문이다. 하지만 사실은 그럴 필요가 없었다. 꽃의 효능은 일주일이 지나서도 처음 발견했을 때와 달라진 점이 거의 없었다. 많은 양의 꿀을 먹이로 주는 것(실제로 우리는 나방에게 거의 몇 수레 분량의 꿀을 주었다.)과 더불어 꽃 냄새를 맡게 하는 것은 우리가 이 이상한 방문자에게 해 준 유일한 치료였다.

앞서 말했듯, 박사님은 꽃을 정성스럽게 온실로 가져가 아스파라거스 잎 위에 두었다. 하지만 꽃들은 다음 날 아침이면 마치 시계처럼 정확히 다른 쪽을 향하고 있었다.

박사님은 처음에는 이 사실을 별로 중요하게 여기지 않았다. 그런데 어느 날 밤, 다른 꽃들이 작은 온실 전체를 차지하는 바람에 꽃 하나를 온실 문 근처에 놓아 둔 적이 있었다. 다음 날 아침 박사님은 전날 사용한 꽃이 문 근처에 그대로 있을 거라 생각하고 찾아보다가, 다른 꽃들은 바닥을 굴러 다른 쪽 끝으로 가 있고 문 근처의 꽃은 방향을 바꿔 종 모양 부분이 아니라 줄기 부분이 문 쪽을 향해 있는 것을 보고 깜짝 놀랐다.

처음에 박사님은 밤에 누군가가 들어와 꽃을 만지고 간 것이 분명하다고 생각했다. 하지만 같은 일이 다음 날에도 일어났다. 여느 때처럼 박사님은 이번에도 분명하게 확인하기 전까지는 내게 그 사실을 말해 주지 않았다. 어느 날 밤 우리는 등불을 들고 앉아서 꽃들을 관찰했는데, 우리 둘 다 꽃들이 바닥을 굴러서 점점 더 문 가까이로 가 자세를 바꾸는 것을 분명하게 보았다.

나는 처음에는 납득이 가지 않았다.

"박사님, 우연이죠? 아스파라거스 잎들이 평평하지 않아서 떨어지는 바람에 조금 굴러간 걸까요?"

박사님이 말했다. "내일 밤에 다시 와서 보기로 하자. 나는 확신하는데… 내 생각에는 너한테 증명해 보일 수 있을 것 같구나. 꽃들이 문틈으로 들어오는 외풍을 싫어한다는 걸 말이다."

다음 날 밤 우리는 또 지켜보았다. 이번에는 나도 확신할 수 있었다. 우리는 꽃 두 송이를 문 쪽 가까이 붙여 두었다. 한 시간쯤 지나자 꽃 중 하나가 스스로 굴러서 보관소 반대쪽 끝으로 이동했다. 잠시 후 나머지 꽃 하나도 똑같이 이동했고, 이어서 남은 꽃들도 이동했는데 마치 양들이 바람을 피하려고 서로 모여 몸을 기대는 것 같아 보였다. 내 눈을 의심할 정도였다. 절대 우연이라고는 할 수 없는 일이었다.

집으로 돌아오는 도중에 박사님이 말했다. "스터빈스, 지금 우리가 본 건 완전히 처음 보는 현상인 것 같아. 지구에 사는 꽃 중에도 파리를 잡고 밤이 되면 이파리를 오므리는 것들이 있어. 하지만 줄기에서 잘려 나간 꽃이 스스로 움직이는 건 완전히 다른 문제야. 스터빈스, 물론… 너도 알겠지만…(최근에 박사님은 난처한 얼굴로 잠시 머뭇거리는 습관이 생겼다.) 음… 이런 건 완전히 새롭고도 난해한 문제야… 하지만 2~3일 전부터 혹시 이 꽃들이 말을 할 수 있는 건 아닌가 하는 생각도 들었어."

"꽃이 말을 한다고요?" 내가 소리쳤다.

"들은 그대로야." 박사님이 말했다. "보관소 한쪽 끝에 나란히 모여 있는 방식을 보고… 그리고… 그리고… 난 어쩌면 서로 대화하는 꽃들을 보게 될지도 모른다는 생각이 드는구나. 물론 내가 말한 것처럼 이건 완전히 새로운 생각이야. 내가 틀렸을 수도 있고."

"멋져요." 내가 말했다. "이건 정말 완전히 새로운 생각이잖아요. 그렇지 않나요?"

"그래." 박사님이 말했다. "하지만 달에서도 그럴까? 거기서라면 오래전부터 있었던 흔한 일일 수도 있어. 꽃들이 말을 한다는 게 말이야. 어쨌든 너랑 나랑은 꽃이 생각할 수 있다는 증거를 이미 확보했어. 그리고 움직일 수 있다는 것도…"

→ 9장 ←

달에서 나는 연기

나는 달꽃이 스스로 움직이는 것을 본 다음 날 밤 9시쯤 박사님의 서재에 갔다. 처음에는 아무도 없는 것 같아 부엌으로 가 볼까 했다. 그때 폴리네시아가 속삭이는 소리가 들렸다.

"토미니?"

치치가 창문 옆 바닥에 주저앉아 있는 모습도 보였다.

사실 그 무렵, 나는 무슨 일이 일어날지도 모른다고 어느 정도 각오는 하고 있었다. 심지어는 언제건 미지의 곳으로 여행을 떠나게 될지도 모른다고 부모님께도 얘기해 두었을 정도였다. 그 즈음 박사님은 너무 비밀이 많아 보였다. 박사님이 무슨 일을 벌이고 있는지 놓치지 않으려고 애를 썼지만, 박사님이 뭔가를 발견하고도 다른 이들에게 일언반구도 없는 게 아닌지 신경이 쓰였다. 심지어는 나한테까지도 말이다.

"그래, 폴리네시아," 내가 말했다. "나야. 거기서 뭘 하고 있는 거야?"

"오," 폴리네시아가 말했다. 나는 그 목소리를 통해 폴리네시아가 나를 경계하고 있음을 알 수 있었다. "박사가 새 망원경으로 뭔가를 관측하고 있어."

나는 박사님이 관측을 하고 있는 게 아니라는 걸 금방 알 수 있었다. 박사님이 새 망원경으로 뭔가를 보고 있는 건 맞았다. 거금을 들여 마련한 거였다. 심지어 박사님은 과학 기구를 살 때마다 투덜거리는 대브대브에게 자신이 망원경을 샀다는 것을 비밀로 하고 있었다. 하지만 나는 박사님이 관측을 하고 있는 게 아니라는 걸 금방 알아챘다.

"박사님, 지금 뭐하고 계시는 거예요?" 나는 어둠 속에서 망원경을 조정하고 있는 박사님에게 다가가 물었다.

"응, 스터빈스구나." 박사님이 말했다. "나는… 음… 그들이 뭔가 신호를 보내고 있지 않나 해서 보고 있어."

내가 물었다. "그들이라고요? 신호는 또 뭐고요?"

박사님이 말했다. "너도 알다시피, 난 그들이 내게 뭔가 전할 말이 있어 이 나방을 보냈다고 생각하고 있어. 그들은 아마 달에 사는 종족일 거야… 물론 아직 그들이 누구인지는 모르지만 말이야… 그들이 나방의 여행이 어떻게 진행되고 있는지 알아보려고 나방에게 뭔가 연락을 시도하고 있을지도 몰라… 저기! 저거 보

박사님은 새 망원경으로 뭔가를 보고 있었다.

이니? 난 분명히 연기를 봤어. 달의 왼쪽에서 연기가 나는 걸 말이야. 스터빈스, 너도 한번 봐 봐. 어쩌면 또 꿈을 꾸고 있는 건지도 모르지만!"

나는 망원경을 들여다보았다. 하지만 보통의 천문지도에 나오는 것 이상의 것들은 보이지 않았다. 이미 어느 정도는 눈에 익은 것들이었다. 박사님은 여러 천문대에서 발행한 책자를 몇 권 가지고 있었는데, 그것들에는 달 표면의 상세한 지도들과 설명이 실려 있었다.(우리 인간은 항상 달의 한 쪽 면밖에는 보지 못한다.) 박사님과 나는 지난 며칠 동안 매우 관심을 갖고 달을 주의 깊게 보고 있었다. 내가 알기로 박사님은 지금까지 달에 관해 연구되고 발표된 것들을 자세히 알고 있었다. 내가 오늘 밤 달 모양에 특별한 게 없다고 말하자 박사님은 매우 실망한 눈치였다.

"이상해, 정말 이상해!" 박사님이 투덜거렸다. "내가 분명 뭔가를 봤는데 말이야. 구름같이 생긴 것이 갑자기 생겼다가 연기처럼 사라지는걸. 달 왼쪽 면에서… 하지만 저기! 저건 완전히 새로운 걸. 아직은 모두 추측일 뿐이지만… 나는 내가 지금 생각하고 있는 게 그저 나 혼자만의 희망 사항일까 봐 두려워."

고백하건대 사실은 나도 박사님의 생각이 잘못되었을지 모른다고 걱정하고 있었다. 다음 날 밤 지붕 위에서 보초 일을 마치고 돌아온 투투를 만나기 전까지만 해도 말이다. 투투와 폴리네시아는 아직도 누군가가 박사님 집 안으로 들어와 정원에 나방이 있는 것을 보고 소문을 퍼뜨리는 일을 막기 위해 번갈아 가며 보초를 서고 있었다.

작은 올빼미는 내게 잠깐 따로 만나 할 이야기가 있다고 작은 소리로 말했다. 나는 올빼미를 어깨에 얹고 위층 내 방으로 올라갔다. 올빼미는 완전히 깜깜한 곳에서도 잘 볼 수 있는 평소 실력을 발휘해 성냥을 찾아 촛대 근처로 가져간 후 내가 길을 찾을 수 있도록 흔들어 소리를 냈다.

내가 불을 켜자마자 올빼미가 이상한 말을 했다. "토미, 문 닫고 혹시 누가 따라온 건 아닌지 확인해 봐."

나는 올빼미가 시키는 대로 한 후 촛불 옆에 눈을 껌뻑이며 서 있는 올빼미에게 돌아와 말했다. "투투, 무슨 일이야? 여기 나방이 있다는 걸 누가 알기라도 했어?"

"아니." 올빼미가 말했다. "자신 있게 말하는데 지금까지는 나방이 여기 있다는 걸 아무도 몰라. 하지만 입이 가벼운 거브거브는 심히 걱정돼. 만에 하나라도 녀석이 다른 돼지들한테 말한다면 무슨 일인지 보러 온 이웃 돼지들이 꿀꿀거리는 소리로 아주 시끄러워질 게 분명해. 하지만 아직까지는 거브거브에게 그럴 기회가 없었어. 그런데 내가 말하려는 건 그게 아니라 오늘 밤 네가 달을 보았냐는 거야."

"응." 내가 말했다. "박사님 새 망원경으로 봤어, 그건 왜?"

"그럼 뭔가… 바뀐 걸 보지 않았니?" 올빼미가 물었다.

"아니." 내가 대답했다. "보지 못했어. 박사님도 똑같은 걸 물어봤는데. 박사님은 뭔가 다른 걸 보셨대."

“아!” 투투가 신음을 내뱉었다. “그랬군. 나도 그럴 거라 생각했는데.”

“왜? 무슨 일인데?” 내가 물었다.

투투가 말했다. “너도 알다시피, 우리 올빼미들은 달에 대해 잘 알고 있어. 우리는 그 어떤 동물들보다 달 모양의 변화에 예민하거든. 밤에 사냥하거나 날아다니려면 빛이라는 게 중요하잖아. 오늘 밤 보름달이 떴는데… 정확히는 10시에 떴지. 난 오늘 보름달이 뜨면 숲이 얼마나 밝을까 생각하며 달을 보고 있었어. 정말 밝았어. 그런데 갑자기 달 왼쪽 면에서 연기 같은 구름이 피어오르는 게 보였어. 몇 초 동안만 보이다가 사라졌지. 그런데 말이야. 내 생각에는 누군가가 일부러 그렇게 만든 것 같았어.”

“그게 무슨 말이야?” 내가 물었다. “달에 있는 누군가가 연기를 피웠다는 거야?”

투투가 대답했다. “물론 넌 미친 소리라고 생각할 거야. 하지만 너나 나나 서로에게 저 나방이 달에서 온 게 아닐 거라고 생각하는 척 해 봐야 무슨 소용이 있을까? 이 비밀을 세상에 알릴 필요는 없지만. 아무튼 우리는 알잖아, 그렇지 않아? 나방이 달에서 온 게 아니라면 도대체 어디서 왔겠어? 그리고 녀석이 왜 이렇게 불편한 곳에 계속해서 머물고 있는 걸까? 뭔가 목적이 있어서 온 게 아니겠어? ”

→ 10장 ←

투투의 경고

이 문제에 대해 올빼미 투투와 앵무새 폴리네시아가 내게 보인 태도는 차이가 났다. 폴리네시아는 내가 알지 못하게 하고 싶어 했다. 반면에 투투는 뭐든지 다 솔직하게 밝히려 했다. 앞서 말했듯이 박사님이 자신의 계획과 관련해 나한테 뭔가 숨기고 있는 것 같은데, 거기다 폴리네시아마저 뭔가 때를 기다고 있는 게 아닌가 하는 생각이 들어 한동안 꺼림칙했다. 박사님과 폴리네시아가 어느 정도 입을 맞춘 건지, 아니면 폴리네시아의 단독 행동인지는 알 수 없었다. 하지만 큰 걱정거리였다.

투투는 자기가 알아낸 것을 나한테 솔직히 말해 주어 기운을 북돋워 주었다.

내가 말했다. "네 말은 나방이 박사님을 달에 데려가려고 여기 남아 있다는 뜻이니?"

"그게 아니면 뭐겠어?" 따지기라도 하듯 날개를 우스꽝스럽게 펴며 투투가 말했다. "아무튼 박사님의 명성이 얼마나 대단한지는 너도 알잖아. 그 명성이 달에까지 전해졌다고 해도 하나도 이상할 게 없어. 달에도 발전된 문명이 있는지는 아무도 모르는 거고. 그래도 존 둘리틀 박사님 같은 자연학자는 흔하지 않아. 아니, 백 년에 한 번도 나오기 힘들 거야. 내 생각에는 그들이 박사님을 원하는 건 해결해야 할 문제가 생겨서일 거야. 그들이 도움을 요청한 이상 박사님이 질질 끌지 않으실 거라는 건 너도 잘 알 거야. 더 중요한 건 마지막 순간까지 박사님은 출발을 비밀로 하실 거란 거지."

"그러네!" 나는 혼자서 중얼거렸다. "네 생각에는 박사님이 언제 출발하실 거 같니?"

투투가 말했다. "나도 모르지. 그건 아무도 몰라. 나한테도 비밀로 하시는 게 분명해. 하지만 거대 나방이 박사님을 데려오라는 모종의 명령을 받고 여기 온 것만큼은 확실해. 그들이 원하는 것을 박사님이 알아듣게 될 때까지 시간이 얼마나 걸릴지는 나도 몰라. 하지만 앞으로 며칠 동안은 박사님의 동정을 잘 살펴보는 게 좋을 거야. 너도 알지? 현명한 사람은 한마디만 들어도…"

대답하기 전에 나는 잠시 생각했다.

그런 후 내가 말했다. "알겠어. 고마워, 투투. 나한테 알려 줘서."

투투가 말했다. "이런 말을 해 주는 건 너를 위해서만은 아니야.

"그게 아니면 뭐겠어?" 투투가 말했다.

만약에 박사님이 달에 가신다면, 우리 동물들은 박사님이 누구든 다른 사람들과 함께 가시는 게 더 안심될 것 같아서 그래. 달에 가는 건… 적어도 내 생각에는 위험한 일일 것 같거든. 그러니 박사님도 이 위험한 모험에 어쩔 수 없이 꼭 필요한 인원만 데리고 가려 하실 거야."

투투와 대화를 마친 후 나는 곧 박사님에게 앞으로의 계획을 물어보는 게 내가 할 일이라고 생각하게 되었다.

나는 박사님께 물었다. "이 나방의 도움을 받아 달에 갈 생각을 하고 계시다는 게 사실인가요?"

박사님이 말했다. "글쎄다. 그건 앞으로의 일이 어떻게 진행되느냐에 달렸겠지. 하지만 그렇게 되길 바라는 게 지금 내 심정이야. 나방이 나를 데려가기 위해 특별히 파견된 게 확실해."

"정말 흥미진진한 생각이네요," 내가 말했다. "그런데 솔직히 말씀드리자면, 박사님께서 달에 갈 방법을 찾아내실 수 있을지 잘 모르겠어요. 거기는 공기도 없다던데, 그렇지 않나요?"

박사님은 신경 쓸 일 아니라는 듯 어깨를 으쓱해 보였다. "여하튼 그곳엔 생물이 살고 있어. 공기의 종류가 다르겠지만, 이 나방들도 나름 잘살고 있고. 그게 다야. 난 지금 달의 대기가 어떤 성질을 갖고 있는지 알아보고 있어. 그걸 알아내면 지구에 사는 인간이 달에서도 살 수 있는지 좀 더 확실하게 대답해 줄 수 있을 거야. 지금까지 연구한 바로는 달에서는 식물이 동물보다 훨씬 더 중요하고 활동적이라는 게 내 결론이야. 물론 아직은 다 추측에 불과

하지만 말이야. 하지만 모든 게 다 그쪽을 가리키고 있어. 나는 달의 대기에 어떤 것들이 포함되어 있는지 모르지만, 아무튼 식물의 작용으로 만들어지거나 영향을 받고 있다고 생각해. 나방이 이 꽃들을 가져온 것도 그 때문이야. 그리고 꽃의 냄새가 나방에게 아주 중요한 것 같아."

"그런데," 내가 말했다. "과학자들 말로는 달에는 물이 하나도 없다고 하던대요, 그렇지 않나요? 물이 있다면 구름이 있어야 한다면서요?"

박사님은 어깨를 으쓱해 보였다. "글쎄다. 그 사람들이 그걸 어떻게 알 수 있을까? 가 보지도 않고 말이야. 달에 있는 물은 성질이 다를 수도 있어. 증발하지도 않고 구름이 되지도 않고… 지구에서랑은 다르게 말이야. 대기도, 열도 지구와는 종류가 다를 거야. 그걸 누가 알겠니? 그걸 알려면 가서 보는 것 말고는 다른 방법이 없어."

내가 말했다. "전부 다 맞는 말씀이에요. 하지만 그걸 알아보러 가셨다가는 사람들에게 감사하다는 말을 듣기도 전에 목숨을 잃고 마실걸요."

박사님은 잠시 생각에 잠겼다가 말문을 열었다. "나도 이런 생각이 다른 사람들 눈에 미친 짓으로 보일 거라고 생각해. 하지만 나는 동물들을 신뢰한단다. 뭔가 일이 생겨 달의 동물들이 날 부르고 있어. 그 일이 뭔지는 나도 모르지만. 나는 평생 동물들을 믿어 왔고, 또 그런 신뢰를 배신당한 적이 한 번도 없어. 달에 사는

내가 물었다. "달까지 먼가요?"

동물들이 날 원한다면, 나는 갈 거야. 난 그들이 어떻게든 날 달로 데려갈 거라고 확신해. 물론 무사히 돌아오게도 해 줄 거고."

"하지만 박사님!" 나는 말했다. "달에 일종의 공기가 있다 하더라도, 거기까지 가는 길에는 공기가 없잖아요? 제가 아는 바로는 지구에서 어느 정도 멀어지면 지구를 감싸고 있는 대기층도 끝난다고 하던데… 나방의 날개가 공기를 칠 수 없으면 날지 못하는 것 아닌가요?"

이번에도 박사님은 신경 쓸 일 아니라는 듯 어깨를 으쓱해 보였다.

"나방은 어떻게든 해낼 거야." 박사님이 말했다. "지구의 중력이 달의 중력보다 크니까 지구의 중력 밖으로 빠져나오는 것이 달의 인력 밖으로 나올 때보다 힘이 덜 들 거야. 그러니까 내 말은 달에서 여기로 올 때보다는 여기에서 달로 가는 쪽이 더 수월할 거라는 거야. 아마 가장 중요한 건 달까지 여행하는 동안 목숨을 유지하는 데 필요한 공기를 어떻게 가지고 가느냐일 거야."

내가 물었다. "달까지 먼가요?"

"아주 멀지." 박사님이 말했다. "그래도 태양까지의 거리랑 비교하면 1400분의 1에 불과해. 달에 사는 동물들이 날 원한다는 걸 분명히 안 이상, 나는 어떻게든 그곳에 갈 거야. 난 무섭지 않아. 그들이 날 돌봐 줄 테니까. 그들이 나한테 주민을 보내는 데 성공했다면, 나 역시 그들에게 가는 데 성공할 수 있을 거야. 이제 달의 상태를 알고, 만약 모르던 사실을 알게 되면 그에 맞춰 준비만 확실히 하면 되는 거지."

박사님이 이런 식의 안까지 내놓은 마당에 더 이상 토를 달 일은 없었다. 박사님은 동물들을, 지구에 사는 동물이건, 달에 사는 동물이건 대단히 신뢰하고 있었기 때문에 그 어떤 어려움도 깜짝 놀랄 만큼 쉽게 극복했다. 달의 동물이 와 달라고 했으니 박사님은 갈 것이다. 그것으로 상황은 끝난 것이었다.

이제 나머지는 박사님과 거대 나방의 대화가 가능해질 것인가에 전적으로 달려 있었다. 우리는 나방이 우리 집에 와 있다는 사실을 외부인들에게 비밀로 하는 데 완벽하게 성공했다. 적어도 그때까지는 말이다.

어느 날 저녁, 대화 도중 박사님이 물었다. "스터빈스, 너도 알겠지만, 동물들, 심지어는 식구들한테도 아직 얘기하지 않았어, 내가 달에 갈지도 모른다는 걸 말이야. 조심해서 나쁠 건 없잖아. 만약 내 계획이 새어 나간다면 스물네 시간 안에 이 나라의 모든 신문사 기자들이 문 앞으로 몰려와 인터뷰하자며 소란을 떨 거야. 그러면 세상 사람들은 날 미치광이로 보겠지. 하지만 선정적인 기사가 나가기 시작하면 대중의 지나친 관심을 막을 방법이 없어. 내가 이 계획에 확신을 가지고 있다는 건 폴리네시아에게만 털어놓았어. 물론 일이 어떻게 되어 가고 있는지는 투투, 치치, 지프도 어느 정도 눈치 채고 있겠지만 말이야. 하지만 아직까지는 이 문제를 두고 그들과 의논하지 않았고, 난 그들이 낌새를 눈치챘다고 해도 자기들 마음속에만 담아 둘 거라고 믿어."

내가 물었다. "가신다면 누굴 데리고 갈지는 결정하셨나요? 혼자서만 가지는 않으실 것 같은데."

박사님이 머뭇머뭇하며 말해다. "음… 그건 아직은 정하기 힘든 문제야. 음… 너도 알겠지만 너무 위험한 일이라서. 난 위험하다는 사실을 결코 숨길 생각이 없어. 이건 완전히 새로운 일이야. 가끔은 아무도 데려가지 않아야겠다는 생각도 들어. 나한테는 식구들을 위험에 빠뜨릴 권리가 없으니까. 나만 혼자 갔다가 돌아오지 못하게 된다면…. 음… 나는 목숨을 잃더라도 해 볼 만한 가치가 있는 일이라고 생각해. 말했듯이 나 자신의 안전은 그다지 걱정하지 않아. 하지만 내가 데려가는 식구들의 안전에 대해서는 확신이 서지 않아. 아무튼 최종 결정은 아직 내리지 못했어. 폴리네시아는 데려가고 싶어. 그리고 가능하면 치치도. 이 둘은 도움이 많이 될 것 같거든. 하지만 나머지 식구들은 나랑 함께 가는 것보다 여기 집에 남는 게 나을 것 같다는 생각이 들어."

물론 이제 내게 가장 중요한 질문은 나, 스터빈스도 박사님의 달 탐험대에 참여할 수 있느냐는 것이었다. 이걸 박사님께 단도직입적으로 물어보는 건 왠지 두려웠다. 그때까지 그렇게 생각이 많았던 적은 없었다. 어떨 때는 미치도록 가고 싶기도 했다. 하지만 그러다가도 여행에서 살아 돌아올 가능성이 거의 없는 이런 탐험에 동참하는 건 미친 짓이라는 생각이 들기도 했다. 그러다 박사님만 혼자 가게 하고도 내가 마음이 편할까 하는 생각이 들었다. 덕분에 결정을 내렸다. 아무리 무섭더라도 나는 내가 박사님과 함께 가야 한다고 마음먹었다. 나는 박사님을 혼자 보낼 수가 없었다. 다음 날 저녁, 나는 말을 꺼냈다.

"박사님, 이번 여행에 저도 당연히 데려가실 거죠? (나는 일단은 박사님의 의중이 어떤지를 알아보는 게 우선이라고 생각했다.) 비서가 없으면 곤란하시지 않겠어요? 기록해야 할 게 산더미처럼 많을 거예요."

나는 박사님이 대답하지 않고 생각에 빠져 있는 동안, 박사님의 얼굴을 간절한 표정으로 보고 있었다.

박사님이 곧 이야기를 시작했다. "스터빈스. 내가 어떤 마음인지는 너도 알고 있을 게다. 돌아오지 못하더라도 슬퍼해 줄 이라고는 하나도 없는 내 동물 친구들 그러니까 내 식구들조차 데려가기가 주저돼. 그런데… 네 경우에는… 절대로 안 된다는 걸 네가 알아 주었으면 해. 그리고 나를 위해 기꺼이 위험을 감수하려는 네 마음을 내가 몰라 준다고 생각하지 않았으면 해. 네가 나와 함께 가겠다고 해 준 것만도 나는 충분히 고맙단다. 동지애를 나눌 또 다른 사람이 함께 간다면 엄청나게 위안이 되고 도움도 될 거라는 걸 알아. 하지만… 너를 이런 여행에 데리고 간다면 너의 부모님 심정이 어떨지 우리 둘 다 잘 알고 있잖아. 달에 가는 거라구! 거기에 비하면 지금까지 우리가 한 여행은 2페니짜리 승합마차를 타고 런던 변두리에 간 것에 불과한 거야. 스터빈스, 다시 말하지만… 너는 내가 지금 하려는 일이 모든 위대한 과학자들의 생각에 반하는 거라는 걸 명심해야 해. 내가 의심을 품고 있긴 하지만, 뉴턴 이래 달을 연구했던 모든 천문학자가 달에는 생명체가 없다고 분명하게 말했어. 달은 죽음의 세계라고. 나는 지금 콜럼버스처럼 모든 사람이 믿고 있는 견해에 반하는 도박을 하고 있는 거야. 미안하다… 너를 데려가는 건 나 나 스스로 도저히 용납할 수가 없구나. 네 부모님을 봐서도 그렇고, 너는 여기 남아야 해. 여기서도 네가 해야 할 일이 있을 거다. 난… 난 너를 데려갈 수 없단다, 스터빈스."

나는 절망했다. 더 이상 아무 말도 해서는 안 될 것처럼 느껴졌다. 하지만 박사님이 내린 최종 결정에 불만이 전혀 없을 수는 없었다. 달에 가는 게 위험한 일이라고 내가 박사님께 말했을 때, 박사님은 그다지 위험할 것 없다는 투로 자신은 꼭 달에 갈 거라고 말했다. 그런데 내가 함께 가는 걸 허락해 달라고 부탁했을 때는 그 모험이 얼마나 위험한지만 강조했다.

나는 다시 한번 부탁해 보려고 마음먹고, 이 점을 지적한 다음 마지막으로 이렇게 물었다.

"박사님, 나방이 가져온 꽃들이 달에서 살던 것들이라면, 달에도 분명 물이 있을 거예요. 그렇지 않나요?"

의외로 박사님은 내 논리적인 반박에 별로 곤란해하지 않았다.

"스터빈스, 아마도 그럴 거야. 하지만 우리는 지금까지 전혀 알지 못했던 생물학의 문제와 맞닥뜨린 거라는 점을 잊어서는 안 돼. 이 식물의 화학적 구성은 우리의 과학으로 알고 있는 것과는 완전히 다른 것이야. 그 꽃들을 철저히 연구해서 알게 되었어. 우리는 식물이 물이 없어도 살 수 있다는 걸 상상도 하지 못해. 하지만 달에서도 그럴지는 누가 알겠어? 달에 사는 식물들은 어쩌면 지구에 사는 난초처럼 공기 중의 습기로 생활할지도 몰라. 그것도 아니면 다른 방식으로. 아무튼 그 식물들이 원래의 환경에서 자라는 모습을 보지 않는 한 그들이 어떻게 양분을 얻고 살아가는지는 아무도 모르는 법이야. 스터빈스, 내가 달에 사는 나무를 본 적이 있다면 더 잘 말해 줄 수 있을 텐데. 하지만 난 본 적이 없어. 적어도 지금까지는 그 식물들이 어떤 양분으로 살아가는지 전혀 모르지."

박사님은 잠시 말을 멈추고 일어나서, 내가 손으로 머리를 감싼 채 못마땅한 표정으로 탁자를 노려보며 앉아있는 의자 쪽으로 와 내 어깨를 부드럽게 잡았다.

박사님은 목이 메는 듯한 목소리로 말했다. "스터빈스, 이제 이 이야기는 그만하기로 하자. 네가 널 얼마나 데려가고 싶어 하는지는 너도 알잖니. 하지만 스터빈스, 난 그럴 수 없구나… 어쨌든 난 널 데려갈 수 없어."

→ 11장 ←

심야의 방문자들

가끔씩 당시를 되돌아볼 때마다, 나를 데려가 달라고 부탁했을 때 박사님이 안 된다고 한 것이 오히려 박사님이 원하던 것과는 정반대의 결과를 낳았다는 생각이 들곤 한다. 아니면 기대했던 것과는 다른 결과가 나왔다는. 그날 밤 나는 박사님의 결정에 대해 가타부타 아무 말도 하지 않았다. 나는 자러 들어갔다. 하지만 자지 못하고 내내 깨어서 이런저런 생각에 빠졌다.

박사님 혼자 가게 하면 어떤 일이 벌어질까? 나는 투투가 한 말이 기억났다. "만약에 박사님이 달에 가신다면, 우리 동물들은 박사님이 누구든 다른 사람들과 함께 가시는 게 더 안심이 될 것 같아서 그래." 나는 달에 가는 걸 거절당한 게 결과적으로 오히려 더 잘되었고 내가 용기를 낼 수 있게 해 주었던 것 같다는 생각도 든다.

아무튼 몇 시간 동안 자지 않고 생각한 끝에 앞으로 며칠 동안은 투투가 말해 준 대로 아무 말도 하지 않고, 눈에 띄지 않게 박사님의 동정을 지켜보기로 결심했다.

그러는 사이, 그 결정이 현명했다는 것이 밝혀졌다. 나는 나를 데려가 달라는 부탁을 박사님께 거절당한 후 내가 내린 결정이야말로 내 평생 최고의 자랑거리라고 생각한다. 덕분에 박사님과 함께 갈 수 있게 되었으니 말이다.

결심한 그날 밤부터 나는 박사님에게서 한시도 눈을 떼지 않았다. 그 어떤 탐정도 나처럼 끈질기게 쫓아다니지 못했을 것이다. 박사님이 심부름을 보내면 나는 가는 척만 하고 대신 지프나 치치를 보냈다. 박사님이 언제 떠날지는 알아내지 못했다. 하지만 박사님이 어디 있는지, 무엇을 하고 있는지는 언제나 훤히 꿰고 있었다. 박사님이 나를 두고 떠나는 일은 절대로 생겨서는 안 된다고 굳게 다짐했기 때문이다.

내 편은 작은 올빼미 투투뿐이었다. 내가 직접 감시할 수 없는 시간도 당연히 있었다. 잠은 자야 했기 때문이다. 그럴 때면 투투가 나 대신 이 일을 맡아 주었다. 박사님은 설마 누군가가 비밀리에 자신을 따라붙고 있으리라고는 전혀 생각하지 못했을 것이다.

마침내 때가 왔다. 나는 깊이 잠들어 있었다. 그런데 투투가 내 머리를 가볍게 잡아당기며 나를 깨웠다. 나는 곧장 잠에서 깼다.

소리가 들렸다. "토미! 일어나! 토미! 토미!"

"무슨 일이야?" 내가 나지막하게 물었다. "무슨 일이냐고?"

투투가 속삭였다. "옷 입어. 박사님이 정원으로 나가셨어. 작은 검정 가방을 들고 말이야. 외투도 입으셨어. 뭔가 시작된 것 같다는 느낌이 들어. 정원으로 가자. 불은 켜지 말아. 조심해야 하니까. 나는 어두워도 볼 수 있어. 내가 안내할게. 서둘러! 제발!"

내 방은 좁아서 어디에 무엇이 있는지 훤히 알고 있었기 때문에 깜깜한 상태에서 옷을 입을 입는 건 그리 대단한 일이 아니었다. 나는 옷을 찾아 입으면서도 이 이상한 여행에 무엇을 가져가면 좋을까 궁리했던 걸 지금도 생생히 기억하고 있다. 달에서 가장 필요한 게 뭘까? 그건 아무도 모른다. 가 본 사람이 없으니까 말이다. 이런 질문은 전에도 해 봤고 짐은 적을수록 자유롭다고 결론을 내린 적이 있었다. 이건 박사님이 늘 지키는 원칙이기도 했다. 그리고 이 규칙은 무엇을 가져가는 게 좋을지 선택조차 할 수 없는 이런 경우에는 더 잘 따라야 할 규칙처럼 보였다.

내 큰 주머니칼은 어디에 있지? 그렇다. 그건 꼭 가져가야 했다. 나는 책상 서랍에서 그걸 꺼냈다. 이 칼과 성냥통이 내가 가져간 짐의 전부였다. 훗날 나는 이 일이 생각나 폭소를 터뜨린 적이 여러 번 있다. 하지만 그날 밤 어둠 속에서 외투를 입을 때만 해도 나는 내가 집과 지구를 떠나 달로 가게 될지 여부를 확실히 알지 못했다. 그래도 투투가 내게 해 준 말이 맞을지 모른다는 기대는 어느 정도 하고 있었다. 내가 오기를 초조하게 기다리며 투투가 문 근처 어디선가 중얼거리는 소리가 들렸다. 투투는 내가 더듬더듬 다가와 준비되었다고 휘파람을 불자 그제야 안도의 숨을 내쉬었다.

투투는 내 머리 위로 날아올라 칠흑 같은 계단을 내려가며 작고 묘한 소리로 신호를 보내 나를 부엌으로 인도했다. 거기서 나는 뒷문 빗장을 조용히 열고 정원으로 나갔다.

몇 시나 되었는지 전혀 가늠되지 않았다. 투투에게 물어보면 대강의 상황을 알 수 있었겠지만, 소리를 내 투투를 부르는 게 꺼려졌다. 달이 떠 있었지만 가끔 얼굴을 드러낼 뿐이었다. 산들산들 부는 바람에 밀려 구름이 자꾸 하늘을 가렸기 때문이다.

투투는 내가 정원의 희미한 빛에 익숙해질 때까지 잠시 기다렸다. 내가 비틀거리거나 나뭇가지라도 밟았다가는 우리가 여기 있다는 게 금방 들통난다는 걸 알고 있었기 때문이다. 투투는 자기가 먼저 가서 정찰을 하겠다고 말했다. 나는 투투가 날개를 퍼덕여 날기 위해 몸을 쭈그리는 걸 보았다. 걷는 것보다는 나는 편이 들킬 가능성이 작았기 때문이다.

하지만 투투는 지면을 박차고 나가지 않았다. 대신 갑자기 뒤를 돌아보았다. 그러고는 내게 돌아왔다.

투투가 속삭였다. "토미! 정원에 낯선 사람이 있어. 방금 남자 둘이 정문으로 들어왔다구."

내가 투투의 말을 듣기 위해 몸을 굽히자 투투가 내 무릎 위로, 이어서 어깨 위로 깡총 뛰어 올라왔다. 어깨는 우리가 함께 걸을 때 투투가 제일 좋아하는 자리였다. 그리고 망을 보기도 좋고 내 귀에 대고 속삭이기도 쉬운 자리였다.

"투투, 누군 거 같아?" 내가 물었다.

투투가 대답했다. "몰라. 어쨌든 잘 감시해야겠어. 그러다 보면 곧 알게 되겠지. 행동이 좀 이상해 보이는걸. 들키지 않으려고 애쓰고 있는 게 분명해."

"집에 침입하려는 도둑 같지는 않아?" 내가 물었다.

"절대로 그럴 리 없어." 투투가 곧바로 말했다. "제정신 박힌 사람이면 강도질할 집으로 박사님 집을 고르진 않을 테니까. 박사님이 거의 늘 무일푼이라는 건 모두가 다 알아. 집 안에 값나가는 건 박사님이 오래전에 이미 다 파셨잖아. 이자들이 노리는 게 뭔지 잘 감시해야 해. 하지만 강도는 아니야."

그래서 나는 투투가 소곤소곤 명령하는 대로, 덤불과 생울타리 그림자 쪽으로 기어가 이 수상한 방문자들이 왜 왔는지 알아보기 시작했다.

이내 우리는 첩자가 첩자를 감시하는 느낌에 빠져들었다. 그 두 남자는 박사님이 도대체 무엇을 하고 있는지 알아내려는 것 외에는 다른 의도가 없어 보였다. 거대한 나방이 우리 집에 있다는 비밀이 새어 나간 게 분명했다. 달빛에 희미하게 비치는 나방의 거대한 몸은 뒷마당의 거의 대부분을 차지하고 있었다. 그 주변을 돌아다니고 있는 박사님의 검은 그림자가 희미하게 보였다.

나는 사실상 박사님과 그 남자들 모두를 동시에 감시하는 셈이었다. 얼마 안 있어 나는 투투의 추측이 옳았다는 것과 오늘 밤이 박사님이 떠나기로 결정한 날이라는 걸 알게 되었다. 잔디 위에 검정 가방 말고도 수상한 모양의 짐 꾸러미가 몇 개 더 있는 걸로 봐서 박사님이 평소에 하던 여행보다 훨씬 대규모의 여행을 준비하고 있다는 걸 알 수 있었다. 이제 더 큰 질문이 생겨났다. 이 남자들은 박사님이 출발하는 걸 훼방 놓으려는 걸까?

내게는 정말이지 기묘하고도 흥미진진한 모험의 밤이었다. 박사님을 지켜보는 게 중요한지, 아니면 그 두 남자를 감시하는 게 더 중요한지 나로서는 알 수 없었다. 나는 그 두 남자가 인류에게 엄청난 과학적 진보를 가져다줄 박사님의 계획을 언제든 망쳐 버릴 수 있는 위험하고 위협적인 존재로 느껴졌다. 한편으로는 박사님의 동정을 살피는 데 소홀했다가는 박사님이 나를 남겨 둔 채 나방과 함께 날아가 버릴지 모른다는 걱정도 들었다.

어느 쪽에 관심을 두는 게 최선인지 궁리하는 사이, 놀랍게도 그 남자들은 숨어 있던 덤불에서 나와 잔디 위에 서 있는 박사님 쪽으로 성큼성큼 걸어갔다.

"안녕하세요, 둘리틀 박사님?" 그들이 말하는 소리가 들려왔다. "우리는 '슬롭셔 신문사'에서 나왔습니다. 박사님께서 대단히 신기하고 멋진 실험과 연구를 진행하고 계시다는 소식을 들었습니다. 몇 가지 질문에 대답해 주실 수 있으신가요?"

"맙소사, 기자들이야!" 투투가 속삭였다. "이런 일이 있을 수도 있다고 생각하긴 했는데. 하지만 나방이 여기 있다는 걸 어디서 들은 거지?"

박사님이 말했다. "글쎄요. 저를 찾아오시기에는 아주 적절치 못한 시간인 것 같군요. 하지만 몇 시간 뒤에, 그러니까 아침 10시나 11시쯤 다시 찾아오신다면, 인터뷰할 시간을 낼 수도 있을 것 같습니다. 지금 당장은 제가 너무 바빠서."

기자들은 지금 당장 듣고 싶어 안달하며 (다른 신문에 먼저 기사가 날까 봐 걱정하는 눈치였다.) 잠시 서로 의견을 나누었다. 그런 다음 다시 박사님에게 돌아왔다. 그들이 뭐라고 말했는지는 나도 투투도 제대로 듣지 못했다. 하지만 박사님이 받아들이기에도 그리고 그들의 바람을 충족시키기에도 적당한 대답인 것 같아 보였다. 곧 두 사람은 돌아가고 박사님의 모습도 정원 다른 쪽으로 사라졌다.

투투의 도움이 없었다면 이런 밤에 성공적으로 일을 마칠 수 없었으리라는 건 분명하다. 그날 이후 나는 투투가 만약 탐정이 되기를 원했다면 경찰견 클링을 뛰어넘는 명탐정이 되었을 거라는 생각을 가끔씩 했다.

투투에게는 남들에게 들키지 않고 다른 것을 볼 수 있는 능력이 있었으니까 말이다. 남자들이 박사님과 헤어지자마자 투투도 내 옆을 떠났다.

투투는 내 어깨를 떠나기 전 이렇게 말했다. "음, 나는 저 남자들을 믿을 수 없어. 오늘 우리는 이중으로 감시해야 해. 저 두 사람에 비해 박사님 쪽이 더 쉬울 거야. 박사님은 의심이 많은 분이 아니니까. 네가 박사님을 살펴봐. 내가 기자들을 감시할게. 다시 되돌아올지도 모르거든. 넌 박사님을 살펴봐. 슬롭셔 신문 기자들이 뭔가 수상한 행동이라도 하면 내가 알려 줄게. 하지만 명심해. 박사님이 혼자 가시게 하면 절대로 안 된다는 걸."

"알았어, 투투." 내가 대답했다. "난 어떤 비상 사태에도 준비되어 있어. 가자."

투투는 날개를 조금 흔든 뒤 내 어깨를 떠나 밤의 어둠 속으로 날아가 버렸다. 나는 덤불과 생울타리 그림자를 골라 정원 가장자리를 따라 들키지 않도록 아주아주 조심스럽게 잔디에 앉아 있는 커다란 나방 쪽으로 접근했다.

쉬운 일은 아니었다. 한 가지 이유는 내가 박사님의 정확한 위치를 모른다는 거였다. 그리고 또 다른 이유는 내가 갑자기 박사님에게 달려가 당신을 감시하고 있었다고 고백할지도 모른다는 것이었다. 하지만 양심의 가책은 전혀 느끼지 않았다. 동물 식구들의 대표로서 투투가 박사님을 감시하는 게 필요하다고 느낀 이상 나는 아무런 죄책감 없이 기꺼이 박사님을 감시하고 있었기 때문이다. 모든 것은 내가 박사님을 얼마나 잘 감시하느냐에 달려 있었다. 어떤 일이 있어도 박사님을 혼자 떠나게 해서는 안 되었다.

저게 뭘까? 그랬다. 나방 그림자 뒤로 박사님의 모습이 나타났다. 양손에 각각 짐을 들고 있었다. 나도 투투처럼 어둠 속에서도 볼 수 있는 눈이 있었으면 좋겠다고 생각했다. 좀 더 가까이 가서 봐도 될까?

사실 나는 투투가 내 어깨로 돌아오기 전까지 기회를 잡지 못했다. 투투는 마치 나비가 내려앉듯 조용히 날개를 펄럭이며 내 귀 옆에 내려앉았다.

"토미, 그들은 가지 않았어." 투투가 속삭였다. "내 보기에는 아예 처음부터 갈 생각이 없었던 것 같아. 앞쪽 계단에 앉아 시끄럽게 떠들다가, 곧 살금살금 다시 돌아왔어. 지금은 벽 근처 정원에서 어슬렁거리고 있어."

"이제 어떻게 하는 게 좋을까?" 내가 물었다.

"글쎄, 내 생각에는 두 가지 중의 하나를 선택해야 할 것 같아." 투투가 말했다. "저들이 얼마나 많이 알아내는지 계속 감시하는 게 하나고, 다른 하나는 범포를 깨워서 저들을 여기서 쫓아내는 거야. 나는 저들을 쫓아내는 쪽이 좋다고 생각해. 물론 그 과정에서 박사님이 네가 감시하고 있다는 걸 알지 못하게 해야 하고. 그건 아주 중요해."

"네 말이 맞다고 생각해." 내가 말했다. "내가 범포를 깨우고 올 동안 네가 나 대신 박사님을 살펴봐. 그런데 범포가 빨리 돌아가라고 한다고 해서 기자들이 쉽게 말을 들을 것 같지는 않아."

이 점은 투투도 나와 생각이 같았다. 나는 시간 낭비하지 않고 바로 범포를 깨우러 갔다. 범포를 깨우는 건 항상 시간이 오래 걸리는 일이었으니까 말이다.

졸리깅키 왕국의 왕세자 전하는 늘 그렇듯 코를 골며 잠에 푹 빠져 있었다. 범포는 나한테 10분 동안이나 계속 세게 두들겨 맞고 나서야 겨우 끙 하는 소리를 냈고, 다시 5분을 인정사정없이 더 두들겨 맞은 후에야 겨우 일어났다.

"토미, 대형 화재라도 난 거야?" 범포는 커다란 주먹으로 그보다 더 큰 얼굴을 비비며 물었다. "아직 일어날 시간이 아니잖아.

아직 깜깜한걸."

그의 몸을 흔들면서 내가 말했다. "범포, 침착해. 심각하고 중요한 일이라구. 깨워서 대단히 미안하지만, 네 도움이 필요해. 남자 둘이 정원 안으로 들어왔어. 박사님을 감시하는 기자들인 것 같아. 박사님은 여전히 거대한 나방을 연구하고 계시고. 우린 박사님을 방해하고 싶지 않아. 하지만 수상한 자들을 꼭 밖으로 쫓아내야 해. 알겠어? 그자들을 쫓아낼 사람은 너뿐이야. 일어나서 옷 입어, 얼른."

4부

→ 1장 ←

범포, 정원에서 사람들을 내쫓다

범포가 완전히 깨고 난 후, 내가 원하는 게 뭔지 분명하게 설명해 주자 그는 곧장 도우러 나섰다.

"뻔뻔한 인간들 같으니라구!" 범포가 옷을 챙겨 입으면서 말했다. "도대체 박사님 집을 뭐라고 생각하는 거지? 밤새도록 열려 있는 공공 안내소쯤 된다고 여긴 건가? 이 무뢰한들을 마지막으로 본 곳이 어디니, 토미?"

"투투 말로는 앞뜰에서 벽 그림자에 숨어 있는 걸 본 게 마지막이래. 하지만 범포, 명심해야 해! 소란을 일으키면 절대, 절대로 안 돼. 되도록 빨리 그리고 조용히 잡아서 좋은 말로 쫓아내는 거, 그게 바로 우리가 원하는 거야. 소동을 일으키면 절대 안 돼, 알아듣겠지?"

"어, 알았어." 범포가 서둘러 옷을 걸쳐 입은 다음 방구석 침대 옆에 세워져 있는 곤봉 쪽으로 손을 뻗으며 말했다. "녀석들도 확실히 알게 해 줄게. 뻔뻔한 녀석들! 아무튼, 조심하자! 빨리, 빨리! 자, 이리 와. 빨리 쫓아가야겠어."

어둠 속에서 움직이며 들키지 않고 다른 사람들의 모습을 보는 능력이라면 범포도 투투 못지않았다. 정글에서 단련된 그런 능력은 대학 공부를 해도 조금도 줄어들지 않았다. 범포는 앞장서서 주위를 손으로 더듬으며 깜깜한 계단을 내려가 아래층으로 갔다. 그런 다음 조금의 망설임도 없이 곧바로 현관으로 가 소리 나지 않게 문을 열고 밖으로 나갔다. 그는 내게 대여섯 걸음쯤 뒤에 붙어 따라오라고 신호를 준 다음 살금살금 자갈길을 지나 벽 쪽으로 갔다.

나는 범포의 지시에 상관없이 뒤에 바짝 붙어서 따라갔다. 여기서는 아주 큰 소리가 나지 않는 한 박사님에게 들리지 않을 거라고 생각했기 때문이다. 벽을 더듬으며 앞서가던 그가 갑자기 뛰어오르는 걸 보고 나는 그가 목표물을 발견했다는 걸 알았다. 조용히 좀 더 바짝 다가가자 희미한 빛 속에서 그가 두 남자의 목덜미를 잡고 있는 모습이 보였다.

"잘 들어." 험악한 목소리로 범포가 속삭였다. "빨리 정원에서 나가. 다시는 근처에 얼씬도 거리지 마. 문은 저기야. 나가!"

두 남자의 그림자 옆으로 거인처럼 큰 범포의 그림자가 우뚝 솟아 있었다. 이러쿵저러쿵 대꾸할 틈도 주지 않고, 범포는 그 두 사

범포는 그 두 사람을 도로로 연결된 계단으로 밀쳐 냈다.

람을 도로로 연결된 계단으로 밀쳐 냈다.

그곳 문 앞에서 나는 가로등 불빛 덕분에 처음으로 두 방문자의 얼굴을 볼 수 있었다. 두 사람은 완전히 겁에 질린 듯한 얼굴을 하고 있었다. 그건 비웃을 일이 아니었다. 생울타리 아래서 갑자기 나타난 덩치 큰 남자에게 목덜미를 잡혔다면, 사색이 되지 않을 사람이 아무도 없을 테니까 말이다.

나가란 말을 다시 할 필요도 없이, 그들은 무사히 탈출하기만 해도 다행이라는 듯 허둥지둥 계단을 내려갔다.

임무를 끝내자마자, 범포는 밤잠을 덜 자 힘들어하는 기색을 보였다. 그는 도와줘서 고맙다는 말을 듣기가 무섭게 자기 방으로 돌아갔다. 늦게라도 밤잠을 잘 자기를 바랐지만, 미루나무 뒤 동쪽 하늘이 옅은 회색으로 변하며 새벽이 시작되는 게 보였다. 나는 이제 둘리틀 박사님이 날이 완전히 밝기 전에 서둘러 출발하거나, 아니면 밤까지 계획을 미루거나 둘 중 하나를 택할 거라고 생각했다. 나는 더 이상 궁리하는 데 시간을 낭비하지 않고, 소리가 나거나 들키지 않게 조심하면서 최대한 서둘러 잔디밭으로 되돌아가 무슨 일이 벌어지고 있는지 알아보기로 했다. 가서 보니, 박사님은 매우 흥분한 모습으로 나방과 이야기하고 있었다. 그 거대한 나방과 박사님의 대화는 내가 마지막으로 봤을 때와 비교해 엄청나게 발전한 것 같아 보였다. 박사님은 작은 소리굽쇠 하나 말고는 다른 기기를 사용하지 않고 있었다. 마침내 이 방문자와 직접 대화하는 법을 발견한 것처럼 보였다. 박사님은 머리를 나방

쪽에 댄 채 왼손으로 나방의 더듬이를 잡고 있었다. 그러다 오른손에 쥔 소리굽쇠에서 나는 소리를 가끔씩 듣기도 했다.

나방이 머리를 조금씩 흔들거나 다리를 떠는 것으로 보아, 녀석이 박사님에게 뭔가 대답을 하는 모양이었다. 나는 그들이 오늘 그냥 출발할지, 아니면 날이 밝아 오기 시작했으니 출발을 연기할지를 의논하는 거라고 추측했다. 지금 즉시 떠나겠다고 결정할 때를 대비해 나는 거대한 나방의 뒤쪽으로 바짝 기어갔다.

물론 그날 밤 내가 얼마나 고생했는지 제대로 이야기하는 것은 쉬운 일이 아닐 것이다. 사람들은 새벽이 찾아오기 직전이 가장 어두운 시간이라고 말한다. 그래도 아직은 달이 완전히 지지 않고 희미하게나마 빛을 내고 있었다. 나는 박사님이 무엇을 준비하고 있는지 전혀 알 수 없었다. 내가 직접 본 것, 그리고 투투에게 들은 것을 바탕으로 박사님이 짐 몇 개를 뒤뜰에 옮겨 놓았다는 것만 알고 있을 뿐이었다. 하지만 이것만 가지고는 계획이 얼마나 진행되었는지 거의 가늠할 수 없었다.

나는 박사님이 떠나려는 기색을 보이면 언제든지 바로 나방의 털 깊숙이 뛰어들기 위해 여전히 그를 지켜보고 있었다. 잠시 후 나는 박사님과 나방이 오늘 밤에는 출발을 포기한 것으로 판단했다. 희미하게 보이는 박사님의 그림자가 나방으로부터 떨어져 덤불 속에 짐 몇 개를 숨기는 모습이 보였기 때문이다. 게다가 박사님이 라일락 덤불에 앉아 있었던 것으로 보이는 폴리네시아와 뭔가 급하게 대화하는 듯한 인상도 희미하게 받았다.

여러분도 상상할 수 있듯, 나는 오랜 감시와 흥분 등으로 인해 완전히 지쳐 있었다. 곧 박사님이 집 쪽으로 걸어가는 모습을 본 나는 이제 더 이상 감시를 하지 않아도 된다는 생각에 안도의 숨을 내쉬었다. 자고 싶어서 풀린 눈으로 나는 박사님이 집에 들어가 문을 잠그는 소리가 나기를 기다렸다. 그런 다음 나는 잠그지 않고 나왔던 창문으로 가 창을 열고 집 안으로 들어갔다.

내 믿음직한 부관 투투가 아직 집 밖 어딘가에 있으니, 만약 내가 필요한 일이 생기면 투투가 알려 줄 거라는 걸 나는 알고 있었다. 덕분에 나는 베개에 머리를 붙이자마자 죽은 듯이 깊은 잠에 빠져들었다.

하지만 나는 곧 온갖 무시무시한 꿈에 시달렸다. 그중에는 박사님이 용의 등에 올라타 하늘을 날아 초록색 치즈로 된 달에 착륙했는데 그곳에서 우리를 잡아먹으려는 거대한 딱정벌레 등의 무섭고 괴이한 곤충들에게 쫓기는 꿈도 있었다.

이번에도 나를 깨운 건 투투였다.

"무슨 일이야?" 내가 물었다. "설마 박사님이 이미 가 버리신 건 아니지?!"

투투가 대답했다. "박사님은 주무시고 계셔. 평생에 한 번 있을까 말까 할 정도로 깊이… 지난 몇 주 동안 쉬지 않고 일하셨으니 열흘 정도 주무시기만 해도 이상할 건 없지. 그런데 사람들이 몰려와 있어. 어떻게 해야 할지 모르겠어. 기분 나쁜 그 신문기자들이 동네방네 소문을 퍼뜨리고 다닌 게 분명해. 온갖 사람들이 다 몰려와 문틈으로 정원 안을 들여다보고 있어. 벌써 10시야. 날이 새자마자 아이들이랑 보모들이랑… 아무튼 마을 사람들이 죄다 몰려와 혹시 열기구 같은 것이라도 떠오르지 않으려나 하고 주변을 배회하고 있어. 늘 그렇듯 범포는 아직도 잠에 빠져 있고. 대브대브랑 치치 말고는 아직 아무도 안 일어났어. 네가 내려가서 한번 살펴보는 게 좋을 것 같아. 금방이라도 마을 사람들이 모조리 몰려올 것 같은 분위기야. 그중에는 뻔뻔한 자들도 있어! 이런 난장판은 본 적도 없을 거야. 정원에 들어와 자기 거라도 되는 양 꽃을 꺾어 대고 있다고."

"알았어, 투투," 내가 말했다. "일어날게. 넌 먼저 가서 어떻게든 범포를 조금이라도 깨워 봐, 그럴 수 있지? 범포를 깨우려면 시간이 무지 오래 걸리니까."

투투는 최선을 다해 보겠다고 말하고는 내 방을 나섰다. 나는 아직 충분히 자지 못한 상태였다. 침대에 누운 지 고작 다섯 시간밖에는 되지 않았기 때문이다. 나는 침대에서 기어 나가 옷을 입기 시작했다.

아래층으로 내려가자 투투의 말이 조금도 과장이 아니라는 걸 알 수 있었다. 서재 창문을 통해 밖을 몰래 내다보자 문 앞이 인산인해였다. 감히 안까지 들어오려는 사람은 거의 없었다. 하지만 몇몇은 대담하게도 이미 문 앞까지 와 어슬렁거리며 집 모퉁이에서 안을 엿보며 수군대고 있었다. 뭔가 대단한 공연이라도 시작되기를 기다리고 있는 것처럼 보였다.

집 모퉁이에서 안을 엿보며 수군대고 있었다.

이 상황을 어떻게 헤쳐 나가야 할지 머리를 쥐어짜고 있을 때 다행히 범포가 도착했다.

"범포, 사람들이 우리가 뭔가를 숨기고 있다고 생각하면 안 돼. 뒤뜰에 들어오지 못하게 해야 해, 나방이 방해 받거나 놀랄 수 있으니까 말이야."

범포는 아주 잘 해냈다. 먼저 그는 문에서 어슬렁거리는 사람들을 밖으로 내몰았다. 고집을 피우는 사람이 있으면, 옷깃이나 소매를 잡아끌어 사유지인 집 끝으로 데려간 다음 공유지인 도로가 시작되는 곳으로 쫓아냈다. 하지만 대체로 요령껏 예의 바르게 해냈다.

사람들이 말하는 걸로 봐서는 그 기분 나쁜 신문기자들이 온 마을에 소문을 퍼뜨린 게 분명했다. 물론 그들 역시 박사님의 최종 여행 목적지가 어딘지는 알 수 없었지만, 적어도 박사님이 나방의 등에 올라타 어디론가 여행을 떠나려 한다는 건 말하고 다닌 것으로 보였다. 존 둘리틀 박사님이 정원에 짐들을 늘어놓고 준비하는 걸 이미 봤으니 그건 자연스러운 일이었다.

"언제 출발하나요?" 사람들이 물었다. "어디로 가십니까?" "정말 나방을 타고 날아갑니까?" "우리도 나방을 볼 수 있을까요?" "나방은 어디에 있나요?"

범포는 옥스퍼드 학생답게 매우 정중하고 예의 바르게 대답했다.

"모두 정숙해 주세요!" "존 둘리틀 박사님이 조만간 직접 신문기자들에게 발표하실 겁니다. 그러니 그때까지는 집 밖으로 나가 주십시오. 오랫동안 바쁘게 연구하고 작업하느라 지금은 주무시고 계십니다. 방해하시면 안 됩니다."

그때 몸집이 크고 살찐 한 남자가 문가 쪽 벽을 넘고 있는 모습이 보였다. 범포는 한걸음에 달려가 커다란 손으로 남자의 얼굴을 가볍지만 단호하게 밀어 도로로 떨어뜨렸다.

"예의에 어긋난 일입니다." 범포가 말했다. "초대도 받지 않고 신사의 정원에 억지로 들어오는 건."

→ 2장 ←

기마경찰대

하지만 호기심 많은 마을 사람들을 정원에서 모두 쫓아냈다고 우리의 고생이 끝난 것은 아니었다. 돌이켜 보니 그들을 집 밖으로 쫓아내는 것보다는 차라리 그들의 관심을 다른 데로 돌리는 쪽이 더 현명한 방법이었을지 모른다는 생각도 든다.

그들은 가려고 들지 않았다. 오히려 뭔가 기상천외한 일이 시작되려 하는데 우리가 그걸 숨기고 있다고 확신하는 것 같았다. 사람들이 박사님 집에 들어오는 건 막을 수 있었지만, 도로에 모이는 걸 금지할 권리는 우리에게 없었다. 더 많은 사람이 모여들었다. 내가 아래층으로 내려왔을 때만 해도 대략 50명이 모여 있었다. 하지만 주변을 배회하며 수군거리는 사람의 수는 한 시간 만에 열 배로 늘어났다.

사람의 수가 늘어나는 속도는 점점 더 빨라졌다. 가게에서 배달 일을 하는 아이, 마을로 들어오는 화물마차꾼, 행상인들이 멈춰 서서 무슨 일인지 물었다. 그들이 어떤 대답을 들었는지는 알 수 없었다. 하지만 박사님이 신기한 일을 벌이고 있다는 소식은 이미 걷잡을 수 없을 정도로 퍼져 있었다. 사람들이 뭔가 구경거리를 기대하며 발을 멈추게 하는 데는 박사님이 나방을 타고 하늘을 날 것 같다는 속삭임만으로도 충분했다.

존 둘리틀 박사님은 아직 자고 있었다. 나는 절망했다. 도로는 이미 발 디딜 틈 없이 꽉 차 있었다. 농장 수레, 사륜마차, 배달용 화물마차는 문 밖에 길게 늘어선 인파 속에서 옴짝달싹 못 한 채 멈춰 서 있었다. 이제 이 일에 관심이 있건 없건 상관없이 아무도 옥슨스롭 도로를 지나갈 수 없었다.

내가 말했다. "투투, 우리 이제 어떻게 하면 좋을까? 이대로 가다가는 외부인들의 도움을 받아야 할 것 같은데. 이런 일은 처음이야."

"저길 봐." 내 옆에서 밖을 엿보던 투투가 말했다. "경찰이 와 있어. 기마경찰대도. 이들이 사람들을 해산시켜 줄 거야."

"그랬으면 좋겠어." 내가 말했다. "두 명… 세 명. 아니, 네 명이 와 있어. 경찰들이 사람들을 쫓아내 주겠지…"

경찰이 도착하자 정말 사람들이 도로 밖으로 물러나기 시작했다. 하지만 그게 다가 아니었다. 사람들을 더 궁금해하게 만드는 바람에 상황은 오히려 더 악화되었다. 사람들의 관심은 더 커지고

가게에서 배달 일을 하는 아이가 멈춰 서서 무슨 일인지 물었다.

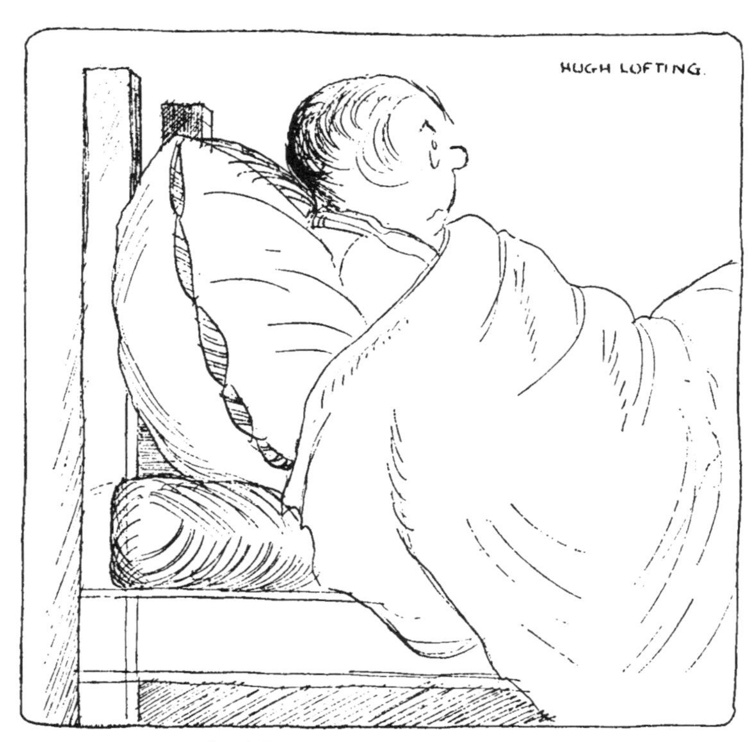

“스터빈스, 무슨 일이니?” 박사님이 물었다.

더 소란스러워졌다. 사람들은 경찰의 명령에 따라 도로를 벗어나 수레와 화물차들이 지나갈 수 있도록 인도에 모였다. 하지만 여전히 자리를 완전히 뜨지는 않았다.

이윽고 기마경찰이 우리 집 계단 쪽으로 왔다. 그는 말에서 내려, 타고 온 말을 가로등 기둥에 묶은 다음 계단을 올라오기 시작했다.

"토미, 네가 가서 뭘 원하는지 알아보는 게 좋겠어." 투투가 말했다. "이런 소동이 왜 벌어졌는지 물어보려는 것 같아."

나는 현관으로 가 문을 열었다. 경찰은 매우 예의 바른 태도를 보였다. 그는 사람들이 왜 이렇게 많이 모여 있는지, 사람들을 돌려보낼 방법이 있는지 물었다.

하지만 나는 적당한 대답을 생각해 낼 수 없었다. 그때 내 어깨 위에 앉아 있던 투투가 속삭였다. "토미, 박사님을 깨워야 할 것 같아. 우리가 할 수 있는 건 다 했어."

나는 경찰에게 들어오라고 말한 후, 위층 둘리틀 박사님의 방으로 올라갔다. 박사님을 깨우고 싶지 않았다. 박사님은 마치 통나무처럼 곤히 잠을 자고 있었고 그에게 휴식이 얼마나 절실한지 나도 잘 알고 있었기 때문이다. 나는 박사님 어깨를 조심스럽게 흔들었다.

"스터빈스, 무슨 일이니?" 박사님이 눈을 뜨고 물었다.

"박사님." 내가 말했다. "주무시는데 깨워 정말 죄송해요. 하지만 어쩔 수 없었어요. 나방이 여기 있다는 사실이 새 나갔어요."

박사님이 말했다. "그렇군. 나도 알고 있었단다. 어쩔 수 없었어. 그 귀찮은 기자들이… 쫓아낼 수가 없었어… 아무튼 어젯밤 그 사람들이 날 만나러 정원에 왔어."

내가 말했다. "그 사람들이 퍼들비 마을 전체에 떠벌리고 다닌 것 같아요. 박사님이 달을 향해 날아가는 걸 보려고 사람들이 몰려오는 바람에 길이 막혔어요. 결국 경찰이 와서 사람들을 집으로 돌려보낼 방법이 있냐고 물어봤어요. 아주 정중하게 말이에요. 하지만 제대로 된 답이 떠오르지 않았어요. 그래서 이렇게 박사님께 여쭤보는 거예요."

돌이켜 보면, 그날 박사님이 아주 훌륭하게 상황을 정리한 거라는 생각이 든다.

"그렇군." 박사님이 하품을 하고, 침대에서 일어나면서 말했다. "그렇다면 마을 사람들에게 내가 직접 말해야겠군. 옷 입을 동안 잠깐 기다려 줄래. 그런 다음 내가 뭘 할 수 있는지 생각해 보자꾸나."

나는 박사님 옆을 떠나 올빼미 투투가 있는 아래층으로 내려왔다.

박사님에게 내가 어떤 이야기를 해 주었는지 들은 투투가 말했다.

"박사님에게서 눈을 떼지 마. 이제 최후의 방법을 동원해야 할 처지에 몰리셨으니까."

나는 투투의 말을 잘 이해할 수 없었다. 하지만 박사님에게서 눈을 떼지 않아야 한다는 것만큼은 알 수 있었다. 나는 투투의 마음속 생각을 물어볼 기회를 잡지 못했다. 바로 그때 박사님이 옷을 다 입고 내려오는 바람에 대화가 끊긴 것이다.

경찰들과 잠깐 이야기를 나눈 박사님은 정원으로 나가 계단 위로 올라가 도로에 모여 있는 군중에게 말했다. 박사님은 자연학 전반에 대해 알아듣기 쉽게 강의한 후, 자신이 최근에 연구한 분야들에 관해 설명해 주었다. 박사님의 설명은 마을 사람들로 하여금 박사님이 자신들을 속이려 한 게 아니냐는 의심을 대부분 거두게 할 정도로 효과가 좋았다. 이어 박사님은 미안하지만 자신이 너무 바빠서 주민들을 정원으로 초대해 연구 자료를 보여 드릴 수 없고, 아직 대중에게 공개할 만큼 정리도 되어 있지 않으니 양해해 달라고 부탁했다. 의도한 것은 아니겠지만 인파가 도로에 모여 있으면 통행에 방해가 되고 자신의 연구에도 방해가 된다는 박사님의 말을 사람들도 이해했다. 박사님은 마을 사람들에게 여러분이 조용히 자리를 떠 주시면 자신도 경찰도 감사하겠다고 말했다. 그리고 언젠가 정리가 되어 이제 공개해도 되겠다 싶으면 따로 날을 정해 마을 사람들을 초대하겠다고도 했다.

다행히도 박사님의 짧은 연설은 기대 이상의 효과를 냈다. 이제 자신들의 행동이 무례한 일이라는 걸 처음으로 인정하기 시작한 것이다. 그들은 미안해하며 뿔뿔이 흩어졌다.

사람들이 길 저편으로 멀어져 가는 광경을 함께 지켜보던 투투가 말했다. "토미, 저 사람들은 박사님을 괴짜라고 부를지 모르지만… 박사님은 정말 대단한 분이셔."

→ 3장 ←

심부름

덕분에 우리는 걱정을 덜었다. 하지만 군중이 가 버리고 난 뒤 얼마 지나지 않아 나는 차라리 그들이 다시 와 주었으면 하고 바라게 되었다.

사람들이 계속해서 많이 모이는 건 성가신 일이고 그러다 어떤 일이 벌어질지는 아무도 모르지만, 다른 한편으로 생각하면 올빼미 투투와 내가 몹시도 걱정하는 일이 벌어지지 않도록 막아 주는 효과는 있을 것이기 때문이었다. 박사님 혼자서 달의 나방과 함께 떠나는 일 말이다. 나는 사람들이 몰려와 있는 동안엔 박사님도 출발하지 못할 것이라고 생각했다.

그런데 점심을 먹고 나서 곧바로 둘리틀 박사님은 내게 옥슨스롭에 다녀오라는 심부름을 시켰다. 물론 그건 날이 저물 때까지

나를 집에서 나가 있게 하려는 구실이라는 걸 나도 알고 있었다. 매우 당황한 나는 내가 생각해 낼 수 있는 모든 변명거리를 둘러대며 상황을 모면하려 했다. 나는 오늘은 피곤하니까 대신 범포를 보낼 수 있는지 물어보았다. 하지만 범포는 이미 다른 심부름을 하기 위해 집을 나가 있었다. 어떻게든 벗어나려고 해 보았지만 모두 실패했다. 하지만 박사님 옆을 떠나자마자, 나는 투투를 찾아 나섰다.

내가 이야기를 전하자 투투가 말했다. "토미, 너는 가면 안 돼. 그러면 그걸로 모든 게 끝장이야."

내가 말했다. "그럼 어떻게 하지? 어쨌든 난 박사님의 조수잖아. 나는 박사님의 지시를 거부할 수 없어."

투투가 고개를 한쪽으로 갸웃거리고 큰 눈을 껌뻑이며 말했다. "안 돼. 지시를 거부하면 안 돼. 그건 아주 멍청한 짓이야. 하지만 여길 떠나서도 안 돼. 간단해. 넌 그냥 박사님 눈에만 띄지 않으면 되는 거야."

내가 물었다. "하지만 여기 그대로 있다가, 내일 박사님이 물으시면 뭐라고 대답해?"

"내일은 내일이고." 투투가 말했다. "그건 그때 가서 해결할 수 있을 거야. 만약 내일도 떠나지 않는다 해도, 설마 심부름을 거부했다고 널 죽이기라도 하시겠니? 그리고 우린 뭔가 적당한 변명거리를 찾아낼 수 있을 거야. 하지만 집 밖으론 나가면 안 돼. 너를 밖으로 내보낼 정도로 일이 급박하게 진행되고 있는 거니까. 내가 아는 한 최근 몇 년 사이에는 옥슨스롭에 급한 일이 생긴 적이 없어. 게다가 범포에게 다른 심부름을 시킨 것도 내 생각에는 뭔가 방해받고 싶지 않으셔서 한 일일 거야. 내일 일은 전혀 걱정할 게 없어. 내가 보기에 그때쯤이면 박사님은 달을 향해 날아가고 계실 테니까."

나는 투투의 말이 아마 맞을 거라고 판단했다. 그래서 정원으로 돌아갈 작은 구실을 만들어 박사님에게 다녀오겠다는 말을 하고 심부름을 충실히 이행하는 척 도로로 나가, 퍼들비와 옥슨스롭을 오가는 승합마차 정거장이 있는 1킬로미터쯤 떨어진 여관을 향해 출발했다. 나는 눈에 띄지 않을 곳까지 간 다음 승합마차가 지나가는 것을 기다리며 어정거렸다. 그리고 마을을 빙빙 돌다 박사님 집 뒤쪽에 난 좁은 골목길까지 걸어갔다. 거기서 나는 벽을 기어올라 정원으로 들어갔다.

박사님 집 근처에는 덤불이 무성했다. 당시 박사님은 연구에 바빠 정원 주변을 깨끗이 손질할 여유가 없었고, 그래서 정원 근처 8000제곱미터에 달하는 땅에는 과수원의 나무와 관목 가지들이 무성하게 엉켜 힘겹게 생명을 유지하고 있었다. 그곳은 숨기에 딱 좋은 곳이었다. 나는 소리 나지 않게 조용히 덤불을 지나, 달의 나방 꼬리에서 200~300미터쯤 떨어진 뒷마당 잔디밭까지 갔다.

그리고 거기서 몇 시간 동안 기다렸다. 내가 들키지 않게 몸을 숨긴 그곳에서는 커다란 월계수 뒤로 잔디밭에서 벌어지는 일들이 훤히 보였다. 한참 동안 아무런 일도 일어나지 않자 혹시 투투가 잘못 짚은 게 아닐까 하는 생각도 들었다. 가끔 박사님의 머리가 창문에 비치는 걸로 보아 그가 방을 오가고 있다는 걸 짐작할 수 있었다. 마침내 6시 반쯤 되어 해가 지평선으로 떨어져 땅거미가 지고 어둠이 찾아왔다. 그때 박사님이 뒷문을 열고 잔디밭으로 나왔다.

치치, 폴리네시아, 지프도 함께 있었다. 나방 있는 곳에 도착한 박사님은 사무적인 말투로 급하게 지프와 말을 하고 있었다.

"미안하구나, 널 데려갈 수 없어서. 이유를 다 말하려면 시간이 오래 걸릴 텐데, 시간이 몇 분밖에 없으니. 내가 떠나면 이 편지들을 서재 위에 올려 두는 걸 잊지 마라. 한 통은 스터빈스에게, 한 통은 범포에게 그리고 나머지 한 통은 매슈에게 쓴 거야. 스터빈스가 돌아오면 편지가 있다는 걸 알려 줘. 그리고 작별 인사도 못하고 이렇게 갑자기 떠나게 되어 내가 아주 미안해 한다고도 전해 줘. 하지만 지금 출발하지 않으면, 마을 사람들과 신문기자들이 몰려와 출발하지 못할지도 몰라. 스터빈스가 동물원을 돌보고, 나머지 일들은 범포랑 매슈가 보살펴 줄 거야. 치치, 라일락 나무 아래 있는 짐들 좀 가져다줄래? 내가 몰래 떠나는 동안 지프 넌 집으로 돌아가 거브거브를 즐겁게 해 주는 게 낫겠다. 내가 거브거브를 부엌 텃밭으로 보내 무를 뽑으라고 시켰어."

"그래, 지프." 폴리네시아가 끼어들었다. "부탁이니까, 까칠한 거브거브가 한눈팔지 않게 해 줘. 박사가 달로 떠나는 걸 알면, 5분도 안 돼 고래고래 소리치며 온 동네를 돌아다닐 테니까 말이야. 박사, 그런데 꽃들은 어디에 있지?"

"벌써 챙겼어." 박사님이 작은 소리로 말하는 게 들렸다. "저기 생울타리 뒤에 숨겨 두었어. 짐부터 먼저 올리고 나서 그것들을 올릴 생각이야. 내가 사다리는 어디다 두었지? 치치가 짐을 좀 빨리 가져왔으면 좋겠는데. 폴리네시아, 눈 크게 뜨고 잘 살펴봐. 조금이라도 소리가 들리면 나한테 알려 주고."

박사님은 위험한 모험을 떠나는 것보다 자신이 출발하기 전에 방해받는 일이 생기는 걸 더 염려하는 것 같아 보였다. 커다란 망치로 두들기기라도 하듯 내 심장이 뛰었다. 투투의 말대로 이제 곧 비행이 시작될 것처럼 보였기 때문이다. 나는 폴리네시아에게 들키지 않도록 매우 조심하며 50센티미터쯤 더 가까이 다가가 나방의 덥수룩한 털 속으로 단숨에 뛰어들려면 얼마나 더 가까이 가야 하는지 눈대중해 보았다. 꼬리에 올라타기만 하면, 등뼈를 따라 기어가 등의 더 넓은 공간까지 이동하는 건 쉬워 보였다. 허리 부분은 접힌 날개 아래 가려져 있었다. 하지만 나는 일단 나방 몸에 매달리는 데 성공하기만 한다면, 녀석이 날아오른 다음에 기어 올라갈 기회가 생길 거라고 생각했다.

사다리를 발견한 박사님은 커다란 나방 오른쪽에 사다리를 세우고 몇 단 올라갔다. 거기서 치치가 라일락 밑에 숨겨둔 짐을 안고 오기를 기다렸다. 박사님은 치치에게 짐을 넘겨받아 나방 어깨 어딘가에 올렸다. 하지만 박사님이 어떻게 짐을 떨어지지 않게 묶었는지는 보이지 않았다.

이 일이 끝나자 박사님은 다시 내려와 치치의 도움을 받아 달의 커다란 꽃들을 나방 등에 실었다. 하지만 꽃 한 송이는 나방의 머리 근처에 놓아 두었다. 이걸 본 나방은 앞발 두 개로 꽃을 잡아 몸 쪽 가까이 끌어당겼다.

박사님은 다시 바닥으로 내려와 마지막으로 주변을 살펴보았다.

“폴리네시아, 빠뜨린 거 없지?” 박사님이 나지막한 소리로 물었다.

“지하실에 불을 켜 둔 채로 왔어.” 폴리네시아가 대답했다.

“그건 신경 쓰지 않아도 돼.” 박사님이 말했다. “그건 스터빈스나 범포가 알 수 있을 테니까. 좋아! 준비 끝났으면 이제 타자. 치치, 넌 내 뒤를 따라 올라와. 사다리는 끝을 밀어 바닥으로 쓰러뜨리면 돼.”

4장

몰래 타다

존 둘리틀 박사님은 이별을 아쉬워하느라 시간을 낭비하지 않았다. 지상에서 여행을 할 때도 거의 그런 식이었다. 그래서 달을 향해 떠날 때도 연극적인 행동은 일절 하지 않았으리라는 것은 쉽게 상상할 수 있을 것이다. 치치가 자기 뒤를 따라 올라오자마자, 박사님은 손으로 사다리를 밀어 덤불 위로 천천히 쓰러지게 했다. 사다리를 미는 것은 박사님과 지구를 연결하는 마지막 유대를 끊은 것이나 마찬가지였지만, 박사님은 외투에 묻은 빵 부스러기라도 털 듯 아무런 주저함도 없이 사다리를 밀었다.

나방이 날개를 펴기 시작하는 걸 본 나는 이제 때가 왔다고 생각했다. 거대한 나방이 향하고 있는 방향의 앞쪽으로 아무것도 없는 빈 잔디밭이 수백 미터가량 길게 펼쳐져 있었고 그 뒤쪽으로 버드나무들이 서 있었기 때문에 이륙하는 데는 아무런 문제가 없었다. 하지만 나는 몹시 초조했다. 이 곤충이 도대체 어떤 식으로 날아오를지 알지 못했기 때문이다. 가파르게 날아오를지 아니면 비스듬하게 날아오를지, 갑자기 날아오를지 아니면 천천히 날아오를지 말이다. 그렇다고 곧바로 뛰어올라가는 것 역시 걱정되기는 마찬가지였다. 박사님이나 폴리네시아에게 들키면 쫓겨날 게 뻔하기 때문이었다. 우리가 모두 달을 향해 무사히 떠날 때까지는 들켜서는 안 됐다.

나는 너무 늦는 것보다는 이른 것이 낫다고 판단했다. 만약 발각되어 쫓겨나게 되더라도 나를 데려가 달라고 박사님을 설득하거나 아니면 다시 몰래 탈 기회가 아직은 남아 있기 때문이었다. 하지만 너무 늦어 버리면 할 말도, 해 볼 일도 없어지는 것이었다.

다행히 치치와 폴리네시아는 내가 뛰어오르는 바로 그 순간 때맞춰 수다를 떨기 시작했다. 덕분에 내가 월계수 밑에 숨어 있다 뛰어오르는 소리는 그들의 말소리에 묻혔다. 나는 내가 나방의 덥수룩한 털에 매달렸을 때 나방이 박사님에게 불편을 호소하지 않을까 몹시 불안했다. 내가 아는 한 이제 박사님은 특별한 기구나 장치 없이도 나방과 대화를 나눌 수 있었기 때문이다.

하지만 괜한 걱정이었다. 나방은 내가 털 속으로 침투한 걸 뭔가 짐이 좀 더 실린 것 정도로 생각하는 것 같았다. 털은 아주 길어서 아래로 미끄러져 내려가면 내 몸 전체가 파묻힐 정도였다. 아주 다행이었다. 왜냐하면 아직 희미하게나마 빛이 남아 있었기 때문이다. 기다란 털 덕분에 박사님이나 폴리네시아가 마지막 점검을 위해 뒤쪽으로 오더라도 나를 발견할 염려가 없었다.

나는 내 다리가 지면에서 떨어지기만을 기다리며 나방의 털에 단단히 매달렸다. 돌이켜 생각해 보면, 내가 나방의 털을 잡고 나서 나방이 날아오를 때까지 걸린 시간은 고작 5초 정도였다. 하지만 그 시간이 내게는 한 시간쯤 되는 것처럼 여겨졌다.

나방이 날갯짓을 시작하자 이제 막 어두워지기 시작한 하늘을 배경으로 집의 지붕과 나무의 윤곽이 보였다. 엄청난 바람이 불었기 때문에 덥수룩한 털에 몸이 반쯤 묻혀 있었음에도 모자가 벗겨져 뒤쪽 월계수 나무 쪽으로 날려 가 버렸다. 그 뒤 어떤 일이 벌어졌는지는 머릿속에서 뒤죽박죽 엉킨 바람에 잘 기억이 나지 않는다. 나방이 점점 더 위로 날아가고 있다는 것, 내가 아주 기묘한 자세로 매달려 있어야만 한다는 것, 나방이 속도를 낼수록 바람이 점점 더 세진다는 것, 아직까지 그 누구도 경험해 보지 못한 이 모든 느낌이 나를 혼란스럽게 만들었다.

나방이 버드나무 위로 30미터 넘게 날아오르고도 계속 더 높이 높이 날고 있을 때 내가 나방의 털이 부디 내 몸무게를 지탱할 수 있을 정도로 튼튼하기만을 간절히 바라고 있었다는 것만큼은 희미하게나마 기억난다. 당장에라도 나방 등을 타고 기어 올라가 박사님이나 치치와 함께 있고 싶다는 생각을 억누르는 데는 큰 용기가 필요했다. 우리가 지구를 완전히 떠났다는 사실을 알게 되고, 퍼들비의 불빛이 저 멀리 희미해져 가는 것을 보았을 때 나는 나

혼자만 꼬리에 남아 있다는 사실에 외로움을 느꼈다.

높이, 더 높이! 아래를 내려다보자 머리가 어찔어찔했다. 나는 아래를 내려다보지 않는 것이 좋겠다고 생각했다. 이젠 빼도 박도 못할 처지가 되었고, 그러니 그저 상황에 맞게 최대한 잘 견디는 것이 가장 현명한 방법이었다.

나는 눈을 꽉 감고 매달려 있었다. 얼마나 그렇게 있었는지는 잘 기억나지 않는다. 어쩌면 한 시간 정도였을지도. 그런데 추위가 몰려왔다. 털을 너무 꽉 움켜쥐고 있었는지 손의 감각도 없어졌다. 머리가 뒤죽박죽인 가운데서도, 이제 슬슬 나방 등의 평평한 장소로 올라가 잠시 누워 휴식을 취해야겠다는 생각이 들었다. 위를 올려다보니 나방 몸통에서 꽤 멀리 떨어진 곳에서 날개가 힘차게 퍼덕이는 모습이 눈에 들어왔다. 내가 위쪽으로 올라가더라도 나방의 비행 동작을 방해하거나 하는 일이 벌어지지는 않을 거라는 확신이 들었다. 나는 다리를 박차서 신발을 벗었다. 신발은 수백 미터 아래, 내가 떠나온 곳으로 떨어졌다. 나는 손은 털을 움켜잡고 발은 털에 걸치는 식으로 최대한 안전하게 위쪽으로 올라가기 시작했다. 기운이 다 떨어지기 전에 되도록 빨리 평평한 곳까지 가서 휴식을 취해야 했다.

이 미친 등반을 하는 동안 나는 점점 더 멀어져 가는 지구를 내려다보지 않은 게 천만다행이라고 생각했다. 시간은 그다지 많이 걸리지 않았다. 하지만 나중에 지구를 내려다보자 희미하게 빛을 내는 둥근 공 하나가 보였다. 아마 이 모습을 보았다면 내가 예상했던 것보다 훨씬 더 무서웠을 것이라는 생각이 들었다.

박사님과 치치는 아직 보이지 않았다. 이제 더 이상 매달려 있을 필요가 없다는 걸 알게 되자 처음에는 나방의 이 평평한 등에서 몸을 쭉 뻗고 쉴 수 있다는 사실에 기뻤다. 사실 내게 필요한 건 휴식뿐이었다. 내 팔과 손은 털을 잡고 있느라 뻣뻣하게 굳어 있었고, 근육은 마비되고 통증도 느껴졌다.

나는 박사님과 얼굴을 마주하는 게 왠지 모르게 낯 뜨거웠다. 아무튼 나는 박사님의 지시를 고의로 거부한 셈이니 말이다. 일어나서 주위를 둘러보니 박사님이 보였다. 먼저 눈에 띈 것은 박사님의 기다란 모자였는데, 이런 상황에서 그 모자를 보게 되었다는 건 정말이지 우스꽝스러운 일이었다. 하지만 내가 본 그 어떤 장면도 그때만큼 내 마음을 편안하게 해 준 적이 없었다. 박사님이 머리에 푹 눌러쓴 모자 옆으로 한눈에 봐도 원숭이임이 분명한 치치의 머리 모양이 푸른 달빛 사이로 보였다.

그랬다. 나는 정말 두려웠다. 그때까지 나는 박사님의 지시를 거부한 적이 단 한 번도 없었다. 물론 박사님은 규칙만 따지는 엄격한 사람은 아니었다. 박사님은 나도 그리고 다른 사람도 늘 편하게 대해 주는 사람이었고, 아랫사람에게 관대한 사람이었다.

하지만 이번 같은 일은 처음인 데다 완전히 경우가 달랐다. 나는 그때까지 박사님이 내리는 지시는 한 번도 토를 달지 않고 따랐다. 그런데 처음으로 이 심각하고 중대한 시점에 내 멋대로 행동한 것이다. 박사님이 알면 어떤 일이 벌어질까?

나는 다리를 박차서 신발을 벗어 아래로 떨어지게 했다.

모자 옆으로 한눈에 봐도 원숭이임이 분명한 치치의 머리 모양이 푸른 달빛 사이로 보였다.

나는 나방의 털 속을 헤치고 아주 느릿느릿 앞으로 기어갔다. 그런 다음 아주 천천히 박사님의 어깨를 만졌다. 이때 박사님은 망원경으로 동쪽을 보고 있었다. 박사님은 마치 유령이 자신을 만지기라도 한 듯 섬뜩해했다.

"뭐지? 누구지?" 박사님이 어둠 속에서 뒤쪽을 돌아보며 말했다.

→ 5장 ←

박사님과 다시 만나다

"박사님, 저예요… 스터빈스." 내가 말했다. "박사님을 혼자 보낼 수 없었어요. 전 마지막에 탔어요."

"스터빈스라고?" 망원경을 내리며 박사님이 말했다. "스터빈스! 어떻게… 난 네가 옥슨스롭에 갔다고 생각했는데."

"박사님, 전 가지 않았어요." 나는 민망해하며 말했다. "저는… 저 혼자라도 오고 싶었어요. 박사님이 혼자서 여행하는 걸 보고만 있을 수 없었어요."

잠시 동안 정적이 흘렀고, 들리는 것이라고는 나방의 날갯짓 소리뿐이었다. 나는 무슨 일이 벌어질지, 그리고 박사님이 무슨 말을 할지 걱정되었다. 나방에게 돌아가자고 말해 나를 지구에 내려놓지는 않을까? 희미한 달빛 속에서 고개를 돌리는 치치의 겁먹

“스터빈스라고?” 망원경을 내리며 박사님이 말했다.

은 얼굴에 기쁨의 미소가 번지는 것이 보였다. 이 위험한 여행에 길동무 하나가 더 생겼다는 데서 오는 안도의 표정이었다.

"스터빈스." 마침내 박사님이 말문을 열었고, 나는 지금껏 한 번도 들어 보지 못한 박사님의 냉랭하고 단호한 목소리에 가슴이 덜컥 내려앉았다. "네 안전을 염려해 지시했던 건데 왜 네 마음대로 어겼는지 알 수 없구나."

"죄송해요." 내가 말했다. "하지만…"

나는 침묵했다. 더 이상 할 말이 없었기 때문이다. 잠시 나는 이걸로 박사님과 내 관계가 완전히 깨지는 거 아닌가 불안해하며 앉아 있었다. 나는 내가 참으로 부끄러운 짓을 했다는 걸 인정할 수밖에 없었다. 투투의 도움이 없었다면 나는 감히 이런 일을 시도조차 하지 못했을 것이다.

그런데 내가 이런저런 염려를 하고 있는 와중에 위안이 되는 일이 생겼다. 갑자기 어둠 속에서 박사님이 나를 위로라도 하듯 자신의 큰 손을 내밀어 따뜻하게 내 팔을 잡아 준 것이다.

"스터빈스, 그래도…" 박사님이 말하는 소리가 들렸다.(어두워서 잘 보이지는 않았지만 박사님의 목소리를 듣고 나는 언제나처럼 온화하게 미소 띤 모습을 떠올릴 수 있었다.) "너랑 함께 있게 되어서 얼마나 기쁜지 모른단다. 네 손이 내 몸에 닿는 순간 나는 네가 여기 있었으면 얼마나 좋을까라는 생각을 하고 있었어. 스터빈스, 이건 하느님이 우리에게 내려 주신 은총이야! 여기 온다는 걸 부모님께는 말씀 드린 거니?"

"아니요." 내가 말했다. "그럴 기회가 없었어요. 말씀 드릴 시간도 없었고요. 박사님 집에서 나오면 박사님이 저만 빼놓고 몰래 떠나 버리실 것 같다는 걱정 때문에요."

"저런." 박사님이 말했다. "이제 그런 쓸데없는 걱정은 그만해라. 안 그래도 우린 밤새 걱정하며 보내야 할 테니 말이야."

"박사님은 늘 그러시잖아요." 내가 말했다. "박사님과 함께라면 전 아무것도 두렵지 않아요."

박사님은 웃음을 터뜨렸다.

"내 평판이 좋긴 좋은 모양이구나." 박사님이 말했다. "그런 기대에 내가 제대로 부응해야 할 텐데 말이다. 저기 저 아래 불빛이 커다랗게 뭉쳐져 있는 게 보이지?"

"네."

"저게 런던이란다." 박사님이 말했다. "거기서 동쪽으로 뻗은 흰색 줄이 템스강이고. 더 북서쪽에 있는 불빛은 아마 옥스퍼드일 거야. 런던에서 흘러가는 강줄기가 달빛에 비치는 것도 보이는구나. 저기 하얗게 빛나는 넓은 곳이 바다, 영국 해협이란다."

높은 곳에서 보니 영국 제도의 지도가 한눈에 들어왔다. 구름도 없고 바람도 불지 않는 밤이었다. 나방은 커다란 날개를 펄럭이며 같은 상태로 쉼 없이 높이높이 날아오르고 있었다. 우리가 퍼들비에서 시시각각 얼마나 더 멀어져 가고 있는지는 아무도 알 수 없었다.

나는 조금 전까지만 해도 처음 맞이하는 이 상황이 죽을 만큼

무서웠는데, 박사님 일행과 함께 있게 되자 늘 그렇듯 어느새 호기심을 갖고 편안하게 모험을 즐길 수 있게 되었다는 걸 깨달았다. 우리는 떠나온 지구를 내려다보며 지도상의 지점을 이것저것 찾아보고 있었다. 마치 승합마차를 타고 창밖을 내다보고 있기라도 하듯이 말이다.

박사님은 이 새로운 경험에 어린아이처럼 기뻐했다. 이 살아 있는 비행 기계가 우리를 더 높이 데리고 올라감에 따라 지구의 점점 더 많은 부분이 보이자, 박사님은 여기저기 가리키며 거기가 어딘지 내게 설명해 주었다.

그런데 박사님이 갑자기 숨을 헐떡이며 기침을 했다.

"스터빈스, 공기가 희박해지고 있구나." 박사님이 말했다. "죽음의 띠가 가까워지고 있어. 고도 6000미터 정도 올라온 것 같아. 저 꽃들을 꺼내다 묶으렴. 다행히 다섯 개라, 한 명당 하나씩 돌아가겠어. 아, 폴리네시아! 치치! 코에 꽃을 대! 내 말 명심해. 코를 꽃에 대고 있어야 해. 스터빈스, 얼른 와! 꽃들을 어서 꺼내."

박사님이 부르는 데로 이동하며 나는 공기가 옅어졌다는 것을 알 수 있었다. 조금만 움직여도 숨이 차서 헐떡이게 됐다.

꽃들은 나방 몸 중간쯤에 긴 끈으로 묶여 있었다. 나는 박사님이랑 치치와 함께 꽃들을 끈에서 풀기 시작했다. 바람이 심하게 불어서 쉽지 않았다. 희미한 달빛 속에서 박사님이 나방에게 우리가 꽃들을 꺼낼 때까지 속도를 늦춰 달라고 부탁하는 모습이 보였다. 내가 본 바에 의하면, 박사님은 나방의 더듬이를 사용해 자신의 의사를 전했다. 수염처럼 생긴 이 더듬이들은 나방이 날아가는 동안 등에 평평하게 접혀 있었기 때문에 언제든 쉽게 손으로 만질 수 있다.

박사님이 우리의 비행 기계를 자유롭게 조종하는 모습을 본 나는 아까보다 훨씬 안심이 되었다. 박사님이 자신이 원하는 것을 나방에게 알리는 데는 고작 1~2초밖에 걸리지 않았다. 나방은 우리가 꽃들을 꺼내는 동안 공중에 뜬 채로 맴돌았다. 커다란 날개는 여전히 힘차게 공기를 때리고 있었다. 귓가를 스치는 바람이 잦아든 것을 보고 나는 나방이 공중에 떠서 날갯짓을 하며 자세만 유지하고 있다는 것을 알았다.

"스터빈스, 이제 됐어." 박사님이 내게 커다란 꽃을 한 송이 건네주며 말했다. "이게 네 것이야. 치치, 네 것은 이걸로 해. 그리고 이건 어깨에 있는 폴리네시아에게 가져다주자. 명심해, 꽃을 항상 가까운 곳에 두어야 해. 그렇지 않으면 죽을 수도 있어. 조금이라도 숨쉬기가 곤란해지면 꽃향기를 깊게 들이마셔. 나중에 공기가 하나도 없는 곳에 도달하면 꽃에 계속 머리를 박고 있어야 할지도 몰라. 모두 준비됐지? 꽃을 나방 털 안쪽에 잘 넣어 둬야 해. 그래야 내가 나방에게 발진 명령을 내려도 날아가지 않을 테니까."

몇 초 후, 둘리틀 기장은 자신의 승무원들이 비행을 계속할 준비를 마친 것을 보고 흡족해했다. 그는 더듬이 통신 장치로 가서 나방에게 전속력으로 비행할 것을 명령했다.

우리 위쪽에서 날개가 속도를 높이자 맹렬한 바람 소리가 다시

박사님은 나방의 더듬이를 사용해 자신의 의사를 전했다.

들려오기 시작했다.

나는 내 달꽃이 바람에 날아가 버릴까 봐 두려워 아래를 제대로 보지 못했다. 나는 사라져 가는 지구의 지도를 공부하는 걸 포기하고 대신 우리 위로 높이 떠 있는 달을 올려다보았다.

→ 6장 ←

'죽음의 띠'와 마주하다

나는 그날 밤 있었던 모든 일을 자세히 기억해 두려고 애썼다. 만약 살아남는다면 언젠가 꼭 여행기를 쓰고 싶었기 때문이다. 이 여행이야말로 존 둘리틀 박사님의 놀랍도록 파란만장한 인생에서도 가장 중요한 사건이었다. 게다가 박사님은 실용적인 것을 중시하는 사람이라 과학적으로 가치 없어 보이는 일들을 일일이 기억하느라 힘을 낭비하지 않는다는 걸 나는 알고 있었다. 하지만 이 여행에서 겪은 일들을 기록으로 남길 수 있는 건 박사님과 나, 이렇게 단둘뿐이었다. 물론 치치나 폴리네시아가 우리보다 더 자세히 기억할 수 있다는 것은 분명하지만 말이다.

그런데 기억한다는 게 내게는 결코 쉬운 일이 아니었다. 박사님이 두 번째 출발 명령을 내리자 달의 나방은 엄청난 속도로 날기 시작했다. 귓전을 울리는 바람 소리는 정말 끔찍할 정도였다. 실제로 그 어떤 것도 느끼지 못할 정도로 감각이 마비되었다. 곧이어 공기가 희박해지는 바람에 나는 머리를 꽃 속에 더 깊이 박아야만 했다. 박사님과 대화하는 것도 불가능했다.

하지만 그게 다가 아니었다. 공기가 전혀 없는 고도에 도달한 것이다. 그때 어떤 일이 일어났는지는 머리가 뒤죽박죽되는 바람에 아무것도 기억이 나지 않는다. 그건 박사님도 마찬가지였다. 나중에 '죽음의 띠', 즉 지구의 공기가 완전히 사라지고 달의 대기가 시작되는 지역을 건너는 거의 불가능해 보일 정도로 엄청난 일을 도대체 어떻게 해낸 것인지 나방에게 질문 세례를 퍼부었지만 돌아오는 답은 아무것도 없었다. 결국 나는 나방도 사실은 자기가 그 일을 어떻게 해냈는지 모른다고 결론지었다.

물론 불가능해 보이는 이 일을 어떻게 해냈는지 우리가 알지 못한 것은 나방은 과학 지식이 없고, 박사님은 곤충의 언어를 아직 충분히 알지 못한다(여행에 불편함이 없을 정도로는 대화할 수 있었다.)는 사실이 합쳐져서 생긴 결과였다.

우리, 즉 이 기묘한 비행체에 탄 탑승객들이 그때 벌어졌던 일을 아무것도 모른다고 해도 그건 전혀 이상한 일이 아니었다. 박사님이 '죽음의 띠'라고 부른 공간으로 더 깊숙이 들어가면 갈수록 나방의 속도는 앞으로 나간다는 느낌을 받을 수 없을 정도로 점점 느려졌다. 하지만 사실 나방은 자신의 거대한 날개를 전보다 더 빠르고 힘차게 움직이고 있었다. 문제는 날갯짓해 추진력을 얻을 공기가 없다는 것이었다. 곧이어 나방의 자세를 유지시켜줄 지구의 인력도 점점 약해져 갔다.

그 결과 우리의 비행체는 균형을 잃어 가고 있는 것처럼 보였다. 그리고 우리 탑승객들은 심한 멀미를 하기 시작했다. 내가 기억하는 한, 적어도 몇 시간 동안 나방은 이제 더 이상 자세를 유지할 기력도 없다는 듯 위, 아래, 앞, 뒤로 흔들렸다.

우리 역시 할 수 있는 것이라고는 한 가지밖에 없었다. 그건 폐로 산소를 충분히 들이마셔 호흡을 유지하는 것이었다. 이제 꽃에서 코를 1초도 뗄 수 없었기 때문에 뭘 보는 일도 힘들었다. 하긴 볼 것도 거의 없었다. 달은 아까보다 훨씬 크게 보였다. 반면 저 멀리 우주에 떠 있는 지구는 마치 조약돌처럼 작게 보였다.

그런데 한 가지 이상한 점은 이제 더 이상 힘주어 나방을 잡고 있지 않아도 된다는 것이었다. 아래를 향하고 있는 것이 머리든 다리든 별 차이가 없었다. 몸을 일부러 박차지 않는 한 언제까지든 나방 털에 매달려 있을 수 있을 정도로 중력이 약해진 것이었다. 심지어 몸을 몇 미터만 밀어내면 우주에 계속 떠 있을 수 있었다.

물론 우리는 이런 실험을 하지 않았다. 우리는 가만히 앉아 꽃 냄새를 들이마시면서 어떻게든 잘 갈 수 있기만을 바랄 뿐이었다. 내 평생 그토록 아프고 무기력한 시간은 처음이었다. 그 느낌은 도저히 말로 표현할 수 없을 정도였다. 중력이 거의 없어지자 이제 몸이 흔들리거나 뒤집힐 때마다 기분 나쁘게 메스꺼웠다. 눈을 뜨고 있는 것도 힘들 지경이었다. 코에서는 수돗물이 흐르는 것처

몇 시간 동안 나방은 이제 더 이상 자세를 유지할 기력도 없다는 듯 흔들렸다.

럼 코피가 흘러나왔고, 북이라도 치는 듯 귀도 먹먹해졌다.

우리가 우주 공간에 얼마나 머물렀는지 전혀 기억이 나지 않는다. 바다에서 악천후라도 만난 것처럼, 마치 세상이 종말을 고하기라도 하듯, 어쨌든 이 고통이 빨리 지나가기만을 간절히 바랐고, 다른 건 어떻게 되든 아무 상관이 없어졌다. 고통이 사라진다면 그저 죽고 싶을 뿐이었다. 조금이라도 더 빨리 말이다.

하지만 무기력하고, 목표도 없이 영원히 이리저리 흔들리기만 할 것 같던 우리의 비행체가 마침내 균형을 잡았고 나는 그제야 눈을 떴다. 나는 달꽃 깊숙이 들이박고 있었던 머리를 약간 들어 밖을 쳐다보았다. 하지만 공기가 없었기 때문에 오래 보지는 못했다. 그건 마치 입과 코 모두를 손으로 막고 있는 것 같은 느낌이었다. 탁 트인 공간에 있는데도 그러니 더더욱 이상한 느낌이었다. 그래도 머리를 꽃 속으로 다시 박기 전에 주위의 모습을 조금이라도 볼 수 있어서 대단히 안심이 되었다. 지구와 달의 위치가 반대로 바뀌어 있었다. 우리가 떠나온 지구는 지금 우리 머리 위에 있고, 우리의 목적지인 달은 우리의 발 아래 있었다.

물론 이것은 나방이 달 쪽을 향해 몸을 뒤집어서가 아니라, 지구로부터 더 멀어졌기 때문이었다. 하지만 이것보다 훨씬 더 중요한 것은 비행을 꾸준히 계속하고 있다는 사실이었다. 공기는 여전히 희박했지만 나방은 계속 앞으로 날았고, 더 이상은 균형을 잃고 제멋대로 흔들리는 일도 없었다. 나는 머리를 다시 꽃 속으로 넣으면서 이제 최악의 상황은 지나갔고, 곧 인류 역사상 최초로 달의 대기를 느끼고 호흡하는 사람이 되리라는 생각에 기뻐했다.

우리가 탄 비행체가 힘을 찾고 수평을 유지한 채 앞으로 날아가자, 메스꺼운 느낌도 언제 그랬느냐는 듯 갑자기 사라졌다. 세상의 종말이 올지도 모른다는 두려움 없이 나는 눈을 뜨고 이런저런 생각에 빠졌다. 박사님과 치치가 어떻게 하고 있는지 궁금해졌다. 하지만 아직은 그들과 이야기를 할 수 없었다.

조금씩 달의 중력이 커지는 것이 느껴졌다. 물론 단 한순간도 우리가 떠나온 지구만큼 커지지는 않았다. 하지만 중력이 커지고 있다는 것을 알았을 때 우리가 얼마나 기뻤는지 여러분은 상상조차 할 수 없을 것이다. 그 느낌… 다행히 이제는 지나가 버렸지만… 발밑에 아무것도 붙어 있지 않다는 느낌, 위도 아래도 옆도 없는 것 같은 느낌, 갑자기 일어섰다가는 결코 다시 앉을 수 없을 것 같은 느낌, 우리가 죽음의 띠를 통과하는 내내 경험했던 그 느낌은 내가 아는 한 세상에서 가장 끔찍한 경험이었다.

이 여행과 관련해 나는 시간 감각도, 방향 감각도, 아니 모든 감각이 완전히 엉망이 되었다. 나중에 말을 하기가 좀 편안해지자 나는 박사님께 시간이 얼마나 걸렸는지 물어보았다. 박사님은 죽음의 띠를 통과하는 동안 자신의 시계가 멈춰 버렸다고 말했다. 중력, 그렇다, 중력이 없어서였을 것이다. 한편 나중에 우리가 달의 영향권 안으로 들어서서, 달 표면 쪽에서 잡아당기는 힘이 약하게나마 생기자 시계가 다시 움직이기 시작했다. 하지만 시계가 얼마나 멈춰 있었는지는 박사님도 알지 못했다.

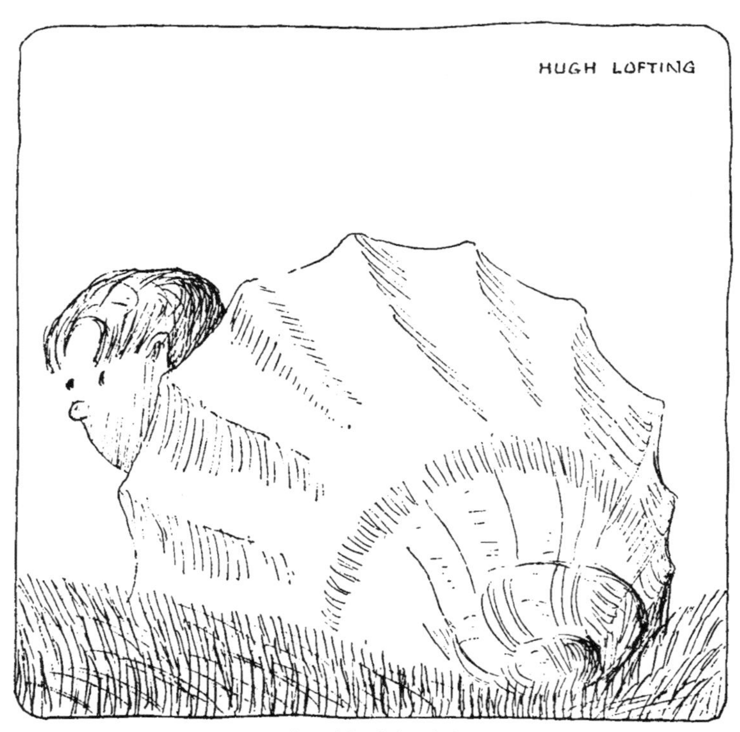

나는 밖을 쳐다보았다.

박사님은 우리의 여행이 얼마나 걸렸는지 알 수 있는 가장 좋은 도구는 어쩌면 우리의 위일 거라고 했다. 죽음의 띠를 통과하자마자 우리 둘 다 몹시 배가 고파졌다. 하지만 우리 둘 다 몇 시간 동안 멀미를 심하게 앓았는데 그게 몇 시간이었는지는 알 수 없었다. 그래서 이것 역시 여행 시간을 계산하는 데 별로 도움이 되지 않았다.

나중에 박사님은 많은 시간을 쏟아부어 비행 시간을 계산했다. 지구가 태양 빛을 받아 빛나고 있던 시간, 지구가 어두워진 시간, 달빛이 태양 빛을 가려 다시 지구를 볼 수 있게 된 시간 등을 말이다. 박사님의 계산식이 종이 여러 장을 채워 나갔다. 하지만 그 무시무시한 죽음의 띠를 통과할 때 우리 둘 다 몸이 너무 아프고 머리도 몽롱했기 때문에 아무것도 제대로 관찰할 수 없었다. 달이 언제 졌다가 다시 떴는지, 지구가 언제 보이지 않기 시작했다가 다시 보이기 시작했는지 기억이 다들 달랐다. 우리가 확실하게 알 수 있었던 건 박사님의 시계가 지구의 중력권을 넘어서면서 멈췄다가 달의 중력권으로 들어서자 다시 움직이기 시작했다는 것뿐이었다.

게다가 달은 중력이 약하기 때문에 시계는 지구의 중력을 받고 있을 때와는 다른 속도로 움직였을 것이다. 그래서 결국 우리는 우리의 여행 시간을 과학적으로 가치가 있을 만큼 엄밀하게 계산해 내는 데 실패했다. 빌어먹을 멀미 때문에 말이다.

달꽃에서 머리를 내밀어 밖을 처음 보았을 때부터 나는 내가 겪은 일들을 더 정확하게 기록해 두기 시작했다. 달의 공기가 많아질수록 내 체력은 더 많이 회복되었다. 하지만 달의 공기가 지구의 공기와 같을 수는 없었다. 그것은 의심의 여지가 없었다. 뭐랄까, '머리를 핑핑 돌게 하는 성분'이라고나 할까? 아마도 지구의 공기보다 산소를 더 많이 포함하고 있기 때문일 것이다.

더 자주 더 과감하게 밖을 내다볼 수 있게 되자, 나는 둘리틀 박사님과 치치 역시 체력을 되찾아 주위를 둘러보고 있는 모습을 볼 수 있었다. 나중에 알게 된 사실이지만, 죽음의 띠를 통과하던 시간을 비교적 편안하게 보낸 건 폴리네시아뿐이었다. 하늘에서 빙빙 도는 것 정도야 다른 새들과 마찬가지로 폴리네시아에게 아이들 놀이 정도밖에 되지 않는 것이었기 때문이다. 만약 폴리네시아가 과학을 공부했더라면 우리에게 여행에 걸린 시간을 말해 줄 수 있었을지도 모른다. 하지만 이 나이 든 앵무새는 묘하게도 과학을 경멸했고, 인간은 새들이라면 태어날 때부터 상식적으로 알고 있는 것도 인간은 힘들게 계산을 해야만 알 수 있다는 식으로 말하곤 했다.

잠시 후, 박사님과 나는 신호를 주고받기 시작했다. 아직 다리에 힘이 돌아오지 않아 각자의 자리를 떠날 엄두는 나지 않았다. 하지만 멀미를 하며 갑판 의자에 앉아 있는 탑승객들처럼 우리는 미소로 서로를 격려했고, 최악의 날씨는 지나갔다는 사실을 몸짓으로라도 전하려 애썼다.

→ 7장 ←

달의 양쪽 면

말없이 몸짓만으로 이야기를 주고받던 도중 박사님이 우리가 지금 호흡하고 있는 달의 공기에 대해 뭔가 말하고 있다는 것을 느꼈다. 공기의 상태가 엄청난 속도로 변화하고 있는 게 분명했다. 꽃에서 나오는 것 말고도 호흡할 수 있는 뭔가 다른 것이 있다는 것을 알게 된 나는 좀 더 과감해지고 자신감도 회복했다. 심지어는 꽃을 완전히 떠나 걸어서, 아니 기어서라도 나는 박사님이 웅크리고 있는 곳까지 가고 싶어졌다. 하지만 발을 떼자마자 갑자기 기침이 심하게 나는 바람에 서둘러 생각을 접을 수밖에 없었다.

나는 머리를 내 꽃에 완전히 파묻고 중얼거렸다. "박사님께 갈 방법이 있을 거야. 조금 전까지만 해도 난 두 번 다시 박사님을 보지 못할 거라고 생각했었잖아."

이윽고 박사님도 약간 자리를 이동했다. 박사님 역시 조금밖에는 앞으로 나오지 못했다. 하지만 우리는 서로 소통할 수 있게 된 것만으로도 다행이라고 생각했다. 그때까지만 해도 달의 공기를 통해 상대방의 소리를 들을 수 있을지조차 확실치 않았다. 박사님은 퍼들비에 있을 때부터 이런 위험을 염려하곤 했다.

박사님이 말했다. "우리가 지구에서 소리를 들을 수 있는 건 소리를 전달하는 물질인 에테르라는 것이 있기 때문이야. 달에도 에테르가 있을지는 확신할 수 없어. 만약 없다면 일반적인 방식으로는 대화할 수 없을 거야."

이 경우를 대비해 박사님은 듣지 못하는 사람이 쓰는 것과 비슷한 종류의 손짓을 치치와 미리 정해 두었다. 나는 투투가 말해 준 덕분에 그 둘이 연습하는 걸 몰래 지켜보고 어느 정도 익힐 수 있었다.

그래서 달에도 소리를 전달하는 에테르가 있다는 것을 알게 되었을 때 우리는 정말로 기뻤다. 게다가 에테르는 지구에서보다 달에서 소리를 더 잘 전달했다. 달에 더 가까이 갈수록 이 새로운 공기의 성질이 뚜렷이 나타났고, 우리는 점점 더 작은 소리로 말해야만 했다. 정말로 신기한 일이었다. 고막이 터지지 않으려면 속삭이듯이 최대한 작은 소리로 말을 해야 할 정도였으니 말이다. 그렇게 작은 소리로 말해도 아주 멀리서도 잘 들렸다.

이상한 것은 그것 말고도 또 있었는데 바로 빛이었다. 나중에 박사님과 나는 우리가 달에 착륙한 것이 지구의 빛 덕분인지 아니면 달의 빛 덕분인지를 두고 한참 동안 토론했다. 물론 처음에는 어려울 게 없는 문제라고 생각했다. 사람들은 달에서는 지구 빛이 대체로 지구에서 달을 볼 때 정도의 빛인 데 반해 태양 빛은 그보다 백 배 이상 밝을 거라고 생각할 것이다. 하지만 전혀 그렇지 않다. 달의 대기에는 햇빛을 약하게 해 주는 무언가가 있어서 지구를 비추는 태양 빛과 거의 차이가 없다. 이것은 색에 기묘하고도 특별한 영향을 미쳤다.

달의 중력이 더 커짐에 따라 그때까지 누운 자세로 있던 박사님과 나는 일어설 수 있게 되었다. 우리는 여전히 달꽃을 가지고 필요할 때마다 한 번씩 '들이켰다'. 하지만 이제는 작은 목소리로 말을 나눌 수도 있었고, 조금씩 주변을 관찰할 수도 있었다. 덕분에 '정신'을 차릴 수 있게 되자 박사님은 곧바로 통신용 안테나를 통해 나방에게 속도를 조금 늦춰 달라고 부탁했다. 달의 공기에 천천히 적응해 가는 게 나을 거라고 여겼기 때문이다. 달의 공기는 인간의 몸을 자극하고 흥분시키는 성질이 있었다.

나중에 박사님과 내가 격렬한 토론을 벌인 또 다른 문제는 우리가 달의 어느 쪽에 착륙했느냐였다. 모두가 알고 있듯, 지구에 사는 인간은 달의 한쪽 면밖에 보지 못한다. 지도 작성도, 정밀한 관측도 달의 한쪽 면밖에 하지 못했다. 달의 최신 지도를 가져오기는 했지만, 우리가 달의 어느 쪽에 착륙했는지를 아는 데는 그다지 도움이 되지 않았다. 가까이서 본 달의 산맥은 지구에서 망원경으로 볼 때의 모습과는 많이 달랐다. 나는 항상 그리고 지금도 여전히 나방이 일부러 멀리 돌아서 달에 착륙했다고 주장한다. 하지만 박사님은 절대 그럴 리 없다고 말한다.

그런데 여행의 끝 장면은 어떤 식으로 묘사해야 좋을까? 내가 받은 느낌은 콜럼버스가 신대륙을 처음 보았을 때 받은 느낌과는 완전히 달랐다. 솔직해 고백하자면 무서워서 견딜 수 없었다. 치치도 그랬다는 건 나도 안다. 박사님이나 폴리네시아도 그랬을지는 나는 모른다. 하지만 온갖 모험으로 단련된 이 늙은 앵무새에게 세상에 진짜로 무서울 거라고는 없을 거라고 나는 생각한다. 폴리네시아는 삶에 지배받지 않고 오히려 늘 삶을 지배하는 것처럼 보였다. 이것은 폴리네시아에게서 풍겨나오는 초연한 분위기 때문이었을지도 모른다.

그렇다면 박사님은? 나는 박사님 역시 무서워하지 않았다고 본다. 박사님은 일생 동안 죽을 것처럼 무서웠던 적이 몇 번 있었다고 내게 말해 주곤 했다. 하지만 내가 생각하기에 이번 경우는 아니었다. 박사님은 새로운 과학적 발견이 가져다주는 흥분이 다른 모든 감정을 대체한 것 같았다.

물론 박사님도 가슴이 두근거린 것만은 분명하다. 산전수전 다 겪은 폴리네시아마저도 나방이 갑자기 그 힘찬 날갯짓을 멈추자 그때까지 한 번도 경험해 보지 못한 강도로 가슴이 두근거렸다고 훗날 고백했을 정도였으니 말이다. 나방은 날개를 평평하게 펴고 저 아래쪽 신세계로 내려가기 시작했다. 지금까지 지구의 그 어떤 생명체도 밟아 보지 못한 곳으로…

⊱ 8장 ⊰

나무

여기서 나는 한 번 더 빛과 관련된 문제에 대해 이야기해야만 한다. 앞서 말했듯 달의 빛은 전혀 세지 않았다. 달의 빛은 색을 흐리게 만드는 이상한 성질이 있었다. 점점 하강하면서 우리는 달에서 보이는 색이 지구에서는 한 번도 본 적이 없는 특유의 것임을 알 수 있었다.

나는 달에서 보이는 색을 제대로 설명할 수 없다. 인간의 눈은 지구의 색을 보는 훈련만 되어 있어서 달의 색을 지구의 색과 비교하거나 거기에 견주어 상상할 여지가 하나도 없기 때문이다. 기껏해야 천천히 아래로 내려가면서 보이는 달의 풍경이 마치 저녁이 되어 파스텔 빛으로 물든 풍경 같았다는 표현 정도밖에 할 수 없다. 더 가까워질수록 달에서는 옅은 색들의 향연이 펼쳐졌다.

달의 어느 쪽에 착륙했는가를 두고 토론한 결과, 결국 박사님도 나도 나름대로 옳은 구석이 있다는 쪽으로 결론이 났다. 다시 말해서 우리가 양쪽 어딘가에 착륙했다는 걸로 결론이 난 것이다. 돌이켜 생각해 보면 우리가 착륙한 곳은 태양과 지구가 모두 보이는 곳이었다. 지구는 하늘에서 창백하게 빛나고 있었다. 마치 우리가 종종 낮에 보던 달처럼. 그리고 태양은 지구보다 더 밝게 빛났지만, 지구에서 볼 때처럼 눈이 부신 정도는 아니었다.

아직 우리는 지상에서 꽤 먼 하늘에 떠 있었다. 하지만 달의 둥근 윤곽은 시야에서 사라져 갔고 이제는 달 표면의 여러 부분이 자세하게 보이기 시작했다. 박사님은 나방에게 되도록 천천히 내려가 달라고 다시 한번 부탁했다. 그래야 달의 공기에 조금씩 적응할 수 있다고 했다. 그리고 망원경을 꺼내 우리가 천문학자들의 지도를 통해 이미 알고 있는 산과 분화구와 고원을 찾아 분주히 가리켰다.

어느 정도 높은 곳에서 바라보면, 밤과 낮의 경계를 쉽게 알아볼 수 있다. 지구를 향해 있는 쪽은 지구의 창백한 빛을 받아 희미하게 빛났고, 다른 쪽은 태양 빛을 받아 좀 더 밝게 빛났다.

만약 누군가가 기계 장치를 써서 달에 빠르게 착륙하려고 시도했다면, 그 사람은 착륙 즉시 감각을 잃고 어쩌면 목숨까지 잃을 위험에 처하기 쉬웠다. 하지만 우리의 비행체는 살아 있는 생명체라서 우리가 요구하는 대로 움직여 주었기 때문에 그런 면에서는 매우 유리했다. 예를 들어, 너무 많이 아래로 내려와 숨이 가빠지

박사님은 망원경을 꺼냈다.

면 박사님은 통신용 안테나를 잡고 공기에 익숙해질 때까지 두세 시간 정도 공중에 뜬 채 제자리에 있어 달라고 부탁했다. 그러면 거대한 나방은 곧 박사님의 지시대로 공중에 가만히 뜬 채 우리가 마지막 하강을 준비할 시간을 마련해 주었다.

둘리틀 대장은 부대원 점호를 시행해 우리 모두 아무런 이상 없이 건강하다는 걸 확인했다. 그런데 배가 몹시 고팠다. 떠나기 전 샌드위치와 음료를 실어 두었지만 이미 오래전에 바닥이 난 상태였다. 내 평생 그렇게 배고팠던 적은 한 번도 없었다.

마지막 착륙 단계에 얼마나 시간이 걸렸는지는 모른다. 박사님은 통신용 안테나에서 손을 떼지 않고 자신이 원하는 속도로 달에 접근했다. 물론 밤과 낮의 경계선은 빠르게 변했다. 게다가 우리 자신의 위치가 얼마나 바뀌었는지도 잘 몰랐다.(우리는 일직선으로 내려간 게 아니었다.) 우리가 달의 어느 쪽에 착륙했는지를 두고 박사님과 내 의견이 크게 엇갈렸다. 가까이 내려가자 달의 지도에 나오는 세세한 지형들은 별로 도움이 되지 않았다. 망원경으로 보면 고작 몇 센티미터에 불과해 보이는 것이 사실은 산맥이나 대륙이었기 때문이다.

내가 마음속으로 가장 걱정한 것 중 하나는 물 문제였던 것 같다. 달에서 물을 찾을 수 있을까? 달에서 사는 생물은 물 없이 살 수 있을지 모르지만, 우리는 물이 없으면 죽는다.

우리는 천천히 큰 원을 그리며 아래로 아래로 내려갔다. 달의 첫인상은 매우 우울했다. 우리 밑으로 펼쳐진 달의 풍경은 화산,

오래된 분화구, 새로 생긴 분화구들 일색이었다. 그것들만이 몇 킬로미터나 이어져 있었다.

하지만 달을 횡단하며 뻗어 있는 밤낮의 경계선 근처로 눈을 돌리자 희망이 보였다.

나는 박사님이 꿈에라도 취한 듯 무언가를 보고 또 보고 하는 모습을 여러 번 보았다. 여러 자연과학 연구 분야에서 뭔가 새로운 것을 발견할 때마다 항상 그랬다. 하지만 이때처럼 박사님이 흥분한 모습을 본 적은 한 번도 없었다. 천천히 내려가면서 박사님은 밤의 경계선이 움직이는 광경을 보고 또 보았다. 그러다 갑자기 내 어깨를 잡았다. 달의 공기가 어떻게 소리를 전달하는지 순간적으로 잊어버리셨는지 박사님은 귀가 먹을 정도로 큰 소리로 외쳤다.

"스터빈스, 봐! 나무야! 저기 산자락에 뭔가가 보이지? 분명 나무야. 그렇다면 우리가 옳았어. 나무가 있다는 건 물도 있다는 뜻이야. 스터빈스, 물이야, 물! 우린 이제 살았어. 물도 있고, 생물도 있어!"

BY HUGH LOFTING